雇われ聖女の転職事情 3

雨宮れん

Ren Amamiya

Regina

JN168911

登場人物紹介
◀アーサー
聖騎士団第一部隊隊長。
生真面目で不器用。聖女らしからぬ
玲奈をよく怒っている。
▲ブラム
聖騎士団第二部隊（魔術師
部隊）隊長。
優雅で穏やかだが腹は黒い。
魔術における玲奈の助言者。
▼鏑木《かぶらぎ》玲奈《れいな》
異世界で聖女として、
日給一万円で魔物退治を
している元OL。酒に滅法強い。
バッカス▲
玲奈の守護精霊。玲奈の影響で
ワインボトルの姿をしている。まだ
本当の力は出していないらしく……？
仮の姿

ナイジェル▶
ブラムの副官で、
エリオットの従兄。
オネエキャラ。
▼ケネス
ブラムの部下で魔術師。
玲奈にやたら懐いている。
エリオット▲
アーサーの副官。
小柄で女顔だが
二十歳。
玲奈に反発。
▼ルーカス三世
サンクティア国王にして
玲奈の雇い主。
色々残念な俺様。
クリス▲
魔物の魂《たましい》が入ったぬいぐるみ。
歩いて話してご飯をせびる熊。
▲鏑木花江《かぶらぎはなえ》
玲奈の母で、先代の聖女。
天使のような精霊を連れているが、
本人は豪放磊落《ごうほうらいらく》かつ酒豪。
日野裕太《ひのゆうた》▶
玲奈の大学時代の
先輩で、良き相談
相手……のはずが?

目次

雇われ聖女の転職事情3　7
書き下ろし番外編　初代聖女の宝物　363

雇われ聖女の転職事情3

プロローグ

両手で段ボール箱を抱え、肘《ひじ》にコンビニ袋を引っかけて東間《とうま》邸の門をくぐった鏑木玲《かぶらぎれい》奈《な》は、出かけた時とは屋敷内の空気が違うことに気がついた。

この屋敷の一室には、引っ越し時に持ち込んだ荷物をそのまま残してあるため、しょっちゅう出入りしている。だが今は、広い庭を通り抜けている間にも、いつもと違う雰囲気がびんびんと伝わってきた。

「……嫌な気配がする……って、何だろうな、この感じ？」

てくてくと玄関までやってきた玲奈は、首を傾げる。身体で押すようにして勢いよく扉を開き、足を踏み入れたところで、その理由が分かったような気がした。

本来なら、そこに出ている靴は男物の革靴一足だけのはず。けれど、今日はその横にパンプスが行儀よく並んでいた。

「ああ……お客様ってことね」

とりあえず納得した玲奈は、脱いだ靴を持って行こうとして唸《うな》る。失敗した。荷物が多すぎて、靴まで持つ余裕がない。

「しょうがないな。ルートのところまで荷物だけ運んで……」

靴は後から取りに来ることにして、先に手元の荷物を運ぼうと決める。

頼まれたからといって、食玩《しょくがんつ》付きのお菓子を箱買いしたのはやり過ぎだったろうか。玲奈は玩具《おもちゃ》には興味ないし、スポンサーはお菓子に興味ないしで上手い取り決めではあるけれど、いくら何でも買い込み過ぎてしまったような——箱重いし。

「……後で割増手当て要求してやろうかなー」

実際にはやる気もないのにそう口にして長い廊下の奥に視線をやると、はるか向こう側から必死の形相で手を振っている人物の姿が目に飛び込んでくる。

「……教授ってば、何……やってるわけ……？」

何で声を出して呼ばないんだろう。

今、玲奈の注意を引きつけようとしているのは、この屋敷の主《あるじ》、東間慎二《しんじ》だった。玲奈は彼の叔父が経営している東間貿易という会社で働いている——ことになっているのだが、実際の勤務先は別のところだ。東間は、本来の雇い主と玲奈の連絡係のようなものである。本業は大学教授なのだが、それ以外にもテレビの情報番組に出演したり、本を出版したりと何かと忙しくしているらしい。

そんな有能で（たぶん）、いつもにこにこしている彼が珍しく困ったような顔をしているとなると、好奇心がそそられる。助けを求めているというのなら、行ってやってもいいだろうか。一応、何かと世話になっていることでもあるし。

「何？　何かあったの？」

大量の荷物を玄関に放置して東間の方へ行くと、彼は助かったと言わんばかりの表情で玲奈の両手を握りしめた。

「あああああ、玲奈さん、本当によかった。今日は戻ってこないんじゃないかと思い始めたところだったんですよ！　何回携帯に電話しても出ないし……あと一時間遅かったら、捜索隊を出そうかと思ったほどです」

ちょっと買い物に行っただけで大げさな。だいたい、すぐ戻るということは彼も知っていたはずだ。

「……ごめんなさい、着信気づいてなか――ちょ、まっ、何っ？」

「お願いですから、危険人物を野放しにするのはやめてくださいよ！」

「その発言、意味不明なんですけどー！」

玲奈の両腕をがっしりと掴んだ東間は、そのまま彼女を今までいた部屋――応接間へと引きずり込む。直後、玲奈は硬直してしまった。

「……お帰り、玲奈？」

ソファに腰かけ、涼しげな顔で緑茶を啜《すす》っていた人物が、手にしていた湯呑《ゆのみ》をテーブルに戻す。流れるような静かな動作ではあったが、一つ一つの動きから彼女の怒りが伝わってくる。

その背後にめらめらと燃え上がる炎が見えたような気がして、玲奈の背筋が冷えた。

こういう時の選択肢は、一つしかない。つまりは逃走だ。

踵《きびす》を返して逃げ出そうとする玲奈の前で、無情にも扉が閉じられた。そしてその前に東間が立ち塞がり、声を潜めて言う。

「ご自分の身内でしょう、どうにかしてくださいよ！　殺されるかと思いましたよ！」

「……ムリ！」

生まれてこのかた、玲奈は一度も彼女に勝ったことがない。

「……二人とも、ここに来て座ってくださる？」

ソファに腰かけた彼女の口から、女性とは思えないほどの低い声が響く。

彼女の名は鏑木花江《はなえ》——玲奈の母親であった。

第一章　母、来襲

——玲奈が母と再会した時から、一時間ほど遡《さかのぼ》る。

「行ってきまーす。あ、日野《ひの》先輩のコンビニに寄るけど、追加の注文とかは？」

玲奈はいつもの通り、異世界イークリッドに通じる道《とこ》〝ルート〟から東間邸に出てくると、靴を片手に玄関へと向かった。

思い起こせばイークリッドと縁ができたのは真冬の頃だったから、あれから半年以上が経っていることになる。最初のうちはコートを着込んでいた玲奈も、今ではTシャツにジーンズという夏向きの格好に変わっていた。

「昨日お願いしたばかりだから、大丈夫ですよ。玲奈さんはどちらにお出かけですか？」

廊下の途中にある部屋から、ネクタイ片手に灰色のスーツを着た東間が顔を出した。

彼は二十四時間いつ顔を合わせてもスーツである。寝る時までスーツ着用ではないかと疑っていたりするが、今のところそれを確認する機会は訪れていない。

「買い物。王様に食玩《しょくがん》買ってこいって言われてるの。とりあえず大人買いしようかと」

「相変わらずの趣味人ですねぇ。政務に支障をきたしていないので、文句も言えないのですが」

「……最初に食玩をあげたのは教授だって聞いてるけどね？」

「あははー、そうでしたっけ？　追加の注文はないから大丈夫ですよ、ありがとうございます」

腹の立つ笑い声を上げた東間の顔が、扉の向こう側に引っ込む。玲奈を見送るつもりはないらしい。

まあいいか、と玲奈はつぶやいて、スニーカーに足を突っ込む。

頼まれた買い物をさっさと済ませて、自分用のお菓子を買って戻ることにしよう。


一方、玲奈を見送った後の東間も、鞄《かばん》を持って出かけようとしていた。

実は彼はイークリッド出身の人間で、本来は『トーマ』という名である。彼の役目は、魔物を倒す力を持つ聖女をスカウトすることだ。

どういうわけか、聖女と呼ばれるほどの魔力を持つ人間は地球にしか生まれない。彼の一族は代々、地球にやってきてその聖女を探すという役を請け負っていた。

昔は一服盛って連れ去ったり、家族に金銭を渡して買い取ったりと強引な手段を使ったこともあったらしいが、現在では一応〝相手の了解を得てから〟ということになっている。

たまたま玲奈をスカウトする時だけは少々強引な手段を取らせてもらったのだが、泣いたり喚《わめ》いたりせずとりあえず職場見学に同意したことから考えるに、意外に順応性が高かったようだ。今のところその順応性は、異世界《イークリッド》において遺憾《いかん》なく発揮されている。

あの時、大量にビールを与えたせいで玲奈の聖女としての能力が完全に解放されず、その後遠くグリーランドまで赴《おもむ》いて儀式をするという余計なひと手間をかけなければならなかったのだが、トーマはそれを蒸し返そうとはしなかった。誰もそこを追及しなかったのだから、口を閉じておけばいい。あえて問題の種をまき散らすこともない。

そんな彼が今出かけようとしている先は大学やテレビ局ではなく、イークリッドだ。だからわざわざスーツを着る必要もないのだが、聖女と共に魔物を倒す聖騎士たちが隊服をまとい、神官たちが神官服をまとうように——日本で聖女をスカウトする役目を担《にな》うトーマはスーツを身につける。彼にとってスーツは、ある種の戦闘服といってもいい。

「……おや」

玄関のチャイムが鳴っている。今日は来客の予定はなかったはずだと思いながら、トーマは玄関へ向かった。

「……どちら様でしょうか？」

玄関の扉を開くと、見たことのない女性が立っていた。地味な紺のスーツを着ている彼女は、日本女性の平均よりは少し小柄だろうか。初対面のはずなのにどこかで見たような顔立ち。だがその表情は険しい。

女性はトーマが顔を見せるなり、口早に切り出した。

「家《うち》の娘はどこですか？　ここに引っ越したと聞いているのですが」

「……家の……娘……？」

「娘の名前は、鏑木玲奈と言います。わたしは母の花江。ここに住んでいると聞いてきたのですが？」

あぁ――と、彼女の口から出てきた名前を聞いて、ようやくトーマは得心した。見覚えがあると思ったら、彼が雇った聖女の母親ではないか。娘の方が少々背が高いことをのぞけば、母と娘はそっくりだった。

「会社の社員寮に住んでいると聞いてたんだけど……住所、ここで合ってます？」

「ええ、合ってますよ」

ここは穏やかに応対した方がよさそうだ。トーマは素早く計算すると、多くの女性に『知的でさわやか』と高評価を受けている笑みを浮かべた。

彼は日本では有名人なのだ。とある大学で勤務しながら、朝の情報番組に出演し、本を出版し、時には講演に回り――と、彼の名前を知らない人間を探す方が難しいだろう。最近ではクイズ番組を中心としたバラエティにも出演し、若い女性層を取り込むのにも一生懸命だったりする。おかげで『知的なルックスなのに意外とカワイイ』などとも言われ、なかなかに好評だ。

「玲奈さんは、確かにこちらで暮らしていますよ。ここは僕の家なのですが、一部を社員寮という形で貸し出しているんです。僕一人で暮らすには少々大きいですからねぇ。職場もここですから、通勤が楽でいいですね」

せっかくのスマイル大サービス中だというのに、花江は感じ入った様子も見せずに眉を寄せる。その表情からは、いかにも胡散臭《うさんくさ》いという胸の内がありありとうかがえた。

「職場も……ここ、ですか。それにしてはずいぶん静かなようだけれど――あなたとわたし以外は誰もいないみたい」

おや、とトーマは少しばかり花江を見る目を変えた。ただ娘に会いに来ただけの母親だと思っていたのに、意外に鋭い。実際、この屋敷は現在トーマ一人であり、ここで生活しているのもトーマだけだ。玲奈の生活の基盤は別の場所にある。

「今日は創立記念日で休みなんですよ、うちの会社。先ほど玲奈さんも出かけて行ったので、しばらく戻らないんじゃないでしょうか」

「しばらくってどのくらい？　こちらで待たせていただけるのかしら？」

つけつけと彼女は言う。どうやら、留守にしているというだけでは納得してくれそうもない。玲奈の顔を見なければ安心できないという親心も分からなくはないし、ここで帰るよう促《うなが》したとしても、彼女はてこでも動くつもりはなさそうだ。となれば、待ってもらうしかないだろう。先ほど聞いた玲奈の外出目的を考えれば、それほど経たないうちに戻ってくるはずだ。

「ああ、すみません。立ち話させてしまいましたね……ええ、どうぞ。中でお待ちになってください」

トーマはそう言って花江を屋敷に招き入れる。

——さすがにこんな事態は想定していなかった。まさか、母親が娘のところへ乗り込んでくるとは。

どうしたものかとトーマはめまぐるしく頭を回転させる。

確かに想定はしていなかったけれど、今あれこれ問われても痛くもかゆくもないはず。玲奈を呼ぶ時から偽装工作はしてきた。

相手の了解を得てから聖女になってもらうという原則が作られたのは、文明の発達がその理由の一つだ。何しろ昔なら『あらあら、神隠しにあっていたのね』で済んでいたのに、今は行方不明事件として大々的に報道されてしまうのだ。そのため聖女本人にも協力してもらい、長期間姿を見せなかったり、謎の収入を得たりしていても不自然に見えないよう、あれこれ取り計らう。

今の時代、働いていないとなると周囲の目がうるさいだろうからと、玲奈を自分の親族が経営する会社の幽霊社員にしているのもその工作の一つだ。

そうした背景には、玲奈が了承するという条件付きで、『もう少し聖女やってもらえないかなぁ』という都合のいい願望があったりするのだが、まだ玲奈本人には伝えていない。

「こちらで娘はどんな仕事をしているんですか？」

応接間に通され、お茶を出された花江は、単刀直入に切り出した。

「今のところは入ったばかりなので——あまり大きな仕事はやってもらっていません。皆の仕事を手伝ってもらいながら、少しずつ覚えてもらっている感じでしょうか」

「……それって、忙しいんですか？」

「いえ、それほどでも。基本的には定時で上がっていただいてますよ」

「おかしいわね。じゃあ、なんで連絡よこさないのかしら。何度も何度もメールしたのに」

困りましたねぇ、と相槌《あいづち》を打ちながら、トーマは内心で舌打ちする。玲奈がきちんと連絡していれば、母親がこんなところに乗り込んでくることにはならなかったわけだ。

「そうですね……新しい環境にまだ慣れてなくて余裕がないんじゃないでしょうか」

何で自分が花江相手に言い訳しなければならないんだろう。表面的には微笑みを浮かべていても、だんだんと苛立《いらだ》ってくる。

そんなトーマの胸の内など知らぬげに、出されたお茶を飲み干した花江は腰を浮かせかけた。

「待っている間に、娘の部屋を見せていただいてもかまいませんよね？」

「あー、ああっ、ちょ、ちょっとそれは待っていただいてもいいですか？　勝手に部屋を見せると、僕が玲奈さんに叱られますし」

ここで玲奈の部屋と言えるのは、彼女が荷物を突っ込んでいる物置だけだ。せめて〝玲奈の生活空間〟として見せられる部屋を用意しておけばよかったと後悔するが、今さら遅い。

「あなた、玲奈の上司じゃないの？」

「そ、それはそうなんですが。あとで文句を言われたら面倒です。そ、そうだ。電話したらいいんですよね。すぐ呼び戻しましょう！」

焦ったトーマは携帯電話を取り出す。玲奈に電話をかけて、さっさと戻ってきてもらうことにしよう。何だか、花江の怒りがどんどん大きくなっているような気がするのだ。というか、背後に炎が見える——のは気のせいだろうか。

「……それって、本当に玲奈の番号にかけてます？　適当なところにかけて誤魔化そうとしているんじゃないでしょうね？」

「ああもう、僕を疑うんですか？　ほら、見てくださいよ。玲奈さんの携帯にきちんとかけているでしょうが！」

トーマは自分の携帯の画面を花江の方に突き出した。

これほど玲奈の帰りを待ちわびたことがあっただろうか——いや、ない。ないと断言できる。

＊　＊　＊

そして一時間後。玲奈の前にお茶を出し、花江のお茶を新しいものにいれかえたトーマは、ちっちっと指を振って見せた。

「困るんですよねぇ、親御さんにはきちんと連絡しておいていただかないと」

「いやー……引っ越しするって連絡はしたんだけどさぁ……」

改めてトーマと花江を引き合わせた玲奈であったが、この状況は非常に頭が痛い。

東間貿易株式会社というのは実在していて、輸出入業を営んでいるのも事実だから、玲奈の社会的身分は保障されている。だが幽霊社員もいいところで、実際には別の〝業務〟にあたっており、その内容も細かく突っ込まれたら困ってしまう。

「普段から連絡はきちんとしなさいって言ったわよね？　メールしても返事がない、携帯にかけても繋がらない。何かあったんじゃないかって心配したじゃないの！」

「う、ご……ごめんなさい……」

トーマの前だから控えようとしている気配はあるのだが、それでも抑えきれない怒りが母から伝わってくる。玲奈は身を小さくした。

「響子《きょうこ》ちゃんの結婚式のことで連絡したのに、メールの返信すらないんだから！」

「……だから……それは……」

そういえば、従姉妹《いとこ》が近く結婚式を挙げるというのは聞いた気がする。

音信不通になっていたのはグリーランドに行っていたからだ。イークリッドで電波が通じるのは、普段玲奈がいる聖騎士団本部内のほんの一角だけで、それ以外は通話もメールも不可能なのだ。だが、それを説明するわけにもいかない。

「……ええとですねぇ、鏑木さん」

「……何かしら?」

口を挟んだトーマに、花江は器用に片方の眉だけ上げて返した。

これは彼女が本気で怒っている証拠なのだ——少々怒っているくらいなら両方の眉がきりりとつり上がる。怒りの度が過ぎると、頭の一部が冷静さを取り戻すのだろうと玲奈は解釈しているが、何にせよこうなった彼女を見るのは久しぶりだった。

「イークリッドって聞いたことありませんか?」

トーマの言葉を聞いた玲奈はお茶を噴き出した。それはもう盛大に噴き出した。

お茶が気管に入ってしまってごほごほやっている娘にはかまわず、花江はわずかに身を乗り出した。

「聞いたことないけど……それが、何か?」

「実はですねぇ、玲奈さんにお願いしているお仕事というのが、この世界とは異なる世界でなければできないお仕事でして」

「……異なる世界……ねぇ……」

花江は訝《いぶか》しげにそう言って体勢を戻した。そのついでに、落ち着きを取り戻した玲奈をしゃんと座らせる。

「ちょ、きょーじゅ！　あんた何考えてるの！　普通の人にイークリッドとか異なる世界とか言っても通じるはずないでしょ！」

「いや、だって面倒なんですよ。鏑木さんに内緒にしておくの。玲奈さんの業務内容を根掘り葉掘り聞こうとするわ、娘の部屋を見せろとか言うわ……玲奈さんの部屋、荷物放り込んであるだけでしょう？　段ボールだって山積みだし。そんなの見せたら、ますます怪しまれるじゃないですか」

食ってかかろうとする玲奈を、トーマはひらひらと手を振っていなす。その仕草にやたらに腹が立って、玲奈はさらに膨れっ面になった。そこは面倒で片づけていい話じゃないだろう！

「だったら、本当のことをお話しした方が楽でいいんじゃないかなー、と思いまして。僕、面倒なことは嫌いですし」

「……胡散臭《うさんくさ》い話ねえ。それを信じる人がいるの？」

「いますよ、そこに」

トーマがまっすぐに指さしたのは玲奈だった。いや、簡単に信じたわけではなくて、一応かなり疑ってかかったのだが……

「あ、あれは……！　帰ってきたらいきなりルートに入っちゃったからでしょう！　あれ見たら信じないわけにはいかないじゃない！」

トーマと玲奈の初顔合わせは、就職活動に失敗し、意気消沈して帰宅した玲奈が自室の扉を開いた時だった。

その時玲奈の部屋は、ヴェルサイユ宮殿の鏡の間を思わせる鏡張りの部屋へと変化していた。それだけで目を回してしまった玲奈は、トーマに招き入れられるまま、何故か置かれていたこたつに入るしかなかった。今三人が座っているようなごく普通の部屋に招き入れられたとしたら、絶対に信じなかったと断言できる。

ちなみに、あの時次から次へとビールを出して見せたのは単なる手品だったそうだ。後にそれを聞かされた玲奈は激しく脱力してしまったのだが——

「『ルート』ってねぇ……異世界ってねぇ……」

花江は首を傾げているが、信じられないのも当然だろう。話だけ聞いていたら怪しいことこの上ない。どうしたものかと頭を抱える玲奈にはかまわず、トーマはもう一つ爆弾を投下した。

「実はね、僕こちらで聖女を探すのが任務なんですよ。で、玲奈さんにはその聖女の役をお願いしていてですね……」

玲奈は思いきり突っ込もうとしたけれど、その前に母に制された。まさか、この胡散《うさん》臭《くさ》い話に最後まで付き合うつもりなのだろうか。

「で、その聖女って何するの？　ボランティア活動とか？」

ある意味、母は大物なのかもしれない……玲奈は、こんな話を聞いても動じずに話を聞く母の横顔を眺める。一方、問いかけついでに平然とお茶のおかわりを要求した花江は、熱いお茶が出てくるとふぅふぅと息を吹きかけて冷ました。

「うーん、まあ、国が行うボランティアと言えばボランティアみたいなものですが……」

トーマの口調が歯切れの悪いものになる。それはそうだろうと玲奈は心の中で突っ込んだ。

何しろ、「魔物なんて聖女の姿を見ただけで逃げ出しますよ！」と断言していたにもかかわらず、なんだかんだで聖女も、共に戦う聖騎士たちも命がけの任務をこなさざるを得ないのだ。ボランティアにしても度が過ぎている。

「なんかねぇ、聖女って強大な魔力を持ってるんだって。それが地球にしか生まれないから、教授がこっちに来てスカウトしてるんだって。それでわたしもスカウトされたってわけ」

こうなったら毒を喰らえば何とやらだ。トーマの話を補足する形で玲奈も話に加わった。あとで困るかもしれないけれど、そこは考えないことにする。確かトーマは、人の記憶をいじったり消去したりできると言っていたから、今花江を説得できなかったとしても何とかなるのだろう。たぶん、きっと……そう願いたい。

「こちらに来たのは祖父の代になりますね」

玲奈を引き込んだことで完全に落ち着きを取り戻したのか、トーマがいつものようににっこりとする。

胡散臭《うさんくさ》い！　さっきから胡散臭いばかり連発しているのだが、実際玲奈の目からするとトーマの微笑みは胡散臭いことこの上ないのだ。

彼のことをよく知る前は、朝の情報番組で見かけるたびに「おお、あいかわらずナイスミドル」なんて思っていたりもしたのだが、今となってはそんな自分をぶん殴ってやりたい。

「……意外に昔からこちらに来ていたのね。それで、あなた、大学で先生やってるでしょ。日本人なの？」

「ちょ、突っ込むとこ、そこ？」

そこを今突っ込むのか。玲奈としてはむしろ母親の方に突っ込みを入れたい。何を考えているんだ、この人は。

「そうですねぇ、戸籍はあるので一応日本人でいいんじゃないでしょうか。まあ、その戸籍の入手方法になると……ごにょごにょ……になるわけですが」

「どういうこと?」

花江の問いにトーマはごにょごにょの内容をちょっとだけ教えてくれた。

いわく、通常日本側ではイークリッドの魔術は発動しないのだが、イークリッド側から神官が祈りを込めたお札のようなものを持ち込み、そこから魔法を発動させて、人の意識に干渉するのだそうだ。「携帯電話のミニアンテナを設置するようなものだ」という説明で、玲奈は何となく納得した。

「昔は、役所も手仕事でしたからねぇ。そうやって魔術で記憶を操作してしまえば、適当な戸籍を作りやすかった……と聞いてますね。祖父の代の話なので、僕は聞いただけですが。でも、今は全部データで管理されてますから、いろいろ難しいんですよね。やってやれないことはないみたいですけど」

「へえ、そうなの。それで、話を戻すけど。聖女の魔力が必要な仕事って、具体的にどんな仕事なの?」

「だ、だから、魔力を使って皆を助ける仕事なんだってば!」

そこを具体的にたずねられたら、とても困ってしまう。剣を振り回して魔物をやっつけているなんて、親にはちょっと、いや、かなり知られたくない。見た目もアレな相手が多いし。

「……玲奈？　親には言えないようなことをしているわけじゃないわよね？」

母の語尾が上がる。危険なサインを感じ取って、玲奈は首をすくめた。

ちらりと向かい側に座るトーマに目をやるが、こちらは戦線離脱とばかりに茶菓子がどうのこうのと言いながら、応接間を出て行くところだった。

「裏切り者ぉぉぉ！」

「玲奈！」

トーマに呪詛《じゅそ》の言葉を吐いた玲奈を、花江が一喝した。それだけで、玲奈はしゅんとなってしまう。

「……で？」

促《うなが》され、玲奈はしぶしぶ話し始めた。

「いや……だから……ね……？　聖女っていうのは……街の治安維持っていうか……その、危険分子を排除するのが仕事っていうか……」

「危険分子？　警察みたいなもの？」

「うーん、そんなものかなぁ。街の平和を乱す奴をこう……ぶん殴るっていうか……」

「へぇ……つまり、かなり危険なことやってるわけね？」

母の目がすっと細くなった。

——あ、怒ってる。

「え、ま、まあ……危険っていうか……でも、聖女だし……ほら、他の人を守らないといけないしね、そこはまあ不可抗力……みたいな？」

「今の話に他の人は関係ないでしょう？　怪我なんてしてないでしょうね？」

「……そ、それは……」

玲奈が自然と花江の心情を読み取れるように、花江もまた玲奈の心情を読むのに長《た》けている。うう、と唸《うな》った玲奈は、ついに相手が魔物であることを白状した。

「魔物って……どう聞いても危険そうなんだけど？」

「……それほど……でも……ない……か……ナー」

「そうなの？」

疑わしそうな目で、花江は玲奈を見る。これ以上深く追及されたくない。

母をここから追い払うにはどうしたらいいのだろうと考え込んでいるうちに、栗羊羹《くりようかん》を盆に載せたトーマが戻ってきた。

「教授……話が落ち着くまで、そこで待ってたでしょう？」

「あはは一、そんなことあるわけないじゃないですか！　適当なお菓子が見つからなかったので、ちょっとそこの和菓子屋まで出かけていただけです！」

「その羊羹《ようかん》、わたしが出かける前にキッチンの棚に置いてあったけど？」

さっくりとトーマの言い訳を切り捨てて、玲奈は栗羊羹に手を伸ばす。

今の話を、母はどう思ったのだろう。信じているのかいないのか、玲奈にはよくわからない。

「ねぇ、東間教授。聖女って危険なんでしょ、娘はごまかそうとしてるけど」

遠慮なく羊羹に手を伸ばしお茶を啜《すす》った花江は、ずばりと言い放った。それに対するトーマの返答も返答だ。

「ええ、まあ……安全とは言い切れませんよねー」

「きょーじゅううう！」

羊羹を刺した楊枝《ようじ》片手に玲奈は情けない声を上げる。一生懸命ごまかそうとしていたのに、何さっくり言ってくれてるんだ、この男は。後ろから蹴り倒してやりたい衝動にかられる。

「……僕、思ったんですけど」

自分の前にある羊羹の皿を横に押しやって、トーマは真剣な表情になった。

「お時間あるようでしたら、玲奈さんの仕事場を見学してみませんか？　たぶん、鏑木さんが考えているほど怪しくはないとわかっていただけると思うんですが」

「……仕事場って異世界とやらいうところ？」

「ええ。僕はいいところだと思ってますよ」

トーマの言葉を聞いた花江は静かになってしまった。

そしてふとテーブル上の湯呑《ゆのみ》に手を伸ばすと、一気にあおって、ぱんと手を打ち合わせる。

「……そこって簡単に行けるの？」

「へ？」

拍子抜けして何も言えない玲奈を、母は頭から足元までじろじろと眺め回した。

「実際に見てみないとわからないでしょ。あんたが行ってるんだから、わたしが行けないってことはないだろうし」

「おーかーあーさーんー？」

あわあわしている玲奈にはかまわず、花江はトーマを見つめる。あっさりと異世界行きを承諾した花江に、玲奈同様しばし呆然としていたトーマだったが、すぐに自分を取り戻した。

「では、娘さんの仕事場に案内させていただきますね」

胡散臭《うさんくさ》い笑みを浮かべたトーマは、玄関から靴を持ってくるようにと花江を促《うなが》し、やがて二人揃ってさっさと応接間を出て行ってしまう。

「あー、ちょっと待って！　待って！」

少しの間動けずにいた玲奈も慌てて玄関に靴を取りに走り、先に行く二人の後を追う。そしてちょうど、トーマがルートに通じる扉を開こうとしたところで追いついた。

ルート、と言っても何もない部屋だ。扉を開き、中に入り、さらに向こう側にある扉を開けば、それだけで異世界イークリッドに到着する。

「……もう着いたの？」

あまりにも簡単に世界の境界線を越えたことに、花江は拍子抜けしたようだった。おまけに境界を越えても、特に何が変わったというわけでもないのだ。単にごく普通の洋館のような、聖騎士団本部内の廊下が続いているだけで。

そこへ廊下の向こう側から、真っ赤な髪とフリルとレース満載のシャツが印象的な男がやってきた。その姿を見つけた玲奈が彼にしがみつく。

「……あら、玲奈ちゃん？」

「ナイジェルゥゥゥ！」

「あらやだー、抱きつくなら人がいない時にしてもらわないとお」

指の振り方が若干しなっとしているが、一応れっきとした男性である。玲奈とは、化粧談義で盛り上がったりする聖騎士のナイジェルだ。頼れる兄……いや姉……？　という感じで、玲奈にとっては今一番気安い相手だったりする。

「襲っちゃうわよー」

「やだなあ、ご冗談をー」

「……玲奈？　遊んでる暇はないんじゃないの？」

ナイジェルのシャツについているフリルを引っ張っていた玲奈は、ため息混じりに振り返った。

「ごめん、ちょっと現実逃避してた……ナイジェル、これ、うちの母親」

「やあねぇ、この子は。母親をこれって何よ、これって」

「んで、こっちがナイジェル。わたしがお世話になってる聖騎士団のメンバー」

玲奈が二人を引き合わせると、花江はナイジェルに右手を差し出した。聖騎士団という耳慣れない言葉は無視することにしたらしい。後で説明しようと玲奈は決める。

「家《うち》の娘がお世話になってまして。どうぞよろしく」

「あらー、こちらこそすっかりお世話になってまして。それで、どうしてこちらに？」

「そこの先生がね、娘の職場を見学してみればって言ってくれたから」

握手をしながらナイジェルはぱちぱちと瞬《まばた》きをする。

「トーマ、どちらにお連れするつもりなの？」

「神殿の方に、ね。鏑木さんが疑問に思うことがあったら、ノエル神官長に聞くのが一番早いですからね」

ノエルというのはこの国の最高神官だ。割と俗物的な質《たち》で、会うたびにセクハラしてくるものだから、玲奈はちょっぴり苦手意識を持っていたりする。

「うにゅ！」

「あら、あなたどこ行ってたの？」

「みゅ！」

玲奈の頭の上にぽんと乗ったのは、玲奈の精霊だ。今は、真っ白なハムスターに羽が生えたような愛らしい姿をしている。

手を伸ばしひょいとその白い毛玉を取り上げた花江は、眉間に皺《しわ》を寄せた。

「こんな生き物、見たことないんだけど……？」

ふむふむと頷きながら、花江は毛玉の首の後ろを掴んで自分の目の前にぶら下げ、じろじろと見る。バッカスはしばしじたばたじたばたしていたが、花江に睨みつけられた途端おとなしくなった。

「……この子、本当はもっと違う姿なんじゃないの？」

「へ？」

母の落とした爆弾に、玲奈は間抜けな声を上げてしまった。

「……だって、嘘くさいもん。このお腹《なか》のあたりとか……」

そう言っておきながら、花江は首を傾げた。

「わたし、何でそんな風に思ったのかしらね？　見たことのない生き物なのは確実なんだけど。えいっ！　えいっ！　正体を見せろっ！」

「ぎゅーー！」

容赦なく腹のあたりをわしゃわしゃとされて、バッカスはばたばたと暴れる。そして花江の手を振り払って床に転げ落ちたかと思うと、その場でくるりと一回転した。

今までの白いもふもふとした毛皮に手足の生えた姿から、緑色のワインボトルへと姿が変わる。床の上にだらんと手足を伸ばして転がったボトルを見て、花江は両手を腰に当てて胸を張った。

「そんなことだろうと思ったのよ！　何かあると思ったら……ねぇ、これって飲めるの？」

最初に出てくるのは、その言葉か！

姿が変わったことに対して驚くとか何とかすればいいものを。まあ、花江と同じ立場なら玲奈自身も同じことをたずねそうな気がするから、似た者親子なのかもしれない。

「あー……バッカスの中身は……まあ、飲めなくはないけど……、ねぇ？」

「あら、なーに？　極上だから、わたしには飲ませたくないとか？」

「そういうんじゃなくて、怪我人専用なの。怪我をあっという間に治してくれる魔法のワイン……的な……？」

「なーんだ」

興味なくなったと言いたげに、花江は床に転がっていたバッカスを持ち上げようとする。

だがバッカスは彼女の手から逃げ出して、空中で器用に白い毛玉に戻り、玲奈の頭の上で抗議の鳴き声を上げた。

「……というか、バッカスってお酒の神様の名前でしょ？　安直ねぇ」

「しかたないでしょ、他に思いつかなかったんだから」

バッカスがあの形態になってしまった件については、玲奈に大いに責任があるのだが、それについては触れないことにしておく。

「そろそろ行きませんか？　いつまでも廊下を塞いでるのもどうかなー、と思うんですよねぇ」

ここでようやく話に入る隙を見つけ出したトーマは、そう言って花江と玲奈を促《うなが》したのだった。

＊　＊　＊

廊下ですれ違ったナイジェルに別れを告げて、三人はトーマが手配してくれた馬車に乗り込んだ。

「まぁー、移動手段が馬車なのねぇ」

物珍しそうに、花江は馬車の中を見回している。

「……何なら馬で行く？　歩きでもいいと思うんだけど」

「玲奈さん、馬に乗れるようになりましたっけ？」

「……聞かないで」

イークリッドでは主な交通手段として馬車が使われている。有事の際には馬が使われるのだが、玲奈は乗馬が苦手だ。

聖女の力のひとつとして、運動能力が常人の何倍も発達する――ただし、イークリッドにいる時限定——というのがある。玲奈ももちろん例外ではないのだが、乗馬だけはどういうわけか上達しない。馬とウマが合わない——というか、馬に嫌われているという方が正解なのかもしれない。どれだけおとなしく賢い馬を用意してもらっても、振り落とされてしまうのだから。

三人を乗せた馬車が神殿に到着した時、その音を聞きつけたらしいノエルがちょうど出迎えに出てきた。

「ちょっと待っていてくださいね」

トーマは玲奈と花江を車内に残すと、馬車を降りてノエルの方へと歩み寄る。彼が口早にささやくと、ノエルは驚いた顔になった。

「……何と」

彼はまじまじと玲奈と花江の顔を見比べる。そして次の瞬間、思ってもみなかった行動に出た。

「——聖女様！」

確かにここには聖女がいる。けれど、彼が身を投げ出したのは玲奈の前ではなく——母親である花江の前だったのだ。

「え……？　ちょっと、何？　え？　ねえ、何があったの？」

一瞬、玲奈と花江を間違えているのではないのかと混乱した。いやそうだとしても、今まで何度も神殿に来ていて、これだけ熱烈に歓迎されたことってなかった気がする。ということは、「聖女様」という言葉は――花江にかけられたのだろうか。

「これって、こっちの世界の歓迎の挨拶なのかしら？　わたしも同じようにした方がいいの？」

目の前のノエルにさすがに困惑した様子で、花江はトーマに視線を向ける。

「いいえ、それはけっこうですが。神官長、立ってもらえますか。やはりあなたの目にもそう見えますか」

「はーい、話自体見えない人がここにいまーす」

「ここにもいまーす！」

玲奈は右手を勢いよく突き上げた。花江も玲奈と一緒になって右手を挙げている。トーマとノエルの間で交わされている会話の意味がまったくわからない。

「……実はですね。玲奈さんだけじゃなくて、お母さんの方にも聖女の素質がある気がするんですよね」

「はあ？」

トーマの口から出てきたのが、あまりにも思いがけない言葉だったからだろう。ここまで勢いよく突き進んできた花江の口からは驚いたような声しか出てこなかった。

「よろしければ、確認をさせていただきますが？」

おそるおそると言った様子で、ノエルが口を挟む。

よろしければ、ってよろしくなかったらどうするのだろうか。心の中でそう突っ込む玲奈を横目に、花江はひょいと肩をすくめた。

「いいわ、やりましょ」

「え？　何で、何で、ナンデ？」

今度は玲奈が間の抜けた声を上げてしまう。すると花江はまたかるーく肩をすくめて言った。

「毒を喰らわば何とやらって言うでしょ。それに、わたしも何か引っかかっているのよ。勘、と言ってもいいのかしらね？　やっといた方がいいって」

「引っかかるって……どういうこと？」

それで見も知らぬノエルに確認を許すというのも、またずいぶん豪胆な話だ。いや、ここまで来ることに同意した挙句、道中もあまり動じていなかったので、改めて驚くことでもないのかもしれないが。

ノエルが皆を奥へといざなう。

「それでは、奥へいらしていただけますか？」

「わーお！」

玲奈が思わず声を上げたのは、花江の尻を撫《な》でようとしたノエルを、花江が上手くかわしただけでなく、その豊かな腹に素早く肘《ひじ》を叩き込んだからだ。神官と聞いていたから、玲奈もそこまでするのは遠慮していたのだが……母はその必要すら感じていなかったようだ。

「……ははっ」

ノエルが乾いた笑いを漏らしたということは、花江にはかなわないと認識したということだろうか。玲奈の肩に乗っているバッカスも、あの人に逆らってはいけないと言いたげに、うにゅと鳴く。

ノエルが一行を案内したのは、建物の奥の方に設置されている祈りの場だった。玲奈は何度かこの場所に足を踏み入れたことがある。ここは神殿の中心、ノエルが玲奈のため、バッカスを召喚するのに使った場でもあるからだ。

「ハナエ殿、この場所に立っていただけますか……失礼……」

今日ノエルが手に持っているのは、先端に大きな宝石のはめ込まれた、「ザ・魔法使いの杖」という印象の杖だ。きっと目的によって使い分けているのだろうが、彼はいったい何本の杖を持っているのだろう。

神殿の床には、何やら魔法陣のようなものが描かれている。ノエルはその模様をぐるぐるとなぞりながら、杖を時折花江の方に向けたり、天井に向けたりと忙しく歩き回っていた。

やがて、

「おお！　やはりあなたは……先代の聖女様だったのですね！」

というノエルの歓喜の声が響く。

「ええ？」

それを聞いた玲奈は、思わず声を上げてしまう。いくらなんでも、母親まで聖女だなんてあんまりにも出来すぎてないか。一方ノエルは花江の両手を握ろうとしてすかさず手を隠され、勢い余ってよろめいていた。

そして、平然とした顔で花江が言う。

「どうやらわたし、本当に聖女だったみたい——というか、三十年近く前にここで二年くらい聖女やってたみたいよ？　どうやら、今ので記憶が戻ったようね」

「嘘でしょー！」

今日は驚かされてばかりだ。玲奈は、それきり言葉を失ってしまう。頭が痛いのは気のせいではないはずだ。

「……記憶が戻ると話が早くていいですねえ。いえ、鏑木さんは最初から話が早かったですけど」

感心したような声で言ったトーマは、胸の前で腕を組む。

「……わたしを迎えに来たのは、あなたのお父様だったわね。先代の方が素敵な男性だったわぁ」

いや、それは今この場で口にすべきことではないだろうに。玲奈は心の中で突っ込む。

「いやー、まさか先代の聖女様にお会いできるとは思ってもいませんでしたよ。当時わたしは下っ端で、聖女様のお顔を拝見する機会もありませんでしたからねぇ」

額の汗を拭き拭きノエルが言う。

「何で？　何でお母さんが聖女なわけ？」

頭を抱えた玲奈はその場にしゃがみ込んだ。

確かに先祖に聖女がいるようなことは聞いていた。それに、玲奈の前の聖女は三十年くらい前に来たという話も聞いていたけれど、まさかそれが自分の母親だとは思わなかった。

とりあえず、ビール飲みたい。こっちはもう秋の気候になりかけているけど、ビール飲んでごろごろして、このとんでもない現実を忘れ――

「ほら、そこ、現実逃避しない。わたしが聖女なのがそんなに気に入らないってわけ？」

玲奈の頭を、思いきり花江がひっぱたいた。うう、と唸《うな》った玲奈はそのまま床に手をつきかけ、次の瞬間また飛び上がった。

「でも！　お母さん行方不明になってたことなんてあった？」

「ない！　聖女やってた期間は、留学してたことになってるみたい。留学経験あるのは知ってるでしょ？」

「あぁ……そう言えば、そんなこと言ってたわね……英語少しも身につかなかったって言ってた……」

「失礼ね！　あなたよりはしゃべれるわよ！　日本にいなかった期間は、留学してるってことでわたしや皆の記憶が書き換えられていた……みたいね」

「まさか、ねえ……まさか……」

玲奈はまじまじと母親を見てしまう。留学じゃなくて、聖女やっていたなんて信じられない。

「あれ、そう言えばわたしの精霊はどうしたのかしら？」

不意に花江が首を傾げる。

「ああ、ハナエ殿の精霊でしたら今は精霊の世界にお帰りになっておりますぞ。お呼びしましょうか」

「そうね、久しぶりに会えたら嬉しいわ。存在忘れちゃってたのは悪かったけど」

そうか、母にも精霊がいたのか。玲奈は改めて驚かされた。バッカスをはじめ聖女には代々従う精霊がいるというのなら、母にも似たような存在がいてもおかしくはないのだが。

「では、準備をしてまいりますので、しばらくお待ちくだされ」

今日のノエルは大忙しだ。花江の聖女判定をし、記憶を呼び戻し、今度は精霊を呼び出そうというのだから。忙しく働かされるノエルには気の毒だが、母の精霊には興味をそそられる。

ノエルが嫌な顔一つ見せず立派な腹を揺すりながら立ち去ると、玲奈はトーマに向き直った。

「ねえ、教授。お母さんをここまで連れてきたのって聖女かどうか確認するため？」

「まあ、そういうことです。玲奈さんの時は事前にじっくり調べさせていただいたので、確信が持てたのですが、鏑木さんの場合はその時間が取れませんでしたからねぇ」

「お母さんがイークリッドに来ることに同意しなかったら？」

「その時はその時ですよ」

トーマはにやりとする。

「後ろから頭をぶん殴って気絶させるとか、一服盛って意識を失わせるとかして、強引にお連れするしかないかなって思ってました。こちらに連れてこられれば、適当な記憶を刷り込んで納得させられますしね」

「……それって犯罪」

トーマは悪びれない良い笑顔を見せてくれるが、玲奈は顔を引きつらせた。意外にというか、やっぱりというか、出たとこ勝負だったのか。

「……ふーん、そんなことを考えていたわけね？」

背後から低い声がして、玲奈もトーマも思わず姿勢を正した。振り向けば絶対零度の眼差しで花江が睨みつけている。

ほんの数分前までなら比喩《ひゆ》表現で済んでいたのだが、聖女の記憶を取り戻した今となっては——洒落《しゃれ》じゃ済まない。本当に氷の中に閉じ込められかねない。

「先代はもっとスマートだったというのに、三代目ときたら」

花江はふぅっと大げさなため息をついた。

「『三代目』って老舗《しにせ》の魚屋みたいな呼び方しないでくださいよ……」

困った様子でトーマが首を振った。その表現はどうかと思うけれど、先代の方が素敵だのスマートだのと言いたい放題されているので、少しだけ気の毒になってしまう。

「お、お母さんの精霊って、どんな精霊だったの？」

慌てて玲奈は話題を変えることにした。

「どんなって……まあ、いい子だったと思うけど。何しろ三十年前だものねぇ。さすがに記憶もあちこち抜けてて」

あははと花江は口を開けて笑った。本当に忘れ去っているようなので、玲奈もそれ以上聞かなかった。どうせ、すぐに会えるわけだし。

やがて儀式の準備を終えたノエルが戻ってくる。儀式をのぞいていてもかまわないと言うので、玲奈もこの場に残らせてもらうことにした。

床の模様は、いつの間にか書きかえられていた。ノエルは花江に向かってその中央に膝をつくよう促《うなが》す。言われるがままに花江が膝をつくと、ノエルは二本の金の棒を打ち合わせた。きーんという澄んだ音が神殿内に響き渡る。

「あなたを呼び出した時もこんな感じだったんだけど、覚えてる？」

玲奈は肩に乗せたバッカスにひそひそとささやく。バッカスはうにゅ？　と首を傾げただけで、それ以上は何も言おうとしなかった。トーマは興味深そうに、神殿の一番後ろから儀式の様子を眺めている。

ノエルが杖を高く掲げながら、花江の周囲をぐるぐると回っている。彼の口から出る言葉の意味はわからない。玲奈の時と同じような、いや、少し違うような。

やがて——呪文の調子が最高潮に達するのと同時に、花江の声が神殿中に響き渡った。

「つめたぁい！」

続いて何かが爆発したような音がしたと思ったら、ぽてっと床の上に何かが落ちる。

「んまぁ……久しぶりねえ……」

聖水を首の後ろに垂らされた花江は、それをハンカチで拭いつつ、床に転がっている精霊を抱き上げて玲奈の方へと振り返った。

「これが、わたしの精霊」

花江の手の中でじっとしているのは……精霊、というより天使と言った方がよさそうな、ものすごい美少年（?）だった。長めの金髪はくるくると渦《うず》を巻いて顔の輪郭を取り囲み、その華奢《きゃしゃ》な身体には真っ白い服をまとっている。その上、足元は革のサンダルっぽい履き物で、背中に生えているのは白い翼だから、よけい天使っぽく見えるのかもしれない。

玲奈は身を乗り出してたずねた。

「名前は？」

バッカスという名を安直だと評した母が、この精霊にどんなカッコイイ名前をつけたのかは興味深いところだ。

「ああ、申し遅れました。ボク、ダイスケって言います」

精霊――ダイスケは、花江の肩に移動するとそこでぺこりと頭を下げた。

「……何でダイスケなのよ……」

玲奈は脱力しつつため息をついた。

「この子がどこをどうやったら、そんな日本人的名前になるわけ？　アンジェラとかそんな名前の方が似合いそうじゃない」

「アンジェラって女の子の名前じゃない。この子、一応男よ？　……たぶん」

「突っ込むとこが違う気がする！」

「いやだなあ、ハナエ。精霊に性別は存在しませんよ？　少なくとも、あなたたち人間のような形ではね。まあ、一人称がボクって段階であなたたちにとっては男なんでしょうけど」

口早にしゃべるダイスケは、落ち着いているのかいないのかわからない。首を傾げている様子は可愛らしいのだが、それだけでは済まなそうな気配を漂わせている。

「ああ、ボクはかまわないんですよ？　ダイスケでもアンジェラでも。ハナエが呼びやすいのが一番ですからねぇ」

花江の肩の上に座って、くるくるの金髪を引っ張っているダイスケは、自分の名前を気に入っているらしい。少なくともアンジェラよりは、ダイスケと口にした時の方が嬉しそうに見えた。


聖女が二人揃うというのは前代未聞のことだ。失われてしまった記録の中にはそういった事例もあったのかもしれないが、少なくとも現代には伝わっていないそうだ。

トーマが神殿から連絡を入れていたらしく、玲奈たちが騎士団本部に戻った時には、もう一人の聖女がやってきたことが広まっているようだった。

「レナ様！　そちらが先代の聖女殿なのか？」

「あら美形」

「思ってること、そのまま口から出すのはやめようか、お母さん」

「美形を美形って言って何が悪いの？　そう言えばさっき会った子……何て言ったっけ？　化粧してた子も悪くなかったわよねー」

騎士団本部に戻ってきた一行を出迎えたのは、聖騎士団第一部隊隊長のアーサーだった。短く揃えた金の髪、青い瞳を持つ整った顔立ち。眉間に皺《しわ》が寄っていて大抵機嫌が悪そうに見えるのと、女性の足を見ると鼻血を出すことをのぞけば、完全に王子様だ。最初に会った時に、玲奈が心の中で「ハリウッドか！」と突っ込んだぐらいのきらきらした容姿の持ち主なのだが、玲奈の中ではかつての王子様感は完全に失われている。

「ところで——あなた、独身？　彼女いる？　うちの娘とか——」

「その話は今はいいから！」

玲奈は花江の頭を後ろからひっぱたいた。後で報復を食らいそうな予感もするが、このまま話を進めさせるわけにはいかない。まったく事態が呑み込めていないらしいアーサーの前で、玲奈はばたばたと手を振って何とか誤魔化そうとする。

「お待ちしておりました。ハナエ様」

後から出てきた第二部隊隊長ブラムは、今のやりとりを見なかったかのようににっこりと微笑む。

するとバッカスがばたばたと飛んでいって、明るい茶色をした彼の頭の上に着地する。そこがバッカスのお気に入りの場所らしく、ブラムの方も頭に白い毛玉が乗っていても平然としたものだ。

ブラムはこちらの世界でも貴重とされる魔術師であり、玲奈に魔力の扱いについてレクチャーしてくれたのは彼だったりする。これまた初対面の時に玲奈が「ハリウッドか！」と突っ込んだくらいの美形なのだが、その容姿を有効活用する気はないらしく、玲奈の前で惜しげもなく腹黒さを晒している。

「ところで――あなた、独身？　彼女――いや、ほらうちの娘とかどう？」

「だーかーらー！」

「本当に、よく似ておいでですねぇ。どうしてノエル神官長がハナエ様のことを思い出さなかったのか不思議なくらいですよ」

花江はアーサーの時より口早に売り込みにかかるが、さらりと笑顔でかわされていた。

「彼とは顔合わせたことないと思うのよね、彼も当時はまだ下っ端だって言ってたし。わたしの時には、ユラン神官長って言ったかな。そう言えば、ネイトさんって知ってる？　わたしが来た当時、聖騎士団の団長さんだったんだけど」

「ネイト……？　ハナエ様がいらしたのはだいぶ前ですよね。覚えがないので調べてきましょう。今は城勤めをしているかもしれませんし、そうでなければ……」

そう言ったブラムは途中で言葉を切ってしまう。珍しく彼が、少しだけ困ったような表情になった。花江が身を乗り出す。

「何？　どうしたの？」

「いえ、ひょっとすると……もうこの世を去っている可能性もあります。聖騎士は危険な仕事ですからね。その可能性も考えていただいてよろしいでしょうか」

「そうね、その可能性もあるわよね。ユラン神官長なんかは、当時もう八十くらいのお年だったからお会いできないだろうとは思ったのだけど。悪いけれど、調べてもらえるかしら。できることならお会いしたいし」

了承したブラムが踵《きびす》を返して歩き始める。すると今度はアーサーが花江に向き直った。

「団長がお会いしたいと。団長室へおいでいただけますか」

「もちろん。娘も一緒でいいのでしょう？」

「当然です」

相手が年長者だからなのか、聖女だからなのか。アーサーの口調は少し緊張しているようにも感じられた。よく考えれば玲奈も聖女なのだが、彼の中では玲奈にそういった輝かしいイメージはついていないだろう。

案内するアーサーに続いて歩きながら、花江は素早く玲奈の耳へ口を寄せた。

「で？　誰と付き合ってるの？」

「……へ？」

「大丈夫！　ルックスだけなら全員合格点！　お母さん、相手が異世界人でも全然気にしないから！」

「……気にしようよ、そこは……」

脱力して立ち止まった玲奈のつぶやきなど誰の耳に届くはずもなく、玲奈はさっさと先に行ってしまった花江とアーサーを追いかけることしかできないのだった。

第二章　結婚するって本当ですか

騎士団長のローウェルは、夜は待機の意味もあってこちらに戻ってくるのだが、昼の間は城に詰めるのが基本だ。全国の聖騎士団から回されてくる報告書に目を通し、人員が足りない地域に人員を派遣あるいは異動させたりと、聖騎士団に関わる全ての仕事を司っている。今戻っているということは、神殿に行く前にトーマが城に連絡させたのだろう。

体力勝負の仕事というのもあり、聖騎士団には若い構成員が多い。その中でローウェルは比較的年長なのだが、それでも三十代に突入したところだ。玲奈も含め癖のある面々を束ねているために、何かと気苦労が絶えないらしい。

「まさか、レナ様のお母上まで聖女としておいでになっていたとは」

団長室の自席から立ち上がったローウェルは、黒い髪をきちんと整え、感じのよい笑みを浮かべて出迎えてくれた。

「……これはまたとんでもない美形が出てきたものねぇ」

机の前に立った花江は、にっこりとしてローウェルに右手を差し出す。

「ところで、あなた独身——」

「それはいいから！　だいたいさっきから美形美形ってうるさい！」

母のミーハーっぷりには頭が痛くなってしまう。初めてここに来た時、自分もこうだったのだろうか。いや、いくらなんでもここまでではなかったような気がする。

——それどころか、最近は〝女子力皆無〟に陥《おちい》っているんじゃないだろうか。もともとそんなものは持ち合わせていないにもかかわらず、玲奈は考え込んでしまった。

「気にしなくていいですよ、レナ。ハナエは、聖女をやっていた頃からこうでしたから」

母の肩の上にいるダイスケが、平然と指摘した。容赦のない三人（？）のやりとりに、ローウェルが苦笑する。

ノックの音がして、頭の上にバッカスを、右手に名簿のようなものを持ったブラムが入ってくる。見ればアーサーも直立不動で壁際に控えていた。

「先ほどのネイト騎士団長のことなんですが……ハナエ様がお帰りになった数ヶ月後に死亡しています……その、魔物との戦いの中で」

ブラムが少しだけ沈鬱《ちんうつ》な面持ちになる。

ふぅ、と花江は息を吐き出した。先ほどブラムと話した段階で覚悟はしていたのだろうが、事実として伝えられるといろいろ思うところがあるようだ。それから、彼女は急に話題を変える。

「そう言えば、今の王様は玲奈と同じくらいなんですって？　前の王様と王妃様はどうしたのかしら」

「汽車の事故でお二方とも亡くなりました」

それに答えたのはローウェルだった。確かにルーカスはずいぶんと若い王様だと思っていたのだが、そんなことがあったなんて玲奈は知らなかった。

「そう……じゃあ、わたしがお世話になった人って誰も残っていないかもしれないのね」

花江は遠い目をする。記憶が戻って昔の知り合いに会いたいという気になっていたのだろうか。

「ハナエ、ボクがいるじゃないですか。そう気を落とさないで……ね？　時間が取れるなら、お墓参りに行きましょう」

母の肩に座ったダイスケが、慰《なぐさ》めの言葉を口にする。よしよしと手を伸ばして母の頭を撫《な》でてやっているところがちょっと羨ましかったり……と考えて、玲奈は首を横に振った。いやいや、バッカスだって辛いことがあったら玲奈のことを慰めてくれるはずだ、たぶん。

「こういう仕事ですから、殉職《じゅんしょく》する者が多いのはしかたのないことかと」

何でもないような口調でローウェルは言うけれど、聞かされた玲奈は頭から水をかけられたような気がした。

玲奈が来てからいくらかましになった——そう思いたい——とはいえ、聖騎士は命がけの仕事だ。

グリーランドの戦いでは現地の聖騎士が腕を魔物に食いちぎられた。あの時も激しいショックを覚えたけれど、もし、すっかり馴染んでしまった聖騎士たちの誰かが欠けてしまったなら、きっと立ち直るのは難しい。

「他にお母さんを知っている人はいないの？」

玲奈は横から口を挟んだ。母の慰《なぐさ》めになるのはもちろん、関係者たちから当時の母について聞くことができたら、玲奈の今後にも役立つかもしれない。

「そうですね。当時の騎士団員の中でまだ生き残っている者がいないわけではないのですが、地方に異動になっているようです。あとは当時のお世話係が残っているかもしれませんが、城の方に問い合わせないとわかりませんね」

ブラムは手にしていた名簿をあちこちひっくり返して答えてくれる。さらには別の資料を探しに行こうともう一度出ていきかけたが、それを引きとめたのは花江だった。

「まあ、いいわ。今さら会ったところでしかたのないような気もするのよね。とっくに聖女は引退しているわけだし……調べてくれてありがとう」

「いえ、このぐらいたいしたことではありませんから」

頭の上にバッカスを乗せたまま、ブラムは花江に微笑みかけた。こうしていると確かに顔はいいんだけどねぇ、と玲奈は身も蓋もない感想を抱く。

「ハナエ様。それで一つお願いがあるのですが。我が国の国王陛下がぜひ、先代の聖女であるあなたにお会いしたいと。お手数ですが城にいらしていただくわけにはいかないでしょうか」

「えー」

ローウェルの申し出に母は嫌そうな声を上げた。その表情は玲奈そっくりだったのだが、もちろん玲奈はそれに気付かない。

「お城に行くのってあれでしょ、ずるずるのドレスを着せられて、馬車に乗せられて、護衛が三十人くらいつくんでしょ？　面倒でそんなことやってられないわよ」

「……護衛三十人？　ホントに？」

思わず玲奈は身を乗り出した。

「そうだけど？」

「わたしそんなに護衛してもらったことない！」

 思わず声を上げてしまう。玲奈が出かける時にも馬車が用意されたり、護衛として聖騎士がついたりするが、そんな大人数がついてきたことなど一度もない。

確かに玲奈も、聖女を一人で外に出すわけにはいかないと言って、常に護衛という名の監視役をつけられるのは正直うっとうしいと思っていたのだが――

「お望みでしたら、レナ様がお出かけの際には、聖騎士団全員でお供させていただきますが」

「いらないー」

「ですよねー」

わかってて言うのだから、ブラムもタチが悪い。

「今はハナエ様がいらした頃よりだいぶ簡略化されてますので、それほど護衛は必要ないかと。それに……服装も今のままでよろしいのでは？　教授はそのままですし」

そういえば、トーマはスーツのままどこにでも出入りしている。最初に玲奈がこちらに来て、母いわく「ずるずるした」ドレスを着せられた時も、彼はスーツのままだった。

今日の玲奈はTシャツにジーンズという格好だけれど、花江はスーツを着ているし、問題ないだろう、多分。

「公式の場ならともかく、今回はあくまでも私的な面会ですし……それにハナエ様はすぐにお帰りになるのでしょう？」

「そりゃそうよ、休みが取れたのは明日までですからね。娘が怪しいことやっているんじゃないってのが確認できればそれでいいの」

……たぶん、ものすごく怪しいことをやっているんじゃないだろうか。

　その心の声は心の中にとどめておく玲奈だった。

　実のところ、城まではそれほどの距離でもない。一人で移動することが許されているのなら、歩いて移動する方が楽だと思う程度のものなのだ。

　用意された馬車の中では玲奈と花江が並んで座り、ローウェルがその向かい側に座る。

　続いて乗り込んできたのは、別件と言って外していたトーマだった。

「ちょっと、バッカス……あなた、何しているわけ？」

「ぎゅう！」

　何が気に入らないのか、玲奈の膝の上ではバッカスが毛を逆立ててダイスケを威嚇《いかく》している。外見が外見なので、少しも怖くなかったりするのだが。

「すみません、ボク、君の領分を侵すつもりはないんですよ？　ボクはあくまでもハナエの精霊ですからね?」

「うにゅう!」

ダイスケの方は、バッカスを相手にするつもりはなさそうだった。軽くあしらわれたバッカスは、やっぱり気に入らないと言いたげにもう一度唸《うな》る。

「……喧嘩を売るのはやめなさい。精霊同士仲良くできないの?」

ふてくされた様子でバッカスは丸くなってしまうが、背中の羽根がぴくぴくと動いていて、いかにもかまってほしそうだ。

やれやれ、なだめなければならないのか。玲奈がひっくり返してお腹《なか》をわしゃわしゃと撫《な》でてやると、バッカスは短い手足をばたばたさせて満足そうに鳴いた。

「今の王様ってどんな人?」

花江が隣にいる玲奈にたずねてきた。問われて玲奈は引きつってしまう。城に着く前に予備知識を仕入れておこうというのだろうか。

「うぅん……そうね……うん……き、切れ者、……かなぁ……?」

いつだったか大々的なイベントを計画しつつ自分の仕事には穴を開けなかったと聞いているし、切れ者なのは間違いない……はずだ。

「趣味人ですよね、ぬいぐるみが大好きですし」

にっこりとしながらトーマが暴露する。

「ちょっと！　今それを言うわけ？」

たとえば、ナイジェルと同じくらいレースとフリルを多用したファッションを好むとか、ミニ機関車大好きとか、ぬいぐるみを抱いていないと寝られないとか、そのぬいぐるみが動いてしゃべってごはんをせびるとか——言いたいことはいっぱいあったのを、あえて口にしなかったのに。

「……あ」

そう言えば忘れていた。ルーカスに頼まれて大人買いした食玩《しょくがん》の箱を、うっかり日本側のトーマの屋敷に置いてきてしまった。それをよこせと言われたらちょっと困る。ルーカスを刺激しないよう、その点については口を閉ざしておこうと玲奈は決めた。

城に着いた玲奈たちが通されたのは、謁見《えっけん》のための広間ではなく、ルーカスの私的な部屋だった。とはいえ、客人を通すこと前提で調《ととの》えられているらしく、置かれているのは品のある家具ばかりだ。ルーカスが趣味を全開にしたならば、きっと窓には機関車柄のカーテンがかけられているはずである。

「……待たせたな、レナ殿！　……と、ハナエ……殿？」

ばーんと勢いよく扉を開いて入ってきたルーカスはそこで立ち止まり、視線を玲奈から花江に移して首を傾げた。

最近はいくぶん寒くなったからか、彼はフリルだらけのシャツに緑の上着を羽織っており、それが金髪によく映えている。聖騎士団の面々も背の高い人が多いのだが、ルーカスはさらに高い。たぶん百九十くらいはあるだろう。正確に測ったことはもちろんない。

加えてその腕には巨大なぬいぐるみを抱えていたりするのだが、意外に様《さま》になっている。美形というのは、何をしてもそれなりに似合ってしまうものらしい。

「……玲奈の母でございます。娘が大変お世話になっているようでして」

「ハナエの精霊のダイスケです。どうぞよろしく」

母の肩から床に降り立ったダイスケがぺこりと頭を下げる。そこから挨拶するくらいなら、降りない方が見やすかったかもしれない。ルーカスはダイスケの顔を見るのに思いきりその長身をかがめなければならなかった。

「あ、いや……余がルーカス三世である。それと、これがクリスだ。おい、どうした？」

「な、何でもない」

ルーカスの腕から自ら身を捩《よじ》って脱出したのは、なんとクマのぬいぐるみだった。というのも彼――クリスは元々魔物だったのだが、玲奈たちに倒された際に魂《たましい》だけこのぬいぐるみの中に入ってしまったのだ。

王であるルーカスが生まれた時に贈られたぬいぐるみということもあり、見た目はとても愛らしいのだが、中身はあまり愛らしくなかったりする。

「何でもないって……あなた、ちょっと顔色悪いんじゃない？」

玲奈はクリスの顔をのぞき込んだ。ぬいぐるみに顔色がいいも悪いもないだろうが、気のせいか青ざめているような……？

「い、いやいやいや、本当に何でもないんだって。お、俺ちょっと出かけてくるわっ」

「余の護衛はどうするのだ？」

「今日は城から出る予定ないだろ、勝手に出かけるなよ？」

そう言うと、勝手に扉を開いてクリスは出て行ってしまう。

元魔物なだけあって、玲奈たちが知らないところでよく動き回っていたりするので、彼の勝手な行動には皆慣れているといえば慣れている。けれど、先ほどのクリスは何だか怯えていたような気がする。魔物の大群を相手にしたって怯えなかったクリスが、あんな表情をするなんて珍しい。

「……失礼だが、本当に聖女殿なのか？」

クリスを見送ったルーカスがたずねてくる。

「本当にって言われてもねぇ？　困ったわねぇ、聖女の証明書なんてないし。ノエル神官長に聞いてもらうのが一番早いと思うんだけど」

「ボクという精霊がいても信じられないんですか？」

口々に花江とダイスケが言うのもかまわず、ルーカスは壁をビシッと指さす。釣られて玲奈が目をやると、そこには一枚の絵がかけられていた。

「余の知っている先代の聖女はこういう容姿なのだが！」

「……あらまあ」

彼の示す絵を見た花江は絶句し、玲奈は噴き出しそうになるのをこらえるあまり、喉の奥で妙な音を立ててしまった。しばらく沈黙した後、玲奈が先に口を開く。

「こ……これは、美化するにもほどがあるわねぇ……だって、お母さんの若い頃ってわたしそっくりだったんでしょ？　どう頑張ってもこの絵の人みたいな美人にはなれないと思うのよね。ていうか、お母さんこんなに巨乳じゃないし」

玲奈の視線が母親の胸元に落ちる。玲奈と同じ、日本人の平均スタイル。一方、絵の中の美女は、下着の購入がさぞや大変だろうと思われる立派な胸の持ち主だ。

服のウエストをリボンでぎゅっと締めてはいるのだが、それにしたって腰が細すぎる。足もだいぶ長く描かれているし、三十年前の姿とはいえ、この絵の女性と花江が同一人物だと主張するのは少々無理がある。

「確かに美化するにもほどがあるわよね……」

我に返った花江が苦笑いした。スタイルだけではない。顔の方も実物よりだいぶ目が大きく、しかもくっきりと描かれていて、鼻筋はすっと通り、唇は柔らかそうなピンク。

花江と絵を見比べていたルーカスが床に崩れ落ちた。

「……なんと！　余の考えていた聖女殿とは全然違う！　今度こそはと思ったのに――！」

「ちょっとちょっとちょっとちょっとっ！　そこまでがっかりすることはないでしょうが！」

ものすごく脱力する気持ちはわかるのだが、いくらなんでもおおげさではないだろうか。ついでに今度こそって何だ、今度こそって。確かに初対面の時玲奈も彼のことをがっかりさせたような気がしなくもないが、そこまで脱力しなくてもいいではないか！

「レナ殿にわかるか？　余は、毎晩乳母《うば》から！　光り輝くような美女がこの国を救ってくれたと聞かされていたのだぞ！」

――その乳母を誰か連れてきてちょうだい！

玲奈は心の中で叫んだ。いったいどんな話をしたというのだろう、ルーカスの乳母は。彼に妙なことを吹き込んだ乳母を問い詰めたい。小一時間問い詰めたい。

玲奈は右手を握りしめてぷるぷるしていたのだが、花江は絵をまじまじと覗《のぞ》き込んで懐かしむように言った。

「あの人の目にはこういう風に見えていたのかもしれないわねぇ」

そうかもしれませんねぇ、と花江の肩に戻ったダイスケが同意する。玲奈の肩にいるバッカスは、このあたりの事情には興味がないようでおとなしくしていた。

「あの人とは誰のことなのだ？」

今まで床の上に転がっていたルーカスが、勢いよく立ち上がる。切りかえが早すぎるだろうと思ったが、床の上をごろごろされるよりはましなので突っ込むのはやめた。それよりは花江の話の方がずっと興味深い。

「……何言われたの」

「前の王様が言ってたのよ。こんなに美しい人は見たことがない。どうかこのままこの国に留《とど》まってくれってずいぶん熱心に誘われたわよね。聖女なら王妃にだってなれるって」

「嘘でしょー！」

今日は本当に驚かされっぱなしだ。玲奈が叫ぶと花江はげらげらと笑った。

「ああ、当時の王様は独身だったから問題ないとは思うわよ？　そんなことで嘘言ってどうするの。そうでもなけりゃ、こんな美化された絵が残っているはずないでしょ」

　確かに美化するにもほどがあるのだが、一国の国王が母にそんなことを言っていたなんて驚かされてしまう。ルーカスも初耳のようで驚いた顔をしている。

「一つお聞きしてもよろしいですか？　国王陛下のお申し出を受けなかった理由は？」

　肖像画と花江と玲奈を順々に見回していたトーマが、単刀直入に斬り込んでくる。

「いい人だとは思ってたんだけど、タイプじゃなかったのよねー」

　さらりとそう言われてしまっては、もう玲奈としては苦笑いするしかない。そんな理由だったのか。ある意味一番大切なところではあるのだろうが。

「……余も聖女に対する認識を改めなければならないようだな」

　壁の絵を眺めながら、ルーカスは難しい顔をして腕を組む。改めてもらえるのなら、その方がいいだろう。

「あれからずいぶん経ってるもの。その絵の通りの美女だったとしても、今のわたしとたいして変わらないんじゃないの？」

　などと、花江はけらけらと笑いながらルーカスの肩を叩く。それを見て玲奈は、一応相手は王様なんだけどなぁ……などと、自分の態度を棚に上げつつ考え込んだ。

「そうだ、レナ殿。頼んでいた品はどうした？」

聖女については諦めたのか、ルーカスはふと話題を変えた。できれば思い出さないでほしかった。

「あ、ああ……あれ？　ごめん、教授の家に置いてきちゃった。後で届けるから」

「……冗談だろう！　余は、あれを楽しみにしてたのだぞ！」

「ちょっと肩掴まないでよね！　痛いじゃない！」

「政務の間の癒《いや》しを！　余の楽しみを！」

——さっさと退位した方が、世の中のためなんじゃないだろうか。

玲奈がそう思っても、しかたのないところだろう。これで、仕事に関してはとんでもない能力を発揮するというのだから恐ろしい。

「わかったってー！　後で届けるからー！　今日中！　今日中に絶対！」

両肩からルーカスの手を引き剥がしながら、玲奈は約束する。そこでようやくルーカスは落ち着きを取り戻した。

「ねえ、何頼まれたの？」

花江が玲奈をつついてひそひそする。そこで玲奈も同じようにひそひそと返す。

「『もくもく機関車君』のチョコ。中に模型が入ってるやつ」

「……あの子ども向けの？」

玲奈が口にしたのは、最近流行《はや》っているゆるキャラの名だ。実物よりも簡略化された丸っこい機関車のデザインが可愛いとちょっとしたブームになっている。その小さな組み立て式の模型がチョコレートとセットで売られており、一応お菓子売り場には置かれているのだが、どうひいき目に見ても模型がメインでおまけがお菓子という品である。

「……確かに、趣味人みたいね」

馬車の中での会話を思い出したらしい花江は、納得したというように頷いた。

ルーカスに夕食をとっていくようにと勧められ、玲奈たちが広間に通された時には、夕食というか完璧な酒宴が用意されていた。城の料理人たちはさぞや大変だっただろうと玲奈は同情する。

「いいなー、そのワインおいしいんだよねぇ」

「あなたは何で飲まない……ああ、これから仕事か」

母のグラスにはワインが注《つ》がれているが、玲奈は遠慮した。異様に酒に強い体質ではあるのだが、仕事前に飲むのはさすがにどうかと思うのだ。

「そうなのー！　今夜絶対に魔物が出ないって保証があれば、飲むのにー！」

それにしても目の前の料理はさすが城の宴《うたげ》、と言えばいいのだろうか。それともルーカスは毎日これだけのご馳走を食べているのだろうか。玲奈の前には給仕の手によって、次々と料理の載った皿が差し出される。

自分の好きなものだけ取ればいいという形だから楽と言えば楽なのだが、母が思いきり楽しんでいるのだけは少々面白くない。玲奈だって飲みたいのに。

今、玲奈の皿に載せられたのはスモークサーモンと温野菜のサラダだ。香辛料がきいているらしく、野菜にかけられたソースからはいい匂いがただよってくる。絶対にビールに合うはずだ。

花江は、というとお代わりのワインをグラスに注いでもらって非常に機嫌がいい。確かにワインにも合いそうだ。

「……お酒は、普段たしなまれますか」

「少々」

正面に座ったローウェルにたずねられて、花江はにっこりとする。うそつきー、と玲奈は心の中で突っ込んだ。毎日晩酌するわけではないが、花江の言う「少々」とは、ワインボトル三本分だ。

「……まさかいつものペースでいくわけじゃないでしょうね？」

「遠慮する方が失礼ってものでしょ」

「それはそうかもしれないけど」

昔の記憶を取り戻したからか、お城の豪華な食堂に通されても花江は臆《おく》したりなどしなかった。ワインがなくなれば、給仕を目で呼びよせる。欲しい料理も目線一つで差し出されるのは、さすが先代聖女と言うべきだろうか。玲奈よりずっとこういった場に慣れている。

「ごめん、ダイスケ。あなたの分も取り分けてあげないといけないわよね」

テーブルにはダイスケとバッカスの席も用意されている。玲奈が自分の皿から料理を取り分けてやろうとすると、ダイスケはぱたぱたと手を振った。

「いえ、おかまいなく。ボクは自分できちんと取れますから、レナも料理を楽しんでください。やはりお城の料理人はいい腕をしていますね」

きちんと正座したダイスケは、小さなナイフとフォークを器用に操って食事を楽しんでいた。しかも玲奈が手を出す前に、自分できちんと野菜も取り分けて食べている。

「ダイスケってばなんていい子なの！　バッカスとは大違い！」

「いえいえ。聖女の精霊たるもの、野菜の一つや二つ、食べられて当然ですからね！　好き嫌いだなんてとんでもない」

「みゅ！」

今の言葉に思うところがあったらしく、バッカスは自分からサラダに頭を突っ込んだ。そんなやりとりの横で、若干顔を引きつらせているのはトーマだ。

「……少々ですか。よく考えれば、玲奈さんのお母様ですからね、うん、僕の見立てが甘かったんですよ、きっと」

花江は玲奈より少々小柄なだけで、それ以外はほとんど変わらない体格だ。そこへすいすいとワインが入っていき、気持ちいいくらいの速度で料理が吸い込まれていくのだから、驚きと言えば驚きかもしれない。

「ハナエは、騎士団員全員を酔い潰したことがありますからねぇ。ボクはその時、アンパンと牛乳をいただくのに忙しくてよく見ていなかったのですが」

「あら、そう……そ、それより、クリスはどうしたのかなぁ」

玲奈は慌てて話題を変えた。これ以上ダイスケの話に付き合っていたら、知らない方がいいことまで聞いてしまいそうだ。下手すると心の平和を乱されかねない。

いつもなら、クリスはルーカスの隣の席にいるらしいのだが、今は都合が悪いとかで部屋にこもりきりになっている。だからこの場も欠席だった。

さっきの彼が妙に怯えていたように見えたのが、玲奈は気になってしかたなかった。元魔物だからなのか、クリスは魔力も非常に高いし、剣の腕に至ってはかなりのものだ。自分の身長より長い剣を自在に操り、剣の腕では聖騎士団一であるアーサーとも互角にやり合うことができる。

玲奈と正面きってやり合ったらどうなるのか――剣だけの勝負なら、よくて相打ちだろう、と玲奈は分析している。痛い思いをしたくないから、絶対にやらないが。

「……ちょ、飲みすぎじゃない？」

「……そう？」

何げなく花江の方に視線を向けて、玲奈はぎょっとした。母の向こう側では、使用人がワインセラーから新しいワインを運び出してきたところだった。玲奈が気づいただけで、これで三本目。それも大半を花江一人で空けているのだ。いくらなんでもペースが速すぎるだろう。上等のワインなのだから流し込むのではなく、もう少し味わった方がいいのではないだろうか。いっそ側にワインを注《つ》ぐ専任の係を置いてもらおうかと思うくらいだ。

「玲奈さんが強いのは知っていたんですけどね、鏑木さんもお強いんですね……はは」

トーマが苦笑いする。

「……そんなに気に入ったのなら、持って帰ればよい。何本かワイン蔵から出させよう」

「いや、お土産《みやげ》とかいらないから！」

　玲奈は慌てて止めたのだけれど、ルーカスは帰りがけにワインのボトルを三本、花江に持たせたのだった。

　聖騎士団本部に戻って、玲奈は深々とため息をついた。

　最近夜の出動は減っているし、今日は魔物も休んでくれないかな、なんて思ってしまう。いろいろありすぎて今日は疲れた。

「では、ボクはレナのところでお世話になりますね。バッカス君、よろしくお願いします」

　ダイスケはせっかくこちらの世界に出てきたのだから、ということで、しばらくの間玲奈の手伝いをしてくれることになっている。

「とりあえず、一回帰るわね。聖女は一人いれば十分でしょう？　もし、何か困ったことがあれば助けに来てもいいけど」

「それじゃあ、わたし、駅まで送るね。魔物が出始めるまで、まだ時間あるし」

「ハナエ、また会えて嬉しかったですよ」

　ひとまずブラムに預けられたダイスケに手を振って、花江と玲奈はルートに足を踏み入れた。

　こうやって二つの世界を行き来する通路を、母と一緒に歩いているなんてまだ信じられない。

「ねえ、何もなくてもそのうちもう一度ゆっくり来てくれない？　その、わたしが聖女になった時っていろいろ不幸が重なって、聖女としての能力が完全に覚醒してなかったのよね。それに、先代聖女の時代に何があったのか……ちょっと聞いてみたかったりするし」

「そうね、夏休みにでも来ようかしら。それにしても……少しも連絡寄越さないから心配していたのに、まさか聖女になっているなんてねぇ」

「それはこっちの台詞《せりふ》でしょ。急に『お母さんも聖女です』とか聞かされたら、普通びっくりするでしょう」

よく考えれば、こうやってゆっくり話すのも久しぶりだ。

前に勤めていた会社が倒産して、実家に帰ろうかと真面目に考えていた頃は、それなりに電話やメールをしていたはずなのだが、最近ではすっかりそれも忘れてしまっていた。

意外に異世界での生活が充実しているのかもしれない。そうでなければ、二週間も音信不通になる前に、旅行に行くとか何とか一報入れるくらいはしていたはずだ。

東間家を出て、駅までの道を母と歩く。

「……ねえ、どうしてこっちに戻って来ようって気になったの？　王様がタイプじゃなかったからっていうのは冗談としても。しかも記憶まで消しちゃって」

「うーん……やっぱり、あっちの人間にはなれないかなぁって思ったのよねー。和食が恋しかったし」

「それが理由？」

　和食が恋しいだけなら、こちらに戻ってくる必要がないような気もするのだ。あちらの人たちは皆、聖女には良くしてくれる。実際、自分の世界に戻らずに魔物との戦いに人生を捧げた聖女も過去にはいたと聞いている。

「あっちに好きな人がいたりとかしたら、もっと悩んだかもしれないけど。あいにくそんな相手もいなかったし、それより日本での生活や人間関係を捨て切れないなって思ったのよ」

「……日本での生活って友達とか？」

「そうね。親とか、友達とか――あなたは行ったり来たりできるみたいだけど、当時は『こちらに残ると決めたら、二度と戻れないと思ってください』って言われてたし」

　そうか……母の時代はそうだったのか。玲奈は改めて思い知らされた気がした。確かルートを開いたままにしておけるようになったのはつい最近の話で、それまでは数年に一度しか開けなかったと言う。そんな状態では自在に行き来するというわけにはいかないだろうし、二度と戻らないぐらいの覚悟は必要だったのだろう。

自分だったら、と玲奈は考える。一生を魔物と戦って過ごせと言われたなら――やはり迷うだろう。今と違って戻る機会が限られていたとしたら、その少ない機会を逃さずに戻ってきた母の気持ちもわかる。きっと玲奈だって同じ選択をする。

「ま、それならそれで、イークリッドでのことも忘れちゃった方がいいかなって思って……」

「……そうだったんだ。それなら、そうかもしれないね」

母が聖女だったというのは驚きだったけれど、今後相談できる相手が増えたと思えば少し心強い。ダイスケにもいろいろ聞くことができるだろうし。

「でもまあ、あなたはいい時代に聖女になったわよねー！」

駅の前まで来てくるりと振り返った花江は、いきなり玲奈の手を握りしめた。

「だって、簡単に行き来できるんだからあっちの人と結婚したっていいわけでしょ？」

「はあ？」

「こっちの親戚には『国際結婚』したって伝えておけば問題ないしー」

「ちょっと待ってよ、何の話？」

「あなたの結婚の話！　聖騎士団の人たち、美男子が多かったでしょ。お母さん、可愛い孫が欲しいの！　絶対可愛い子が生まれるから！」

「そこで目を輝かせるな！」

玲奈は全力で突っ込んで母の手を振りほどく。ここで目をキラキラさせられても困る。確かに聖騎士団の面々は基本的に顔面偏差値が高い——いやいやちょっと待て。

「いいじゃない。聖騎士と結婚しておけば一生安泰よ？　高給取りだって、お世話してくれてた侍女さんたちが言ってたもん。目指せ、夢の永久就職！」

「……その考え、すっごい間違いだから！」

将来の選択肢として家庭に入るというのはありかもしれないけれど、相手がイークリッド人だったら、聖女として全力投球させられそうな気がする。今のところそんなつもりはないので非常に困る。その前に相手がいないわけだが。

「えー……ツマンナイ」

「ツマンナイじゃないでしょ。ほら、改札まで来たから、わたしはここまでね！　またね！　電車来るから急いで！」

このまま続けていたら、ものすごくまずい方向に話を持っていかれる予感がする。

そんな危機感から、半分押し込めるようにして母を改札の向こう側にやり、階段を降りていくのを見送ったのだった。

「あれ、こんなとこで何してるの」

「先輩！　今帰りですか」

母を見送ってほっとしていると、ちょうど改札の向こう側から見知った顔がこちらへ来るのが見えた。玲奈の大学時代の先輩、日野裕太《ゆうた》だ。眼鏡の似合う好青年で、実家は玲奈行きつけのコンビニエンスストアだったりする。現在そのコンビニをフランチャイズ展開している企業で本社勤務をしているのだが、しばしば実家のレジ打ちに駆り出されているために、カウンター越しに玲奈と顔を合わせる機会も多い。

店は昔酒屋だった名残で、アルコール類が豊富だ。昔ながらのお得意様には配達も続けていて、聖騎士団本部で消費されるビールや調味料類は東間家を通して彼の実家から届けられている。

「こんなとこで会うの珍しいですね。ちょっと母がこっちに来てて、今送ってきたとこなんですよ」

「ああ、それで」

帰る方向が一緒だから、何となく肩を並べて歩き始める。玲奈はちらりと日野の顔を見上げた。

玲奈よりはいくぶん背が高いが、極端な高身長というわけではない。落ち着いた雰囲気が感じられるのは、大学時代の先輩だからという刷り込みなのだろうか。

「……そう言えば、先輩がスーツ着てるとこ見るの久しぶりかも」

「そうだねぇ、会うのって大抵うちの店だもんね」

就職活動中にスーツで大学に来ているのを見かけたことはあったが、最近はコンビニの制服ばかりが記憶に残っている。何しろ日野に会う機会といえば、彼の実家に寄った時にレジカウンターの内と外で対面した時か、でなければ東間邸に配達に来た時に玄関先で顔を合わせる時くらい。最後にゆっくり話したのがいつなのかも定かではない。

「それで、新しい仕事は落ち着いた？」

「そうですね、最近は落ち着いたと言えば落ち着いたかも。ようやく慣れてきたっていうか」

そう言えば、聖女を始めたばかりの頃、失敗ばかりして日野に慰《なぐさ》めてもらったこともあったなぁと懐かしく思い出してしまう。久しぶりに母に会ったからか、先代の聖女の時代に生きていた人たちの話を聞いたからか、少し感傷的になっているようだ。

「……本当はもうちょっと落ち着いて会えればいいんだけどね」

「最近先輩に奢《おご》ってもらってないし」

「そこ？　玲奈ちゃんに奢ると高くつくからなあ」

「最近は遠慮って言葉も覚えましたよ？」

かなわないな、と日野は笑う。そうしていると、何だか学生時代に戻ったような気がしてくる。

「玲奈ちゃんは――最近、忙しそうだよね。夜コンビニに来なくなったし」

「……そう……かな？　んー、そうかも？」

日野がレジに入るのは、本社での勤務を終えた後、夜になってからが多い。玲奈も夜はイークリッドで待機していなければならないから、必然的に顔を合わせる機会は減ってしまったと言える。

「なんか、物足りないんだよね。玲奈ちゃんがうちに来ないと」

「……そう、ですか」

何だか今日の日野はいつもとは違うような気がする。どう違うのか説明しろと言われても困ってしまうのだが、何を口にすればいいのかよくわからない。

それからしばらくの間、何故か二人とも黙り込んでいた。並んで歩いているのに、お互いに相手の出方を待っているような……そんな微妙な空気が続く。

「それじゃ、わたしこっちなんで。またそのうちに」

わざわざ言わなくても、買い物に行けばいずれ顔を合わせることになるのだが――

そそくさと立ち去ろうとすると、日野が玲奈を呼び止めた。

「あのさ、話があるんだけど」

「……借金の申し込みですか？」

「何でそうなるかなぁ」

今日は調子が狂ってしまう。日野相手に何を言っているんだろう。というか、今日は空気がいつもと違いすぎてついうろたえてしまう。

「まさか、熱があるとかじゃないですよね？」

そんな風に憎まれ口を叩いてしまうのは、たぶん、この空気から逃れたいからだ。日野は困ったように眼鏡の奥の目を細めた。

「うーん……玲奈ちゃん、今付き合ってる人とかいる？」

「はい？」

今、日野は何と言っただろうか。玲奈からはかなり遠い次元の言葉を口にしたようだが。

「付き合っている人って、彼氏がいるとかってそういう話ですか？　やだなぁ、いるわけないじゃないですか。いたら、こんなとこふらふらしてないですよ。あははー」

「よかった。じゃあさ、僕と付き合ってみるっていうのは、どうかなー……なんて」

笑ってごまかそうとしていた玲奈は固まってしまった。

今、ずいぶん直球な言葉を投げられたような気がする。この球を受け取るべきか、投げ返すべきか。固まったまま玲奈はその場に立ち尽くした。

「……えっと」

「困った？」

「困った、というか何というか」

今まで日野に何度も助けてもらった自覚はあるけれど、『付き合う』という言葉の対象として見たことは一度もなかった。

よく言えば頼れる先輩、悪く言えば『いい人』の範疇《はんちゅう》で収まってしまう相手。彼にとっても玲奈は『面倒見てやらなければいけない困った後輩』の枠だろうと思っていたからこそ、今までみたいな付き合い方ができていた。

それをいきなり違う見方をしろと言われても――困る。ものすごく困ってしまう。

「ごめん、ものすごく困らせてるよね？」

玲奈の心の声を日野はそのまま口にする。いや、困ると言えば困っているのだが、それを口に出せずに……やっぱり困ってしまっているのだろう。

「まあ、軽く考えといて」

「軽く言ってみただけですか！」

「んー、じゃあ、しっかり考えておいて」

しっかりって……しっかりって！　しっかり考えたって答えなんて出るはずないじゃないか！

混乱する玲奈にはかまわず日野はにっこりすると、玲奈の頬に手を触れて、あっさりと行ってしまった。

残された玲奈の顔が真っ赤になる。

——あの男、意外に手が早い！

＊　＊　＊

ふわ、と玲奈は大きくあくびをした。日野に余計なことを言われたせいで昨日はよく眠れなかった。本来なら中庭で訓練に勤《いそ》しむべき時間帯なのに、出ていく気になれなくて部屋でごろごろしている。ついでに言うと、乗馬の稽古については完璧なさぼりだ。

がんがんと勢いよく扉が叩かれて、ソファに寝転がっていた玲奈はしかたなく立ち上がる。

「あのねえ、ノックならもう少し静かにしてくれる?」

額に手を当てながら、玲奈は扉を開く。向こう側にいたのはケネスだった。彼は、ブラムの直下にいる聖騎士だ。顔立ちは年相応に幼いものの、かなりの高身長で体格もいい。『ちょっぴり童顔な二十五歳』と聞かされたとしても驚かないと思うが、実のところ騎士団最年少の十五歳だったりする。

「あのですね、教授が中庭に来ているんですよ。レナ様に用があるって。会議室使えばって言ったんですけど、中庭で待ってるって」

玲奈の眉間に皺《しわ》が寄る。わざわざ中庭に呼び出すなんて、ろくな用じゃない気がする。

「やあ、玲奈さん。しばらく見ない間に綺麗になりましたねぇ」

しぶしぶ移動すると中庭で待っていたトーマは、にこにことというよりはにやにやしながら手を振ってきた。

「……はあ?」

昨日も会ったのに何を言っているんだろう。

中庭にある訓練所では、ほとんどの聖騎士たちが身体を動かしているところだった。

玲奈はそちらにちらりと視線を向けてから、改めてトーマの方へ向き直った。

「あのね、わたしにお世辞言ってどうするつもり？　まさかおだてて、どこかに出張に行けとかいう話じゃないでしょうね？」

トーマが玲奈を誉める理由なんて、ろくでもないことしか思いつかない。

真っ先に思いついた理由を挙げてみるが、できることなら出張は遠慮したい。

日本に通じるルートは、聖騎士団本部にしか開かれていないから、出張するとなるとしばらく戻れなくなってしまうのだ。今はもう、一番の問題だった母親も聖女稼業のことは知っているから問題はないのだが、好きな時にコンビニに買い出しに行けないのはちょっと困る。

玲奈の胡乱《うろん》げな視線などどこ吹く風とばかりにトーマは話を続ける。

「やだなあ、他意なんてないですよー。綺麗になったのは、恋をしているから、でしょう？」

「……それ、大学で言ったらセクハラで訴えられるんじゃないの？」

「そんなへまをするように見えます？　もちろん相手は選んでます」

そう言ってにっこりするが、これで学生の指導ができるんだろうか。いや、相手を選んでいる時点でどうなのだろう。

「その相手にわたしを選ぶのはやめてほしいんだけど」

「えっ？　レナ様恋人できたんですか！　誰！　誰誰誰！」

「何故、そこであなたが食いつく……」

ここまで玲奈にくっついてきたケネスが身を乗り出した。

がっくりと玲奈の肩が落ちる。中庭には他に聖騎士たちもいるというのに、一番近くにいたのがケネスだったというのはちょっと、いやかなり不幸かもしれない。

「レナ様に恋人？」

「嘘だろぉ！」

無責任な声があちこちから降りかかる。

「あのねぇ……それ、完全に誤解だから」

玲奈は首を振った。

「道理で今日だらけているわけですね」

そう言ったのはエリオットだ。玲奈と同じくらいの身長しかない彼は、高身長が多い聖騎士団の中では極端に小柄と言っていい。真面目な気質なのだが、それだけに玲奈の言動には眉をひそめるところが多いようだ。

「ほらー、教授が余計なことを言うから。だいたい、どこからそういう情報を仕入れてきたわけ？　わたしは恋なんかしてないし、今後もその予定はない！」

——あれ？

言い切ってから、玲奈は首を傾げてしまう。予定もないというのはかなり寂しいような気がするのだが——身近に対象になりそうな相手がいないのだからしかたない。

「あれぇ？　日野君が言ってましたけどねえ、玲奈さんにお付き合いを申し込んだって」

「ちょっと！　いつ聞いたの？　それ昨日の話！」

玲奈の声が裏返った。

「昨夜、彼の実家に買い物に行ったのでね。その時に聞きましたよ。脈なしですかー、彼も気の毒に」

日野に同情している風を装いつつ面白がっているのが丸わかりな表情で、トーマは顔の前に立てた指を振ってみせる。

——教授もコンビニなんて行くんだ。

一瞬、そっちに気を取られるが、問題はそこじゃない。

玲奈は深々とため息をついて言い放つ。

「先輩が何を言ったのかは知らないけど、今はそれどころじゃないの！　だいたい今日は何しに来たわけ？」

「ああ、そうだった。本題をですね……玲奈さんのお母様が昨日忘れていったので、届けに来てあげたんですよ。僕って親切だと思いません？」

トーマの話によれば、昨日花江が押しかけてきたのは、それを玲奈に渡すという目的もあったのだそうだ。

玲奈はその場で渡された封筒の封を切った。そして、思いきり呻《うめ》き声を上げる。――できれば忘れておきたかったのに。

「……あー……そうか……結婚式、ねぇ……」

封筒から出てきたのは、従姉妹《いとこ》の結婚式の招待状だった。これを受け取った母親が、顔をしかめている光景が容易に想像できてしまう。

玲奈に男っ気がないのをものすごーく心配しているのだ、彼女は。帰りがけに騎士団員を引っかけろとか何とか言っていたような気がするが、それは頭から追い払う。

「……じゃあ、僕はこれで帰りますねぇ。今日は、これから出かけるんですよ。あ、お返事はちゃんと出しておいてくださいね？」

そう念を押して、トーマは騎士団本部の建物へと入っていく。本部内にはルートがある。ということは今日は日本から本部を通って外に出て、そしてまた本部を通って日本へと戻っていくというわけか。

「だったら、わざわざ中庭まで出なくてもよかったじゃないのよー！」

招待状を持っていない方の手を、玲奈は怒りまかせに勢いよく突き上げる。招待状を届けるだけなら、同じ本部内にある玲奈の部屋の扉をそっとノックして手渡してくれればよかったのだ。

わざとだ、絶対にわざとだ。皆の前でわざわざ暴露して面白がっているに違いない！

視線を感じて玲奈は振り返った。

「何で、皆してざわざわしてるのよ……！」

中庭にいる騎士団員たちがちらちらとこちらを見ているのが無性にいらだたしい。そんなに男っ気がなかったか！　いや、実際ないのだが、何も訓練を中止してまでざわつかなくてもいいじゃないか！

とりあえず、部屋に戻って返事を書いてさっさと出してしまおう。そう思い招待状を片手に部屋まで戻ろうとしていると、背後から恐ろしく大きな声で呼び止められた。

「レナ様！」

「きゃー！」

廊下をばたばたと走ってきたアーサーは、振り返って立ち止まった玲奈をよけきれずに思いきり頭から突っ込んでくる。

アーサーなら手前で止まるだろうと思っていた玲奈は、完全に不意打ちを食らって体当たりされ、そのまま後ろに弾き飛ばされてしまう。足が宙に浮くのを感じ、次の瞬間には背中から床に倒れ込んでいた。

「いったぁ……」

思いきり打ちつけたのは肘《ひじ》。頭の方は——無事だ。頭の下にはアーサーの右手がある。どうやらひっくり返った時にとっさに頭の下に手を差し込んでくれたらしいのだが、そのせいで床に倒れた玲奈の上にアーサーがのしかかるような体勢になっている。

いつもは意識することがないといっても、至近距離で見ると——美形であるという事実は否定できない。

「レナ様！　結婚するって本当か！」

何故、アーサーがこんなにあせっているのだろう。

美形——密着——ついまじまじと彼の顔を見つめていた玲奈の心臓がやかましい音を立て始める。

——見慣れていても心臓に悪い！　落ち着け、落ち着け。

必死に自分に言い聞かせ、落ち着きを装って玲奈はアーサーを睨みつけた。

「……それって誰情報？　というか、その前に下りて！　あなた重いんだから！」

「……ケネスだ！」

玲奈を完全に押しつぶす形になっていたアーサーは、そう言いながらも慌てた様子で飛び起きた。頭はかばってもらったからよかったものの、思いきり打ちつけた肘が痛い。玲奈は肘をこすりながら立ち上がる。

それはともかく、違う違う、全然違う！　どうして、結婚なんて話になるのだろう。廊下の向こう側から、あわあわした様子でこちらをうかがっているケネスと目が合った。

「ケネス、ちょっとこっちに来なさーい！」

何でアーサーが慌てているのかはまったくわからないが、それ以前に事実とまったく違う話をばらまかれては困る。

「ごめんなさい、僕そういうつもりじゃー！」

「レナ様、ケネスは悪くない。俺が勘違い――」

アーサーがケネスをかばおうとするが、ここで甘やかすのはよくない。

「今度わたしの前で結婚って言ったら――」

玲奈は自分より長身のアーサーの目を、下から思いきり睨みつけた。

最後まで口に出さなくても、玲奈が何を言おうとしたのかは通じたらしい。アーサーは気まずそうな顔になって、顔をそらす。

とりあえず、ケネスはお説教だ。自分より長身のケネスの襟首《えりくび》をひっつかんでずるずると引きずっていく玲奈に、声をかけられる猛者《もさ》はいないのだった。

第三章　二人の聖女

それから数日後の深夜。玲奈は街中《まちなか》にいた――魔物が出現したことで呼び出されたのだ。

「……あまり強くない敵だからよかったけどさ。ここのところ、出動回数増えてない？」

「お疲れ様でした、レナ」

一仕事終えた玲奈に、ダイスケがチョコレートの箱を差し出してくれる。疲れた時は甘い物が一番だ。ありがたく玲奈が箱に手を伸ばした時だった。

「大変です！　西の大通りに魔物が出現したそうです！」

知らせを受け、焦った様子でエリオットが叫ぶ。

「またあ？」

玲奈は盛大に顔をしかめた。

おかしい。魔物の出現頻度が格段に上がっているようだ。今までは多くても数日に一度。出動がないままに朝を迎えたことも珍しくなかったのだが、ここのところ日に二度出現することが増えている。

昨夜も出動して、二回魔物と戦闘になった。おかげで若干寝不足だ。今日はゆっくり眠れるんじゃないかと少し期待していたのに、また戦闘になるなんて。

「ナイジェル、一緒に来て！　ねぇ、一度に魔物が二箇所で出たらどうなるの？」

ナイジェルの馬によじ登りながら、玲奈は首を傾げた。

「それはこっちも二手に分かれて対応するしかないでしょうね！」

「……そうよねぇ」

出動のたびに思うのだが、馬に乗れないのなら何か別の手を考えた方がよさそうだ。いつまでも誰かに頼るというわけにもいかないだろう――と言いつつ、近頃では気軽に乗せてくれるナイジェルにすっかり頼りっきりになってしまっている。

魔物が現れたのは、都の中心部からだいぶ離れた西の大通りだった。このあたりは店などほとんどなく、並んでいるのは比較的高層の集合住宅ばかりだ。

玲奈より先に到着していたアーサーとエリオットが周囲の住民たちに建物内への避難を促《うなが》している。ナイジェルの馬から飛び降りた玲奈は、素早く左右に視線を走らせた。

そして一言。

「……帰っていい？」

「駄目に決まっているだろう！」

魔物の姿を目にしたとたん、やる気のない発言をした玲奈をアーサーが叱った。

なるべく見ないようにしているが、視界の端っこで足がうねうねしている。それだけで叫び出してしまいそうだった。

というのも、玲奈は八本足の「タ」のつく海産物を生理的に受け付けないのである。完全に調理された状態であればまだいいのだが（そして食べられなくもないのだが）、生きて動いているところを見るのは駄目だ。

聖女としての初出動の日に現れたのも、同じような形の魔物だったものだから、まるっきり役に立てなかった。あの時のことは、今でもわーわー喚《わめ》き出してしまいたくなるくらいに恥ずかしいので、記憶から抹消しようと試みている。

「……見えてない見えてない見えてない！」

自分に言い聞かせながら、魔物が自分の足首を巻き取ろうとするのを、後方に飛びのいてかわした。剣を一閃《いっせん》させ、こちらに伸びてきた足を切り落とす。やらなければならないのなら、さっさと片づけて帰りたい。

「見えてない見えてない……！」

なるべく視界の中央に入れないようにしながら、玲奈は剣を振るう。頭から真っ二つにされた魔物が消え失せるのを見届けることなく、玲奈は次の魔物に対峙する。

ああもうどうして、こんな外見の魔物を相手にしなければならないのだろう。

半泣きの玲奈が心の中でつぶやいた時、ゆらりと視界が揺れた。眩暈《めまい》を起こしたのだろうか。頭を振って、玲奈は魔物を切り捨てた。

また、視界が揺れる――何故だろう。魔力が、思うように制御できていない……？

「ブラ――」

以前魔力が暴走した時のことを思い出し、玲奈はブラムに声をかけようとする。

がその時、不意に視界が変化した。

――あれ？

玲奈は視界全体に、もやがかかっていくような感覚をおぼえる。やがてそのもやは魔物を覆うように集まっていくと、玲奈の視界から魔物を隠した。

見づらい、と思うとそのもやがところどころ薄くなっていく――魔物の姿はその陰でちらちらしているだけだ。

「モザイクかかってる……？」

玲奈は思わず声を上げる。

無意識のうちに魔術を使っていたのだろうか。こういう使い方もできるというのは考えたこともなかった。本来なら、玲奈の目の前にはものすごく苦手な海産物がいるはずなのに、黒と白のモザイクに覆われて見えなくなっている。

「らっきぃー！　これならいける！　うっふっふっふっ、覚悟しなさいっ！」

吸盤のついた足とか、丸い頭とか、ぬめっとした表面とかが見えなければ、玲奈としては問題ないのだ。むしろ正面からどんとこいぐらいの勢いで魔物へと向き直る。

体内に循環している魔力を一点に集中させ、炎の玉を生み出して魔物へと投げつけた。

「あ……れ……？」

魔力を放出して気がついた――やっぱり制御がきかない。

「うわあああ、ごめええええええん！」

「殺す気か！」

玲奈の方を振り返って、アーサーが叫んだ。玲奈の発した炎は、本来なら魔物目がけて一直線に飛んでいくはずだった。いや、コースは間違ってはいなかった。本来ならアーサーから人一人分は離れたところを通り過ぎるはずだったのだ。なのに、玲奈の想定よりはるかに大きくなってしまった炎の玉は、アーサーが一秒前まで立っていたところをかすめていった。

「だからっ、ごめんって！」

そう言いつつも玲奈の背中は冷える。巻き込みかけたのがアーサーだったからまだよかった。他の騎士団員だったら、避けられなかったかもしれない。

それでも玲奈の攻撃は、魔物に充分なダメージを与えたようだった。何とも言えない唸《うな》り声のようなものを発した魔物は、炎に全身を包まれて地面の上をのたうち回っている。

「……何で？」

やがて動きを止めた魔物はゆっくりと消滅していったが、一方で玲奈は自分のやらかしたことが信じられなかった。以前も魔力の制御ができなくなったことはあったけれど、あの時とは何かが違う。

玲奈のつぶやきを拾ったエリオットが咎《とが》めるように言う。

「何でじゃないですよ。もう少し集中してください。恋人ができたからって浮かれているんじゃないですか？」

「ちょっと！　そういう言い方しなくてもいいでしょう？　だいたい、彼氏とかできてないし、そういうんじゃないし！」

「人一人殺しかけた自覚を持ってください」

ぴしゃりと言い放たれ、玲奈は口をつぐんでしまった。確かに今のは全面的に玲奈が悪い。

「そんなことより、まだ魔物が残っていますよ。仲間を巻き込まないようにお願いしますね」

「……わかってる」

どうだか、というエリオットの声は聞こえなかったふりをした。

「ブラムは？」

「一本向こうの通りにも出たので、そちらに！」

そう叫んだのはケネスだった。

玲奈は舌打ちする。本当に今夜はどうかしている。こんなに大量の魔物が出ているなんて――とにかく先にここを片付けよう。調子が悪いとはいえ今の玲奈ならば問題なく対処できるだろう。

「ケネス、あなたもそっちに回って！　終わったら合流するから！」

玲奈はきょろきょろと辺りを見回すと、チョコレートの箱を抱えて空中をふわふわしていたダイスケを手招きした。

「そのあたりに魔物がいないか確認してきて」

「もちろんです！　任せてください！　レディの頼みは断るわけにはいきませんから

ね！」

すぐ近くの建物に飛び移ったダイスケは、そこのテラスにチョコレートの箱を置いて空高く舞い上がった。レディかどうかはともかく、魔物探索にダイスケの手を借りられるのはありがたい。しっかりした彼なら取りこぼしはないだろう。

万が一の時のためにバッカスは待機させておいて、玲奈は目の前の敵へと向き直る。

「モザイクモザイク……！」

口の中で繰り返す。誰が何と言おうと、見たくないものは見たくないのだ。やっぱりこのグロテスクな外見は苦手だ。できれば回転寿司のレーンにいるところも見たくない。モザイク模様の向こう側でなんとなーく、足が蠢《うごめ》いているのが見て取れた。本体がどこにあるのかさえわかれば大丈夫だ。

「――下がって！」

玲奈の鋭い声が響く。先ほど焼かれかけたアーサーを見ていた聖騎士たちがぱっと散った。玲奈の魔力によって生み出された炎が、魔物の身体を包み込む。今度は魔力を暴走させずに済んだ――やはり、先ほどは集中力を欠いていたのだろうか。

全ての魔物を消滅させてから、玲奈は息をついた。これで、ここの魔物は片付いただろうか。それなら、次は向こうの通りにいるブラムたちと合流しなければ。

「うわあ！」

移動を始めようとした時、通りの向こうから誰かの叫ぶ声が聞こえてくる。と同時に、上空からものすごい勢いで落下してきたダイスケが玲奈のTシャツを引っ張った。

「ケネス君が魔物に取り囲まれています。早く！」

「レナ様、こちらは問題ない。あっちに行ってやってくれ！　取りこぼしがないか確認してから合流する」

「わかった！」

こちらに留《とど》まる必要がないのなら、向こう側の通りにいるブラムたちの応援に回った方がいい。後のことはアーサーに任せて、玲奈は隣の通りへと飛び込んだ。

「ケネス！　大丈夫？」

「レナさまぁ……」

どんな突撃をすればこれだけ見事に取り残されることができるのだろう。剣を構えてはいるものの壁際に追い詰められたケネスを、何体もの魔物がずらりと取り囲んでいる。

さほど強くない相手だからだろう、ケネスも魔物が近づこうとするたびにとっさに防護壁を張り巡らせて応戦しているが、脱出するところまでは至らないようだ。

「……お手数おかけしまして」

玲奈の方にはちらりと目線だけ向けて、ブラムが新たにケネスを囲もうとした魔物を焼き払う。ナイジェルはブラムとは反対側から来ようとしている魔物の相手をしていた。

「魔物はわたしが相手をするので、ケネスの前に防護壁を張っていただけますか」

「了解。ケネス、一歩下がって！」

ブラムの魔術に巻き込まれないよう、玲奈はケネスの前に強力な防護壁を作り上げる。ケネスの安全を確保してから、ブラムは巨大な炎を放ち魔物を薙《な》ぎ払った。


「……すみません、ちょっと前に出過ぎちゃって」

救出後、ブラムに叱られたケネスはしゅんとしていた。彼は魔術師でありながら剣に興味があり、魔術師の杖の欠片《かけら》を嵌《は》め込んだ特殊な剣を使っている。だからと言って勢い余って最前線に飛び出したあげく、魔物の真ん中に取り残されていれば世話はない。

「あなたが無事ならいいんですよ。わたしの言葉を聞かずに飛び出した件については、明日またゆっくり話すことにしましょう。それにしても、今日はやけに出現数が多いですね」

疲れた顔をしたブラムは、自分の前に突き立てた杖に寄りかかるようにして立つ。その横でナイジェルがケネスの顔に軟膏《なんこう》を塗りつけてやっていた。

「今回は何事もなかったんだからよしとしましょうよ。ケネスには帰ってから反省してもらうことにして」

「反省するのはレナ様もじゃないか？　俺が気づくのが一瞬遅れたら死ぬところだったぞ。頼むから、恋愛沙汰で集中力を欠くのはなしにしてくれ」

そう言ったのは、あちら側の後始末を終えて合流してきたアーサーだった。その口調はやけにとげとげしい。先ほど殺されかけたことを考えれば、玲奈に愛想よくする気にもなれないだろうが。

「それは関係ないし！」

口では否定したものの、玲奈自身も本当はわかっている。自分の心が若干浮ついていることを。まだ日野への返事はしていないし、どう返事したらいいのかも見えていない――。今後はきちんと考えなければ。

「何があったのですか？」

玲奈の方にちらりと目をやったアーサーは、たずねてきたブラムに歩み寄ると口早に説明し始めた。こちらをちらちらと見てくるくせに、玲奈と目が合うと視線を逸らしてしまうのは何故だろう。

「それはそれは――元凶にお会いすることがあったら、丁寧におもてなしさせていただかないといけないですね」

話を聞いたブラムの微笑みが黒い……のは気のせいだろうか。

丁寧にっていったい何をするつもりだ、何を。玲奈は顔をひきつらせる。

日野がこちら側に来るなんてあり得ないから、そのおもてなしとやらが実現する可能性はないだろうが。

＊　＊　＊

こきこきと首の骨を鳴らした玲奈は、床の上で足を伸ばした。十分睡眠は取ったものの、昨夜があまりにも忙しすぎたせいでまだ疲れが抜けていない。

「目の下、クマできてるけど？　っていうか、顔色悪すぎるんじゃないの？　何か悪いものでも食べた？」

「わたしは悪いもの食べたわけじゃないんだけど……ってクマとかできてないじゃない。ナイジェルの嘘つき」

慌てて手元に鏡を引き寄せてみれば、少々疲れは見えるものの、そこまでひどい顔というわけでもない。

「やあねぇ、アタシには見えるのよっ、心のクマが！」

「何それー！」

ちなみに今二人がいるのは、玲奈に与えられている続き部屋の居間だ。

基本的に真夜中に玲奈を叩き起こしに来る場合をのぞき、男子入室禁止なはずなのだが——玲奈が侍女のエマやバイオレットとの女子会モードに入っている時にもちゃっかり加わっていたりするナイジェルは、いつの間にか例外的な扱いになっているのだった。

もっとも、彼の恋愛対象が女性なのか男性なのかは未だによくわからない。ローウェルを追っかけ回しているのが、どうも本気ではなさそうだからなおさらだ。

「悩みがあるなら言ってみれば？　何だっけ、玲奈ちゃんのお国ではこう言うんでしょ？　三人寄れば何とかの知恵って」

「ことわざまで学んでいるとは、やるわね、ナイジェル。でもここには二人しかいないんだけど」

「いるじゃない、そこに」

ナイジェルが指した先にいるのは、バッカスとダイスケだったりする。

「ボクでよろしければ、できるだけお力になりたいと思いますが、お役に立てるでしょうか?」

丸くなったバッカスの横で、ダイスケはバイオレット差し入れのクッキーをむしゃむしゃとやっている。そのダイスケが差し出したクッキーに、バッカスも遠慮なく齧《かじ》りついた。

最初のうちはダイスケに敵愾心《てきがいしん》を抱いていたバッカスだったけれど、何度か衝突した後、友情が成立したらしい。ダイスケがバッカスを手懐《てなず》けたという方が正解かもしれないが。

ともあれ、やはりこの場には二人しかいないことにした方が早そうだ。バッカスは会話に加わる気ゼロだし。

「悩んでいる、とかじゃないのよね。あ、厨房《ちゅうぼう》行くけどナイジェルもコーヒーお代わりもらう?」

玲奈は立ち上がりながらそうたずねる。

先ほどまで給仕してくれていたエマとバイオレットは、寝室の掃除に行っているのでこの場にはいない。何しろ玲奈に与えられている続き部屋は、居間、寝室、客間とだだっ広いことこの上ないので、掃除については完全に二人に任せているのだ。

「悩んでいるわけじゃないなら、なぁに?」

興味津々といった様子で、ナイジェルは身を乗り出してきた。相変わらずばっちり化粧をしている。前より薄化粧になったかなーと思うのだが、もうちょっと薄くしてもいいんじゃないだろうか。

「いやまあ……ほら、いつまで聖女やってるのかなー、とか考えちゃってさ。一応、契約はあと半年くらいなんだけど」

「そう言えば、一年契約だったかしら？」

最初は一年の予定だったけれど、最近ではもう少しやってもいいかもしれない、という気がしているのは確かだ。いつの間にかトーマの会社に組み込まれていたのは腹立たしいのだが、一応無職ではないことを考えると、それを拒否する理由もない。

日本と比較すると何かと不便なことも多いけれど、案外こちらの生活も気に入っていたりする。その理由は、美人二人がお世話してくれるから――というわけでは決してない。

「ほら、今までの聖女とは状況がいろいろと変わってるみたいじゃない？　自分の世界にだって行き来できるし。なんか、このまま聖女やっててもいいかなーとか考え始めたら止まらなくなったのよね。契約期間もあと半年くらいだし」

とは言ってはみたものの、それは言い訳だ。自分でも思った以上に日野の言葉を気にしてしまっていることを、他の人たちには知られたくない。近頃では、日野の実家以外のコンビニで買い物をしているが、それはやはり彼と顔を合わせづらいからだ。

「それだけ？　何だか昨日とか調子出てなかったみたいだけど？」

玲奈は苦笑いしてしまった。ナイジェルは鋭い。玲奈を含めて、聖騎士団に所属しているメンバーにはおおざっぱな人間が多いからかもしれないけれど、今はナイジェルのその鋭さが少し恨めしい。

「調子が出てないのは確かかも。アーサーに大怪我させそうだったの知ってるでしょ？」

不調の原因は何となくわかっているような、いないような。

「……浮かれてるの？」

「もー、ナイジェルまでそういうこと言う？　それは関係ないの！」

「何だあ。残念。てっきり恋バナできると思ったのに」

ナイジェルはそう言うけれど、本気で恋バナしたいと思っているわけではなさそうだ。落ち込んでいる玲奈を励まそうという気持ちが見え隠れしている。

だからナイジェルといると居心地がいいのだ。玲奈も気持ちを切り替えることにした。

「ナイジェルはしたいの？」

「それはもうお年頃ですから。それに、『彼』のおかげで、皆も玲奈ちゃんを女性だって認識し始めたみたいだし？」

「……面白がってるでしょう？」

「あら、わかるぅ？」

ナイジェルはにっこりとする。そんな彼をじっとりとした目つきで見返してやるけれど、そんな風に言われるとなんだか日野を意識しているのが馬鹿馬鹿しくなってきてしまった。

彼だって、本気で言ったわけじゃないだろうし——あんな軽口でうろたえているなんて、恋愛偏差値が低いにもほどがある。だいたい、本気ならとっくの昔に向こうから連絡の一つや二つあってもいいはずだ。お互いの連絡先はずいぶん昔に交換済みなのだから。

「面白いことは面白いけれど、それよりは、どうやったら魔力を暴走させないで済むか考える方が先じゃないかしらね？」

「……そうね。ありがとう」

「いえいえ。コーヒーのお代わりをいただこうかしらねー」

「ちょっと行って、もらってくる」

まだまだいろいろなことがありそうだなと思いながらも、立ち上がった玲奈は厨房《ちゅうぼう》へと足を向けた。

＊＊＊

この国の国王陛下が来襲したのは、そんな日が数ヶ月続いた後のことだった。供も連れずにふらりと現れたかと思うと、いきなり玲奈の両肩を掴んだのだ。

「レナ殿！　頼みがある！」

「今日はお忍び？」

とりあえず彼の手を片方ずつ引き剥がしてから玲奈はたずねた。突然こんな風に詰め寄られても困る。

「いや、堂々と抜け出してきたぞ」

ルーカスは胸を張るが、それは正直どうなんだろう。

今日のルーカスは、真っ青な服を着ていた。そこに金で派手な刺繍《ししゅう》も入っているから、忍ぶのは難しそうだ。そもそもルーカス本人がたいそう目立つ男なので、服のセンスをちょっといじったところでどうにもならないだろうが。

「それより、レナ殿。大変なのだ！　クリスがいなくなった！」

「何ですって？」

ルーカスのクマが行方不明だなんて、緊急事態としか思えない。しかめっ面になった玲奈は、とりあえずルーカスを会議室に招き入れることにした。

これって城にいるローウェルに聞かせた方が早かったんじゃないだろうか、という疑問は呑み込んでおくことにして。

窓の外から好奇心を隠し切れないケネスがのぞき込んでいるが、ブラムに手ぶりで追い払われてしまった。

今、会議室にいるのは、玲奈とルーカスの他には四人。アーサーとエリオット、ブラムとナイジェルという、物理攻撃と魔術攻撃のそれぞれを担当する部隊の隊長と副隊長だ。

「あなた自ら来る必要はなかった気がするんだが」

「緊急事態だぞ？」

アーサーの苦言に、会議室の椅子にふんぞり返りながら答えるルーカスは、なんだかとても偉そうだ。国王陛下だから、実際とても偉いのだというのはこの際置いておく。

ルーカスの話によれば、二日前「ちょっと出かけてくる」と言っていなくなったクリスが、今日になっても戻らないのだと言う。

「……陛下のご心配ももっともだと思いますよ？」

顎《あご》に手を当てて考え込みながら、ブラムが言った。

「クリス君が黙って行方不明になるって、よほどのことがないとあり得ないのではないですか。彼が陛下に愛想をつかすなんて考えられませんし。もし何か事件に巻き込まれたのだとしても、剣を持てばアーサーと互角で、魔術にしたって……少なくとも、グリーランドで完全に覚醒する前のレナ様と同じくらいの能力は持ち合わせていると思うんですよ。わたしだって正面から彼とやり合って勝てる気はしませんからね」

「……何か裏があるんじゃないですか？　ほら、元は魔物だったわけだし」

ブラムの言葉に反論したのはエリオットだった。玲奈などは完全にクリスを信頼していたのだけれど、エリオットはそうでもないらしい。

「元は魔物、と言っても今は違うだろう……レナ様は何か感じないのか？」

「それをわたしに聞く方が間違いなんじゃないの？」

玲奈はアーサーに向かって、肩をすくめてみせた。

「わたしだって王様がここに来て、クリスがいないって言うまで何一つ感じてなかったんだから……ねぇ、あなたたち、何か知っていることはないの？」

玲奈の視線の先にいるのは、バッカスとダイスケ。二人とも、厨房《ちゅうぼう》から運ばれてきたチーズケーキに齧《かじ》り付いていて、玲奈の話は聞いていなかったらしい。さっきもクッキーを齧っていたし、ちょっと食べ過ぎだ。

「もぎゅ？」

口いっぱいにチーズケーキを頬ばりながら、バッカスは首を傾げてみせる。短い前足でケーキを抱えている姿に不本意ながらもときめきそうになるが、今はそれどころではない。

「……あのクマのぬいぐるみですよね？　ボクたちとはちょっと違う匂いがしましたけど……どこにいるのかまでは、ちょっとわからないです」

チーズケーキを一度置き、改めて玲奈の説明を受けたダイスケが首を傾げる。

「気付いてなかった？　じゃあ、探すあてはないの？」

「あて、と言われても。もっと彼と仲がよければ気配を追えたと思うんですけど……」

ダイスケは困った顔になってしまった。その横で、バッカスははぐはぐとケーキに顔を突っ込んでいる。花より団子……じゃなかった、話よりケーキというわけだ。

そう言えば、バッカスとクリスは比較的仲がよいのだが、ダイスケとクリスが顔を合わせたのは、花江を伴《ともな》って城に行ったあの時だけだ。それでは仲良くなる時間なんてなかったはず。

「バッカス、あなたはクリスがどこに行ったのかわからないの？」

「もぎゅ！」

チーズケーキから顔を引きはがしたバッカスは、首をぶんぶんと横に振った。

「……気配を追うのはちょっと難しいけど、探すのは引き受けてくれるって。ダイスケも手伝ってくれる？」

「喜んで協力させていただきますよ。ハナエにレナを助けるように言われてますし……すみません、ボクの分のコーヒーもお願いします」

それだけ言うと、ダイスケの興味はまたチーズケーキに戻っていった。

「ここに来ればどうにかなると思ったから来たのだ。余の近衛騎士《このえきし》に探させることも考えたのだがな、あいつらは精霊や魔物に関しては疎《うと》いし、お前たちの方が探しやすいだろう」

そう言って珍しく考え込む表情になったルーカスは、アーサーとブラムを見た。

「それに、素性が素性なのは余も重々承知しているから、こちらに来る前に神殿にも探してもらったのだ。ノエルならクリスの気配を追えるはずだからな。だが手掛かりすらなかった」

日頃はただ愛《め》でているだけだと思っていたが、ルーカスもクリスが元は魔物だったということを忘れていたわけではなかったのか。

神殿で探してもらったとなると、実際に動いたのはノエルと彼の指示を受けた神官たちだろう。勤めている人数こそ少ないとはいえ、この国の中でも最高の人材が集まっている場所だ。その神殿でも何の手掛かりも得られなかったのだとしたら、本当に大事《おおごと》だ。

「それに、魔物の増加に伴《ともな》って、街中《まちなか》の治安が悪化しているのに気がついたか？　避難した者の家に空き巣が入ったり強盗が発生したり——人心が不安な時期には犯罪も増える。近衛騎士は警備隊の援護に回そうと思っているから、クリスの捜索は聖騎士団に頼む。クリスに何かあるとすれば恐らく魔物絡みだろうしな。魔物の増加とクリスの失踪、無関係ではないやもしれん」

ブラムが厳しい表情になり、アーサーも眉間に皺《しわ》を寄せた。

「治安の悪化は問題ですね……それにクリス君についてはわたしも魔物絡みの可能性が大きいと思います。わかりました。引き続きノエル神官長の協力は得られるのでしょうか？　やはり神殿の力も借りた方が早く見つかるでしょうし」

「その件については、余の方から話を通しておく。魔物の増加の件も調べてもらわねばならんからな」

用件を済ませ、帰ると言って立ち上がったルーカスだったが、部屋を出ようとしたところで振り返る。そして皆に指を突きつけ、堂々と言い放った。

「なるべく早いうちに連れ戻してくれ。余はクリスがいないと眠れないのだからな！」

それから颯爽《さっそう》と出て行ったのだが、残された面々は互いに顔を見合わせてしまった。

ああは言ったが、もしクリスが戻ってこなかったらどうなってしまうのだろうか。

＊　＊　＊

そんなわけで、通常任務の他にクリスの捜索という仕事が加わったわけなのだが——これが想像以上に大変だった。玲奈が音を上げたのは、それから二週間が経とうかという頃だ。

「……だって、バッカスは毎日日中にクリスの行方を追っかけてあっちこっち行ってるじゃない？　ダイスケも一緒に。それにわたしも付き合ってさ、夜は夜で魔物ざんまいでしょ。こんなフルコースいらないのに！」

必死に探してはいるのだが、クリスの行方はまったく掴めていない。

クリスがいないと眠れない、と公言していた国王陛下はというと、実際よく眠ることができずに機嫌が悪いらしい。らしい——というのは、日頃城に詰めているローウェルから、クリスが見つかるまでは近寄らない方がよいという警告が回ってきたからだ。こんなところにまで気を使わねばならないとは、彼の苦労がしのばれる。

さすがに疲れて今日のクリス捜索をバッカスとダイスケに任せた玲奈は、騎士団本部の食堂でぐったりしていた。この騒ぎのせいで、日野のことなんて頭から完全に抜け落ちてしまっている。

「この魔物の出現頻度、おかしいでしょう。ノエル神官長は何か言ってなかった？」

神殿にはクリスの件について玲奈たちに協力してもらう一方で、魔物が増えた理由についても引き続き調べを進めるよう命令が行っている。

「……鋭意調査中、だ」

向かいに座ったアーサーが眉間に刻まれた皺《しわ》を深くする。そんなに怖い顔ばかりしていると、早く老け込むぞと思ったが、口にするのはやめておいた。機嫌の悪いアーサーを刺激してもろくなことにならない。

アーサーの前に置かれているのは絶望的なまでに濃く入れたコーヒーだ。こちらには栄養ドリンクなるものは存在しないので、目を覚ますには濃いコーヒーが一番ということらしい。

アーサーの隣にいるブラムは、そのものすごく苦いコーヒーを涼しい顔で飲んでいる。

この状況でも、彼はあまり疲れているようには見えなかった。

「疲れているのはわたしだけじゃないでしょう？　あなただって他の人たちだって、限界だと思うのよ」

「……それはそうだが。この間はうちの隊のロイズがやられていたな」

玲奈の言葉に、アーサーが浮かない顔で目の前のコーヒーに手を伸ばす。

ルーカスの言ったように街の治安は悪化していて、近衛騎士団《このえきしだん》は本来の任務の他に街《まち》中《なか》の警護にも加わっている。聖騎士たちも、昼は魔物の出現を抑える結界を張り直し、夜は夜で平常よりも多くの魔物と対峙しなければならない。

「こちらは人員が少ないですからね。子どもの睡眠時間も確保しなければいけませんし」

「……あの子はこれ以上育たなくてもいい気がするけど」

恐らくケネスのことを言っているブラムに、玲奈も軽口で返した。彼があれ以上縦に伸びたら大変なことになる。

「……レナ様」

苦い苦いコーヒーを飲み干して、思い切ったようにブラムが顔を上げた。珍しく彼の顔から笑みが消えているものだから、玲奈もつい椅子の上で姿勢を正してしまう。

「引退した方にもう一度お願いするというのは気がひけるのですが……ハナエ様にしば

らく聖女として復帰していただくわけにはいかないでしょうか？」

「はあぁ？　うちのお母さん？　やーよっ、そんなの」

思わず腰を浮かせた玲奈だったが、次の瞬間再び腰を落とした。聖女が二人存在してはならない、なんていう決まりはないだろうが、あの母親をここに呼ぶのかと思うと頭が痛い。

先日の帰り際の言動を見ていると、玲奈の大安売りを始められそうな気がするのだ。今の精神状態で、あの攻撃に耐えられるかどうか。

「……だって、ほら、あの人にはあの人の生活もあるし……ねぇ……？」

ブラムよ、期待に満ちた眼差しでこっちを見るのはやめてほしい。玲奈はそう願うけれど、最後の一口を胃に流し込んだアーサーがとどめをさした。

「ブラムの提案は、とても有用なものだと思う。今、地方の人員をもう少し回してもらえるように団長が調整中のはずだ。その人員が揃うまでの間だけでも」

既に何人か回してもらったのだが、都の警備にはとうてい足りない。

とはいえ、闇雲《やみくも》に異動させればいいというわけでもないから、調整にはもう少し時間がかかる。玲奈は目を逸らしてごまかそうとしたけれど、二人は無言の圧力をかけてくる。

「わ……わかったわよっ！　き、聞いてみるだけだからねっ！」

休みが取れないと言われたら諦めてもらおう。玲奈はそう思っていたのだけれど、花江は玲奈が入院したということにして二週間の有休をもぎ取り、こちらに来てくれることになった。

＊＊＊

要請を受けてやってきた花江は、たいそうお気楽な様子だった。玲奈と同じように実用一点張りのジャージを着て、足元はスニーカーで固めている。

「ダイスケー、元気だった？　またあなたと戦えるとは思わなかったわよ！」

「ボクとしてははなはだ遺憾《いかん》なのですが、現状を考えるとしかたがありませんね。レナだけでは、手が足りていないのは事実ですし」

「むぎゅう」

ダイスケの言葉に同調するように、バッカスが頷く。

一方玲奈は、母がやってきてくれたことはたいそう心強く思ってはいても、憎まれ口を叩かずにはいられなかった。

「戦闘の最中にぎっくり腰とかやめてよね？」

呼びつけたのは確かにこちらなのだが、考えれば考えるほど不安が押し寄せてくる。

「……やれやれ。あんたにそう言われるほど、衰《おとろ》えてはいないつもりなんだけどね？」

確かに母にはいろいろな意味でかなう気がしないけれど、最後に母が前線に立ったのは三十年も前のこと。いきなり戦闘の場に放り込んで大丈夫なのだろうか。

「まあ、いいわ。ダイスケおいで。ちょっと肩慣らししてくる」

ダイスケを手招きして肩に乗せたかと思うと、花江はさっさと姿を消してしまった。

「肩慣らしって……何するつもりなんだろ？　というか、わたしも身体を動かしておこうかな」

この状況にいらいらしているとは言っても、それとこれとは別問題だ。やれることをやっておかなかったら、きっと後悔する。それはイークリッドに来てから嫌というほど学んできた。

「バッカス、おいで」

玲奈は、バッカスを抱えて外に出る。そして訓練所の方に歩いて行くと、向こうから
「どごーん！」としか形容のしようのない大きな破壊音が響いてきた。

「ちょ、まさか！」

玲奈は一気に青ざめた。

以前玲奈は、聖女としての能力が十分に解放されず、魔力を上手く扱えなくなったことがあったが……まさか、母の身にも同じことが起こったとか？

慌てて訓練所へと駆けつける。

そこで玲奈が見たのは――訓練所の中心に巨大な穴が空いているという光景だった。

その側では、花江が「いい汗かいた」と言わんばかりのさわやかな笑顔で、額の汗をハンカチでぬぐっている。もう片方の手には、花江の身長ほどもありそうな巨大な剣が握られていた。どうやら、母の精霊であるダイスケが姿を変えたものらしい。

「お……おかーさん!?　何やらかしたわけ？」

「……だから、肩慣らしを、ね？」

「穴空いてるじゃない！　それはどうするわけ？」

「埋めておけばいいんでしょ？」

ハンカチをポケットに押し込んでおいて、花江は巨大な剣をぶんっと振る。玲奈が瞬《まばた》きをする間もなく、巨大な穴は跡形もなく消え失せて――いや、埋め戻されていた。

穴が空いていたはずの地面は、よく見れば少々でこぼこしている。きちんと整備する必要はありそうだが、使い物にならないというわけでもなさそうだ。

「……意外と衰《おとろ》えてなさそう。何とかなるんじゃないの？」

花江は玲奈を見てにやりと笑う。何とかなりそうじゃなくて、たぶん母に任せておけば間違いないだろう。母が協力してくれるなら、皆の負担を軽くすることができるはず。

ただ――玲奈はでこぼこの地面を見ながら自信を喪失していた。

今まで、自分は何をやってきたのだろう。

従姉妹《いとこ》が結婚するというのは、母の〝娘を片づけたい〟願望に火をつけていたらしい。

嫌な予感が当たってしまった。

「……そこで、娘を売るな！　だいたい、彼は彼女持ち！　――露骨《ろこつ》に意外そうな顔をするんじゃない！」

訓練所の穴が塞がれるのを見た少し後、玲奈は母を厨房《ちゅうぼう》から引きずり出す羽目になった。確かに彼はルックスが少々おっかないので、独り身と思われてもしかたがないのかもしれないが。

だが、そのおっかない彼――ザックは、玲奈の侍女であるバイオレットとよく出歩いているのだ。ちなみに、彼女とは二十歳ほどの年齢差がある。バイオレットの方がお手紙を渡したことから現在のお付き合いに発展したらしい。

外見はともかく非常に気のいい男だし、料理の腕はプロ並みだ。おかげで聖騎士団の厨房《ちゅうぼう》を一手に任されることになって、戦闘には出してもらえないのだが。

「……よさそうな人だと思ったんだけどねぇ」

「いい男があぶれてるわけないでしょうが！　今、皆忙しくてそれどころじゃないんだから、娘を売ろうとするのはやめてよね！」

このまま母を放置しておくわけにはいかない。聖騎士団全員に玲奈を売り込まれたらたまったものではない。魔物だらけで皆ぴりぴりしているというのに――少しは空気を読め！

そんな玲奈の気持ちは母にはまったく伝わっていないようだ。

厨房から引きずり出された母は、あらあら残念ねぇとか何とか言いながらどこかへ行ってしまった。玲奈は額に手を当てる。

――今ので自重してくれればいいんだけれど。

そんな願いは、あっさりと打ち砕かれることになる。とりあえずバッカスを迎えに行こうとした玲奈が騎士団本部の玄関に向かうと、そこで掴まっていたのはブラムだった。

「……そうですねぇ、悪くはないと思いますが」

ブラムと花江は必要以上に接近しつつ何やら話し込んでいた。

「でしょう？　わたしの娘だもの。ただねぇ、こう何ていうか男っ気がなくてねぇ……

同じ歳の従姉妹《いとこ》はもう結婚が決まっているというのに。どう？　今ならお安くしておくけど」

いつも持ち歩いている杖に半分寄りかかるようにして、ブラムは考え込んでいる。

ここでもかと玲奈はため息をついた。玄関の前で相手を掴まえて娘を売り込む母も母だが、真面目に取り合うブラムもブラムだと思う。しばらく考え込んだ末に、ブラムは口を開いた。

「……お義母様《かあさま》とお呼びしてもよろしいですか？」

「いいわよー、大歓――」

「はいはいはいっ！　ちょっといい？」

玲奈は二人の間に割り込んだ。このままだとろくなことにならない気がする。

「……お母さん、ブラムが迷惑がっているからやめてちょうだい。ブラム、ごめんなさいね？　とりあえず、この人はわたしが引き取るから」

「えー、迷惑がってるわけじゃないわよね？」

花江は露骨《ろこつ》に頬を膨らませた。いい年なんだから、そんな顔しないでほしい。

「その点については、ご想像にお任せします。では、失礼しますね」

にっこりと笑ったブラムは奥の方へと行ってしまう。その様子を見た母は、残念そうな声を上げた。

「もうちょっとで玲奈をもらってくれるって言ってくれそうだったのにー」

「どこをどう見ればそうなるのよ……」

立ち去る直前の微笑みには、なんだか黒いものが渦《うず》巻いていた。迷惑がっていたというか、何か企んでいる気がしてならない。

「お母さんね、プラム君が素敵って思うのよねー」

確かにプラムは母の好きそうな外見だなーと、玲奈は思う。だからと言って、娘を売りにかからなくてもいいではないか。

「やーよ、お腹《なか》真っ黒だもん。それにさっきも言ったよね？　わたしのことを売りにかかるのはやめろって！」

「そうだっけ？」

どうやら本気で忘れているようだ。母をどうにか止める方法を考えなければ——玲奈は深々とため息をついてしまった。

玲奈の部屋にもう一つベッドが運び込まれて、花江はそこで寝泊まりすることになっていた。

「ねえ、魔物の出現頻度が上がってる原因って、何か心当たりないの？」

母にそう問われて、玲奈はクローゼットを引っ掻き回していた手を止めた。残念ながら母の隊服は保存されていなかったため、玲奈の予備の制服を探していたところだ。花江自身は「必要ない」とのことだったが、もしかしたら魔術で強化された隊服が必要になるかもしれない。

「わかんない。あちこちの人たちに聞いたりしてるんだけど……魔物の世界との境界線が越えやすい時期と越えにくい時期があるんじゃないかってことくらいしか想像できないみたいで」

「文献なんかも国中に散らばってるものねぇ。以前から取りまとめようって動きはあったはずなんだけど」

ということは、魔物対策については母が聖女をやっていた時代からさほど進歩していないということか。国中に散らばっている文献の量が膨大なのは想像できるし、パソコンのないこの世界では情報の取捨選択は大変な作業だということもわかる。

「それはノエル神官長がやってるみたい。今のところ、どの程度成果があったのかはよくわからないけど」

「そう……上手くまとまればいいけどね。とにかくわたしは、出てくるやつらを全部叩けばいいのよね。そういや、クリス君だっけ？　あのぬいぐるみもさっさと見つけないといけないんでしょ。そっちはどうなっているの？」

「頑張ってるけど、どこに行ったのかわからないのよねー。そういや、お母さん、クリスと知り合い？」

「ううん。何で？」

「いや、クリスが何となくお母さんのこと知ってそうな雰囲気だったから」

正確に言うと、知ってそうというよりはだいぶ怯えていたように見えたのだけれど。

クリスが行方不明の今、真相はわからない。

母から否定を返されて、玲奈はそれ以上考えることを放棄した。あとはクリスが帰ってきてから確認すればいい。見つかればの話だが。

バッカスは、玲奈のベッドの中央を占領して完全にひっくり返っている。クリスを探し回る彼の負担も大きいようで、最近は夜になるとぐったりしていることが多い。今も白い毛玉の姿を取れないほど疲れてしまったらしく、緑色のワインボトル姿でごろんと転がっている。

「バッカス君、風邪をひいてしまいますよ」

ダイスケも盛大にあくびをしながら、バッカスに毛布をかけてやっている。

「……今夜は何事もないといいんだけど」

玲奈は窓の外に目をやった。今夜は月も出ていないから、視界の確保が面倒だ。窓の外に耳をすませてみても、人が行き来している気配はほとんどない。魔物の出現頻度が上がったために厳重な警戒が敷かれていて、夜間は極力外に出ないようにとの通達が出されているのだ。

今、外を歩いているのは街中《まちなか》の警備にあたっている者たちだけのはず。玲奈と花江は本部で待機ということになっているが、連絡があったらすぐに飛び出さねばならない。

「……いけない！」

ゼブラ柄のジャージを引っかけた花江が不意に顔を上げた。

「へ？」

何がいけないのかわからず、玲奈は間抜けな声を上げてしまう。目をぱちぱちとさせている間に、手に愛用の剣が押し付けられた。

「バッカスちゃんは残しておいた方がよさそうね。ダイスケ、聖騎士たちに伝言！」

「わかりました、後は任せてください！」

ダイスケが扉から飛び出していく。今の今までだらだらしていた人とは思えないほどに、花江の表情は厳しいものになっていた。母の顔がこんな風になるのを、玲奈自身そう何度も見たわけではない——最後に見たのは、父親がいなくなった後、当時住んでいた家を引き払う時だったろうか。

「先に行くってダイスケに伝言させることにしたから。わたしたちは先に行きましょ！」

「う……そ……！」

何をするのかと問う間もなかった。玲奈の腕を花江が掴み、突然周囲の景色がねじ曲がったかと思うと、一瞬にして二人は外に移動していた。

そこは、昼間は人が行き交っている市場の中央に位置する広場だった。外出規制の通達もあってこの場に人の姿はない。聖騎士たちもまだ駆けつけていないらしい。ただ、何か硬い物を打ち合わせているような音がするだけ。

「玲奈、明かりを確保！」

「……わ、わかった！」

玲奈は景気よく光の玉を打ち上げた。これでしばらくの間は、周囲を明るくしておくことができる。いろいろ気になる点はあるけれど、今は詳細について聞かない方がよさそうだ。玲奈は目の前の敵に意識を向ける。

「……ふぅ」

とりあえず、魔物の外見が苦手な部類ではなかったことに安心する——バッタだろうか、カマキリだろうか。まあ昆虫っぽいのであまり好ましい外見とは言えないのだが、八本の足があるアイツでなければ基本的には大丈夫だ。

「そっちは任せたから！」

言い放つなり、花江は魔物の方へと突っ込んでいってしまう。手にしていた巨大な剣が閃《ひらめ》くと、左右にいた魔物の頭が一度に吹っ飛んだ。

「……そっちって、どっちよ……」

たぶん、背後を警戒しておけという意味なのだろうけれど、花江の後ろに回り込める魔物なんていないのではないか。

とりあえず玲奈は目の前に現れた一体を切り捨てる。続けざまに剣を閃かせ、二体を仕留めたところで、玲奈は嫌な予感に襲われた。さっと視線を母の方へと巡らせる。

母の左手から一体、前方にもう一体。前方の魔物に剣を向けている花江は、おそらく左側の魔物には気づいていない。その魔物が花江に飛びかかり、鉤爪《かぎづめ》を彼女の頭に叩きつける。花江の姿がぐらりと揺らいだ。

「ちょっと！　お母さ……！」

玲奈の悲鳴は途中で呑み込まれてしまった。花江が倒れ込んだように見えたのは気のせいだ。魔物の鉤爪は、母の頭に触れてさえいない。

花江は左手から突っ込んできた魔物の首根っこをひっつかむと、正面にいる魔物に勢いよく叩きつける。ごつんという鈍《にぶ》い音が響いたかと思うと、片方の魔物が消滅した。

続いて花江は残された魔物にするすると接近する。

「……帰る？　このままやられる？　わたしはどっちでもかまわないけど？」

花江の足の下にはぺしゃんと潰れた魔物がいる。踏みつけた頭をぐりぐりと地面にめり込ませながら花江はたずねた。

「魔物を足蹴《あしげ》にしないでしょ、普通……」

母の前で口にするのは正直ためらわれるが、やってることが非常にえげつない。

花江の足にはますます力がこもり、魔物からひゃあひゃあと哀れっぽい悲鳴が上がる。

ごきっぼきっという音も聞こえてきそうな勢いだ。

「……帰る？　ならよろしい。あぁ、すぐに解放してもらえると思うなんて、あんた図々しいんじゃないの？」

玲奈には聞こえなかったけれど、どうやら魔物は素直に撤退することを選んだらしい。

だがそう簡単にはいかなかった。

「……どうやって、こっちに出てきたわけ？　……言えない？　ふーん……殺された方がましって目に遭わないとわからない？」

今度は足蹴にしている魔物を、巨大な剣の先でちくちくとつつき始めた。そのたびにまた魔物が悲鳴を上げるものだから、花江の方が悪役に見えなくもない。というか、確実に悪役だ。

「……あの、レナ様」

その頃になって、ようやく聖騎士たちが到着する。彼らも目の前の光景に唖然としているようだ。玲奈の方へと近寄ってきたブラムがひそひそとささやく。

「魔物を脅《おど》している人は初めて見ました……」

「わたしも、思いつきもしなかった……」

うぐえぇぇぇぇっという何とも形容しようのない声が魔物の口から上がる。花江の足の下で、魔物の頭がよりいっそう地面にめり込んだ。

「……ご協力、ありがと」

花江の足の下で爆発音がしたかと思ったら、魔物の身体はばらばらになって消し飛んでしまった。

「帰してやる、とは言ったけど、無傷で、とは一言も言ってませんからね！」

両手を腰に当てて、花江は言い放った。そこでふんぞり返るのはいかがなものか。さすがの聖騎士たちも若干びびっているような雰囲気だ。

「あのさ、お母さん……だ、大丈夫？」

おそるおそる玲奈は声をかける。母は自慢げに玲奈を見てにやりとしてみせた。

「ふふん、玲奈。いいこと？　魔物を相手にする時にはね、弱みを見せるのはなし。勝負の八割は気合いで決まるんだから」

「そりゃそうかもしれないけど……」

「ついでに言うなら、殺《ヤ》られる前に殺っときなさい。敵に殺られてから後悔したって遅いでしょ」

「……敵に弱みを見せるな。殺られる前に殺れってことね？」

玲奈が母の言葉を繰り返すと、花江はうんうんと頷いた。それはともかくとして、気になることがある。玲奈は意を決して母に問いかけた。

「それより、お母さん……今、魔物を脅《おど》してなかった？」

自分がたずねなければ話が進まないだろう。この中の誰よりも花江との付き合いが長いのは事実だ。

「やあねぇ、脅すって。ちょっと情報提供にご協力いただいただけじゃないのー」

ちょっとなんていう可愛らしいものではないのは明らかだが、ここで逆らうのは得策ではない。

「それで、何か情報掴めた？」

「特には、っていうのが情けないところなんだけど」

やれやれ、と花江は首を振った。それから駆けつけてきた聖騎士たちに向かってまたにやりとしてみせる。

「ごめんなさいねえ？　たいした相手じゃなかったから、娘と二人で片づけちゃった」

二人と言ったけれど、玲奈がやったのは明かりを確保するところまでだ。後は全て母の手柄であって、玲奈はほとんど何もしていない。

その後、聖騎士たちが魔物の残りがいないか確認に回っている間、玲奈は母と二人で話す時間を持つことができた。

「そう言えばさっき、一瞬でここまで来たでしょ。あれどうやってやるの？　あと、魔物の気配を察知するのも」

「ルートを開く技術の応用！　できないの？」

「……うん」

玲奈自身、グリーランドで代々の聖女の記憶を受け継いではいるけれど、その中にはこんな技術は含まれていない……ような気がする。カルディナは必要な時に必要な知識を思い出す、と言っていたけれど——

「ねえ、ルートを応用した技術って……誰から教わったの？」

「わたしが自分で開発したの。当時の神官長に手伝ってもらってね。イークリッド内しか行き来できないし、移動する距離が長くなればなるほど身体にかかる負担も大きくなるから、滅多なことじゃ使わなかったけど」

「……代々の聖女の記憶の中には含まれてないのよね、それ」

一応、思い出そうとはしてみたのだ。けれど、母が言うような技術はいっこうに思い出せない。

「わたしがまだ生きてるからじゃないの？」

その考えはなかった。

自分と母の間には、越えられないくらい高い壁がありそうだ。以前と比べたらきちんと『聖女』をやれていると思うけれど、花江のように新しい技術を開発しようとは思わなかった。

こんなところでも違うのだと、玲奈は再び落ち込んでしまう。

けれど、そんな姿を皆に見せるわけにはいかないと思ったのも、また事実だった。

第四章　再びグリーンランドへ

届けられた封筒を開いた玲奈は、中の手紙を読んで嘆息すると、それを会議室のテーブルに放り出した。

「……王様、ずいぶんいらいらしているんじゃないの？」

クリスがこちらに来たばかりの頃、聖騎士団預かりとなって、ルーカスと離れ離れになっていたことがある。その時にもやはりルーカスはずいぶん文句を言っていたのだけれど、今はそれ以上にいらついているようだ。

玲奈が放り出した手紙には、「クリスを早く見つけろ！」とだけ書かれている。あのクマがいないとよく眠れないらしいから、眠気と不機嫌がミックスされているのかもしれないが、こうして怒られても困ってしまう。こちらもできる限りの対応はしているのだから。

「……顔はいいのに、気が短くて残念ね。お父様の方は素敵な人だったのに」

コーヒーにミルクをたっぷり注《そそ》いだ花江が返す。まあ、花江のことを相当崇《あが》め奉《たてまつ》ってくれたそうだから、たとえタイプじゃなくとも素敵に見えていなければ先代の国王が気の毒だ。

「だけど、今突っ込むべきなのは、王様の気が長いか短いかじゃないと思うのよね」

できるなら玲奈だってさっさとクリスを見つけてやりたい。正体不明という事実は否定しようもないが、クリスのことは嫌いではないのだ。

「昨日は夜中に三回も呼び出されたでしょう？　正直つらいのよね、まだ若いと思ってたんだけど」

花江が首を捻《ひね》る。首の後ろがばきばきに凝《こ》っているらしく、豪快な音が響いた。

確かに昨夜は大変だった。呼び出され、魔物を退治し、戻ってきたかと思ったらまた呼び出されての繰り返しだった。その他にも、玲奈と母が呼ばれず聖騎士たちだけで対応した現場も二つあったらしい。こんな魔物の大盤振る舞いなんて、必要ない。

「……聖女様、ハナエ様、よろしいですか」

眉間に皺《しわ》を寄せたエリオットが二人のいる会議室に入ってきた。

玲奈はエリオットから見れば思いきり期待外れの聖女なのだが、母もエリオットの期待していた聖女とは少々……いやだいぶ違っていたらしい。慇懃《いんぎん》な態度は崩そうとしないものの、あまり良く思っていないことが一目でわかる。

「ノエル神官長がおいでです。応接間の方にいらしていただけますか」

「……神官長が？」

玲奈と花江は顔を見合わせてしまった。いつも神殿に詰めているノエルがわざわざ出かけてくる理由がわからない。

応接間の方に行くと、そこではアーサーとブラムが既に待っていた。ノエルは窓の近くでこちらに背を向けて立っていたが、玲奈と花江が入室したのに気がつくと、こちらに向き直って丁寧に一礼した。今日は豪華な刺繍《ししゅう》が施《ほどこ》された神官服ではなく、飾り気のない恰好をしている。それでもただ者ではない雰囲気を発しているのは、やはり最高位の神官だからなのだろうか。

「……何か、あったの？」

「事件が起きたというわけではないのですが、聖女様にご協力いただけないかと思いまして」

ノエルは、ソファの方へと歩いてきた。ソファには大きな鞄《かばん》が置かれていて、彼はその口を開いて中身を一つずつ取り出していく。その間も彼は話し続ける。

「グリーランドのミラーを覚えておいでですか？」

「もちろん。すっごくお世話になったし」

　玲奈以前にも力を解放できなかった聖女が存在したらしいのだが、その能力を解放する儀式に使われたのがグリーランドの神殿だった。玲奈も少し前にそちらに赴《おもむ》き、聖女としての力を完全に解放してもらった。その時に手を貸してくれたのが現地の神官であるミラーだ。

　ノエルがテーブルに並べたのは、古びた書物と几帳面《きちょうめん》そうな字で細かく書き込まれたノートの束だった。

「これって何？」

「ミラーから送られてきたのですが、彼が若い頃研究していた資料だそうです。彼が研究していたのは、どちらかと言えば異端の考えでしてね。ですが、目を通してみると意外に役に立つのではないかという気がしてきたのです」

「異端とか言われても、わたしにはよくわからないんだけど。クリスを見つける手がかりにはなるの？」

「いいえ、そちらではなく……都での魔物の出現数を抑えることができるかもしれません。実はミラーをはじめ、『魔物と精霊は元をたどれば同じものである。両者の間にある差を見つけ出すことができれば、魔物を封じることができる』という説を唱える者がいるのですよ。我々としてはずっと否定してきたのですが、密かに研究が続けられていたようです」

そう言えば、助けに来てくれたクリスを目撃し、『魔物と精霊の中間のような彼を研究すればいいかもしれない』というアイディアを与えてくれたのはミラーだった。むろん都に戻ってきた後にノエルにもそれを告げたのだけれど、その後すぐに魔物の出現回数が増えたため、お互いそちらにまで手を回している余裕がなかったのだ。

ミラーより先にクリスと会っているにもかかわらず、ノエルたち中央にいる神官たちからはそういった意見は出なかった。そう考えるとミラーは、中央の神官たちとは少し違う視点を持っているのだろう。

「異端の説を研究していたからと言って処分するほどのことではありませんから、我々としても本来の業務に差し支えない限りそのままにしておいたのですが、まさかこんなところで役に立つとは考えてもみませんでした」

そう語るノエルの表情は、異端の考えとやらを取り入れるのには抵抗があるようで、少々忌々《いまいま》しそうにも見えた。

「なるほどね。中央では認めていられない説だから異端である……と。確かにわたしも昔……魔物についてはそんな説があるって聞いた気がする。こういった記録とか資料を見せてもらったら、ちょっとは思い出すかしら」

花江は、思案顔でテーブルの上の資料を見つめた。昔の記憶を引っ張り出そうとしているのか、眉間に皺《しわ》が寄ってものすごい表情になっている。ノエルは慇懃《いんぎん》な態度で、花江に頭を下げた。

「そうなのですハナエ様。しばらくの間、お力をお貸し願えませんでしょうか。何しろ、神殿にもハナエ様の頃の記録は残っているのですが、記憶を持っている者はあまり残っていない状態でして。もし、記録を見たら何か思い出すのかもしれないというのであれば、ぜひ神殿にいらしてご協力いただきたいのです」

花江の聖女時代に中心的な立場にあった神官たちは、大半が高齢だったため既にこの世を去っている。聖騎士たちも魔物との戦いの中で次々命を落とし、当時聖女と共に戦っていた者はほとんど残っていないのが実情だ。

当時の記録を探し出せたとして、記載に漏れがあったり、記録書そのものが破損したりしていた場合には、やはり記憶を持つ者を頼りにすることになる。今一番その立ち位置に近いのは、花江なのだ。しばらくうつむいて考え込んでいた花江は、顔を上げるなり言った。

「……そうね。わたしが行った方がよさそうね。昼間は神殿に行くってことでかまわないかしら？　ダイスケを連絡係に置いていくから、何かあったらダイスケを寄こしてちょうだい。あなたはクリス君探しの方を続けて——。夜は……まあ、こっちに戻ることになるでしょうね」

「……わかった」

実を言うと、花江の休みは残り少ない。入院した娘の世話という言い訳もいつまでも使えるわけではないし、残された時間は貴重だ。

となると、母がいる間に少しでも研究を先に進めておいた方がいいような気がする。それが、魔物の出現を止めることに直結するかどうかはまだわからないけれど。

「……護衛の方はどうしましょうか」

ブラムが考え込んでいる。神殿への往復だけならそれほどの距離でもないのだが、聖女を一人で出歩かせるわけにいかないというのがこちらの人々の基本的な考えだ。だが花江はそんなものいらないとばかりに、顔の前でぱたぱたと手を振る。玲奈も口を挟んだ。

「ねえ、ブラム。この間から考えてたんだけど、聖女を一人で出歩かせるわけにはいかないって、しばらくの間忘れられないかなあ？　どうせ体裁だけでしょ？　だったらそこに労力割くより、夜に備えてもらった方がいいと思うんだけど」

治安が悪化しているとはいえ、万が一ひったくりに遭ったとしても玲奈や花江ならすぐに追いつくだろうし、強盗に至っては返り討ちにしてしまうだろう。実際のところ、『護衛』として同行してくれる聖騎士たちより、玲奈や花江の方が強いので、要は体裁の問題なのだ。

「……その方がいいかもしれないですね。実際、皆の負担はかなりのものですし。もしハナエ様がそれでかまわないのであれば――ですが。アーサー、あなたはどう思います？」

ブラム個人としては、体裁はそれほど気になるものでもないらしい。話をふられたアーサーは――こちらは大いに体裁を気にするタイプなのだが――諦めた様子で額に手をやった。

「緊急事態だ。ハナエ様がかまわないと言ってくださるのであればしかたないだろう」

かまわないどころか、むしろありがたいと思うのは花江も玲奈も同じだ。どうせなら自由に動き回れる方がいい。

「護衛なんていらないわよ。それじゃ、玲奈。昼の間はお願いね。クリス君とやらを早く見つけないといけないんでしょ」

「……わかってる。あとはお母さんが教えてくれた『アレ』ももうちょっと研究してみたいし」

『アレ』とは、花江が来たばかりの時に見せてくれた、ルートの応用である瞬間移動だ。あれができたら、ずいぶん便利だと玲奈は思う。花江にやり方を教えてもらったものの、いまいち理解はできていない。失敗するのも怖いから、あまり遠くまでは行かないようにしているというのが現実だ。

「それにしても、ミラー殿か。彼もずいぶん研究熱心だったよな」

「……そうなの？」

アーサーのつぶやきに玲奈が首を傾げていると、彼は肩をすくめてみせた。

「グリーランドでレナ様たちが儀式を行っている間、書斎を見せてもらった。あそこに並んでいる書物の数を見たら、そうとしか思えないぞ」

「あ、そうだったんだ？」

ミラーが話してくれたことは興味深かったし、頼りにできる人だとも思っていたけれど、さすがに本棚になんて興味なかったから全然気がついていなかった。

「それにしても、クリス君の行方が未だに知れないというのは問題ですよね。バッカス君も、疲れているようですし」

ブラムが困ったように眉を寄せる。彼がこれだけ困るというのも滅多にないことなのだが、彼の負担も今までになく増えているのだからしかたない。

「……そうなのよねぇ。わたしも結界を強化して回る仕事がなかったら、もう少しバッカスの手伝いができるんだけど」

クリスの捜索、瞬間移動の練習の他、最近はそれと並行して、街中《まちなか》の結界を強化して回る手伝いもしている。魔物の出現を抑える方法が見つかっていない今、せめて結界を強化しておこうと聖騎士たちが動いているというのに、とにかく手が足りないのだ。

「とにかくやれるだけのことはやりましょうよ。今日はわたしもこっちの作業を手伝うし」

暗くなってしまったその場の空気を何とかしようとしたのか、花江が声を張り上げる。

「じゃあ、今日のうちに——街中の結界の補強、できるところまで手伝ってくださーい」

玲奈は花江の腕を掴んで引っ張り上げた。

「しかたないわね。ほら、ダイスケ、行くわよ。それじゃ神官長、明日の朝、神殿にうかがいますわね？」

花江は、すかさず玲奈の手を払って姿勢を正す。それからダイスケを肩に乗せると、玲奈を従えてその部屋を後にしたのだった。

＊　＊　＊

翌日、花江がてくてくと歩いて神殿に赴《おもむ》くのを、玲奈は食堂の窓から見送った。護衛は前日の打ち合わせ通りに省略されたので、玲奈の日には至って気楽なように見える。

一方玲奈は、昨日に引き続き街に出て結界の補修の手伝いをしていたのだが——昼過ぎになって、神殿から使いがやってきた。

聖騎士団本部で待機していたダイスケからその連絡を受けた玲奈は、慌てて神殿へと直行する。

中央神殿では、難しい顔をしたノエルが待ちかまえていた。いつもなら、建物後方の神殿部分に通されるのだが、今日連れて行かれたのは、彼の書斎と思われる部屋だ。そこにはアーサーと、保管庫で記録をあさるため割烹着《かっぽうぎ》を着込んだ花江が先に席に着いていた。

「クリス殿から連絡がありました。グリーランドの神殿経由で、ですが」

玲奈たちの前に座ったノエルは、とても困惑している様子だった。

「どういうこと?」

なんでわざわざグリーランドの神殿を経由しなければならないのだろう。クリスなら一瞬にして都まで戻ってこられるのだから、そんな必要もないはずなのに。

「クリス殿は、今グリーランドにおられます。本当は直接都に連絡したかったのですが、現在余力がないそうで、一番近いミラーの神殿に連絡するので精一杯だったようです。

ミラーから緊急の通信が入りまして」

こちらの世界には、電話は存在していない。ノエルの話によれば、緊急事態の際には精霊の力を借りることによって遠隔地と話ができる術が存在し、ミラーからの連絡はそれで行われたらしい。だが、非常に体力を消耗するために、滅多なことでは使われないとのこと。

今回、クリスもそれと似たような手を使ったのだが、余力がなかったために一番近いところにあった神殿に連絡をつけるしかなかったようだ。距離が開けば開くほど、そこにかかる労力も大きなものになっていくからだ。

「グリーランドって、何でまたそんなところに行っているわけ？」

元魔物である彼は、ルーカスが生まれた時に贈られたというぬいぐるみを依代《よりしろ》にしていて、こちらでは王の護衛ということで存在を黙認されていたはずだ。だからグリーランドどころか都から離れる必要すらないはずだ。

「先日グリーランドに赴《おもむ》いた際、聖女様は魔物の世界に通じるルートの出入り口を塞いだそうですな。どうやら、それが影響しているようでして」

「……影響？」

玲奈は眉を寄せた。

確かにあの時、ミラーが育てている畑の中央に穴が開いていて、そこから魔物が出てくるのに気がついた。穴はルートのような通路に続いていたのだ。

聖女として受け継いだ記憶によれば——それは塞ぐべきだという結論に至ったし、実際塞いで正しかったと思う。そうでなければ、次から次へと魔物が出現してきて、グリーランドの街は魔物に乗っ取られることになっていただろう。

「いえ、聖女様のやり方に問題があったというわけではないのですよ」

ノエルはますます困った顔になって、額の汗を拭う。それから、天井を見上げるようにして言葉を探した。

「穴を塞いだだけでは、魔物の世界とこちら側の世界の間に生じた歪《ゆが》みまでは修正できないのです。そのために、魔物が再び小さな穴を開けるなどしてこちら側に出てきやすい状態が続いていたのですが——あの時強引に穴を塞いだ影響で、魔物の世界からグリーランドに出るためのルートと、都に出るためのルートが重なり合ってしまっているようです」

「そんなことってあるの？　だって、グリーランドってすごく遠いじゃない」

都からグリーランドまでは、汽車で七日ほどかかる。玲奈の感覚からすれば、影響が及ぶにはあまりにも遠すぎるように思えた。

「わたしの時代にはなかったわね……そんなことは。今のところそういう記録があったという話も聞いてないけど」

花江も考え込むように顎《あご》に手を当てる。

「今までには例がありませんな。ですが、ルートは本来なら繋がるはずのないところに強引に道を作る手段です。それを考えると、あり得ないとも言い切れません」

「世界と世界を繋ぐ『道』だからな。俺たちには理解できないような繋がり方をしていても不思議はないと思う」

おや、と玲奈は横にいるアーサーに目を向けた。意外に柔軟な考え方をするらしい。

「おかげで本来ならばグリーランドに出るはずの魔物が都に来ているため、いつになく魔物が出現しやすい状態になっているようでして。都の方が『獲物』は多いですからな。魔物としてはグリーランドに出るより都に出る方を選ぶでしょう。おまけに、今、グリーランドには強力な魔物が出現して、歪みを増強しているらしいのです。クリス殿がその歪みの増強を抑えてくれているために、この程度で済んでいるようでして――」

「穴を塞ぐだけじゃ駄目だったってことね……なら、この状態を改善するにはどうしたらいいのかしら」

クリスが歪みを抑えているにもかかわらずこれだけ魔物が出ているのだとすれば、クリスがいてくれなかったらと考えると恐ろしくなってくる。

「クリス殿の知らせによれば、グリーランドに出た魔物を倒し、歪《ゆが》みを修正することができれば、都側の魔物の出現率を抑えることもできるだろう、とのことでした」

「……魔物を倒すのはまあよしとして、その歪みの修正にはどのくらいの労力が必要なの？　神官に行ってもらうとか、魔術師に行ってもらうとかすれば平気？」

問われてノエルは渋い顔になった。

「恐らく……聖女様が行かれる必要があるのではないかと」

やはりそうだったか。想定通りの答えに、玲奈は頭が痛くなるのを感じずにはいられなかった。

「ということは、わたしかお母さんがグリーランドに行かないといけないのよね？」

そうは言ったものの、花江に行ってもらった方が確実なような気がする。

「玲奈」

それまで黙って話を聞いていた花江が、手で一同を制して玲奈を呼ぶ。

「あなたが行きなさい。こっちはわたしが守るから」

「……でも」

聖女としての格なら、経験を積んでいる花江の方が上ではないだろうか。

「あのね、聖女としての力の使い方とか、魔物を手際よくやっつける方法とか。そういうのは今の玲奈よりわたしの方が上だけど——体内に有する魔力なら、あなたの方が上なのよ？　年寄りをこき使わないでちょうだい」

花江が珍しく自分のことを『年寄り』などと言ったので、玲奈は自分の耳を疑った。ぎょっとしてアーサーの方を確認すれば、彼もまた目を見開いて固まってしまっている。

「……わたしが行った方がいい？」

「やったことのある事例に対応するならわたしが行った方がいいのかもしれないけれど、初めての経験になりそうだからね。初めてのことに対する適応能力はたいしてあなたと変わりないと思うのよ。だとしたら、魔力が多い人が行った方がいいでしょ？」

「本当にわたしの方が魔力があるの？」

母より魔力があるとは思っていなかったので驚いた。

「そうよ。それにね、わたしが現役退いてから何年経ってると思ってるの。若いんだからきりきり動きなさい」

「……」

本当に自分が行った方がいいのだろうか。母にそう言われても、まだ自信を持つことができない。決意を固められずに、落ち着かなくなってしまう。

「……あなたが行くべきだと思う。我々の代の聖女はあなたなのだから」

アーサーにそう言われて、玲奈ははっとなる。確かにそうだ。今、この地を任されているのは玲奈なのだ——

「わかった。でも……その間、都の守りはどうするの？」

母が残ってくれているのは心強いが、きっと一人では手が回り切らないこともあるだろう。

「……他の地域からかき集めるしかないだろうな。それと、出かける前に出来うる限り結界は強化してもらうことにして」

そう言うアーサーの声は重苦しいものだった。

「結界の方はこちらで対応しておきますよ」

任せろと言わんばかりにノエルが口を挟む。

「それにしても困ったことになったわね」

玲奈は深々とため息をついた。ルートを塞いだあの時、まさかこんなことになるとは思っていなかった。

「レナ様が気に病む必要はない。ルートを塞がなければ、俺たちはまだグリーランドから離れられなかったかもしれないのだから」

アーサーの仮定は大げさだと思うけれど、そう言ってもらえると少しだけ気が楽になる。だからと言って事態が変わるわけではないのも十分にわかってはいるのだが。

「それじゃノエル神官長、わたし一度本部に行くわね。こっちを守るなら騎士団の皆とも少し話しておきたいし。続きは明日でいいかしら」

花江が真っ先に立ち上がる。母の手をこれ以上煩《わずら》わせるのは申し訳ないと思ったけれど、今は他に手がないのもまた事実だった。

＊　＊　＊

戻った玲奈とアーサーの話を、聖騎士団の団員たちは厳しい表情ながらも混乱することなく受け止めてくれた。

「で、他には誰が行くの？」

玲奈が行くのは大前提だが、後は誰を同行させればいいのだろう。玲奈は会議室に集まった面々を見回す。クリスの行方が知れた今、バッカスも玲奈の膝の上で丸くなっている。彼にしてもとりあえず一安心、と言ったところなのだろう。

「わたしは残りますよ……絶対に、グリーランドには行きませんからね」

意外にも残ることを希望したのは、ブラムだった。

「お前……寒いのが嫌なんだろう！」

「当たり前ですよ、今の時期のグリーランドに行くなんて自殺行為ですからね！」

「そんなにグリーランドって寒かったっけ？」

確かにグリーランドは都より北に位置している。だから前回グリーランドに向かう際、エマたちに羽織る物を持たされたのだ。隊服には適温を保つような加工がされているにもかかわらずだ。

「絶対に、嫌です」

ブラムがこういうごね方をするのは珍しい。思わず玲奈が凝視《ぎょうし》していると、ブラムはぷいと顔を背けてしまった。

「アタシ行きましょうか？」

ナイジェルが手を挙げる。

「……その方がいいかも？」

グリーランドまではけっこうあるから、ナイジェルが一緒に来てくれた方が玲奈としては安心――というか、道中が楽しそうだ。

「……ダメ」

すかさず花江がナイジェルの同行を阻止しようとする。玲奈は頬を膨らませた。

「何でー？」

「……ナイジェル君は、わたしが使いたいから！　あなたはブラム君がいればいいでしょ」

「ずるいー！　わたしだって、ナイジェルが来てくれた方が気楽なのにー！」

「ブラム君を連れて行きなさい」

じろりと花江を睨みつければ、花江は何やら得意げな顔でこちらを見ている——さては、ブラムに玲奈を売りつけるつもりか！　するといきなり花江は切り札を切った。

「でも、騎士団長はこっちに残るんでしょ？　彼が全国の騎士団を取りまとめているんだもんね？」

神殿での調査や玲奈を売りつけるのに忙しいと思っていたのに、いつの間にその情報を掴んだのだろう。母の情報収集能力には恐れ入ってしまう。

「アタシ、残る」

ナイジェルが勢いよく手を下げた。

「ナイジェル、わたしを見捨てるなんてひどいー」

「ごめんなさいねぇー。今のお話聞いているとやっぱりこっちに残る方が楽しそうなん

だもの ー！」

それならローウェルを連れて行く宣言を先にしてしまえばよかったと思ったが、ふと、これがナイジェルなりの冗談であることに気づく。本当に必要だと思えば、ナイジェルは玲奈に付いてきてくれるはずだ。

――大丈夫。まだ冗談を言っていられる余裕がある。それに気付いただけでよしとしよう。

そんな二人は置いておいて聖騎士たちは真面目に相談し始めた。すると、花江が玲奈の袖を引っ張ってくる。

「玲奈。あのね、考えたんだけど。いっそグリーランドまでルートを開かない？　その方が速いと思うのよ。あそこまでだと制御は確かに大変だけれど、わたしとあなたがいればどうにかなるだろうし」

「どうにかなるの？　……すっごく不安なんだけど」

母はルートの技術を応用したアレで街中《まちなか》をひょいひょい飛び回ってはいるが、玲奈はまだその技術を身につけていない。だからきちんと制御できる自信もなかった。

「……他の聖女の記憶を引っ張り出しなさいな。それで何とかなるだろうから」

「……うー、不安……」

とはいえ、都を留守にする期間はなるべく短い方がいいのもまた事実だ。何しろグリーランドまでは片道一週間。母の休暇だってもうほとんど残っていない。

「クリス君がいるところまで直接開くのは危険だわね。あまり近いと向こうの歪《ゆが》みを大きくしちゃうかもしれないし。ちょっと離れたところに開かないと……でも、汽車で行くよりはずっと速いと思うのよ。あと、開きっぱなしってわけにもいかないから、移動が終わったらすぐに閉じた方がいいと思う」

「……となると……うん、やっぱりブラムに来てもらわないとかなー」

ナイジェルも悪くはないのだが、彼よりブラムの方が魔術の腕は上だ。寒いのは我慢してもらうことにして、ブラムに同行させようか。

「僕行きましょうかー」

ケネスが手を上げる。玲奈がうーんと唸《うな》っていると、

「そうね、君にも行ってもらおうかしら」

と花江が勝手に承諾してしまった。

「えー、ちょっと待ってよ！　ケネス連れてくなんて危ないでしょう？」

聖騎士団に所属している以上、ケネスもそれなりに覚悟しているだろうが、玲奈としてはできることなら彼は危険から遠ざけておきたい。まだ十代も半ばなのだ。

「あら、大丈夫でしょう？　彼、ここ何日かでいろいろ危ない目にもあってずいぶん成長したもの」

花江の言いたいこともわかる。足手まといではなく、戦力になるのも十分承知している。けれど、と玲奈が次の言葉を探しているうちに花江はさっさと話を決めてしまった。こうなったら、誰も花江の言葉には逆らえない。

「うちの娘をよろしくね、なんなら一生よろしくね」

「はい、僕頑張ります！」

なんか今、どさくさまぎれにとんでもないことを言ってなかっただろうか。気のせいだと思いたい。ものすごく思いたい。

――が、玲奈の願いもむなしく、花江の発言を耳にしたアーサーがため息まじりに額に手を当てる。穴がなくても掘って入って自分を埋めた方がいいような気がしてきた。

「あのさあ、まだわたしを売りつけるの諦めてなかったわけ？　言っておくけど、ケネスはまだ十五歳なんだからねっ」

「お母さん、年の差なんて気にしないしー」

「そこは気にしてちょうだいっ！」

その後も話し合いは続けられたが、すぐにルートを閉じるとなると大人数を送り込むわけにもいかず、実力のあるメンバーを厳選しなければならない。

最終的には、アーサーと副官としてエリオット、そしてブラムとケネスが玲奈に同行すること、加えて都に補充する人員の確保が出来次第、出立することが決められたのだった。

＊　＊　＊

あれから数日。隊長二人と副官一人が抜けることで多少警備が手薄になる地域ができてしまったが、それをフォローする態勢も整えることができた。明日には応援の人員が全員揃うから、彼らの到着を待って出発の予定だ。

隊服に身を包み、出発の準備を終えた玲奈は、グリーランドのどのあたりにルートを開くか決めるために花江と会議室にいた。他の皆は最終的な準備にかかっているので、ここにいるのは二人だけ——バッカスとダイスケはテーブルの上でおやつを食べている。

「このあたりにクリスがいるのよね」

玲奈が指したのは、ミラーがいるグリーランドの神殿から北へ一キロほど行った場所だった。

「このあたりに歪《ゆが》みの大本《おおもと》があって、近所の人が邪魔しないようにミラーさんたちが結界を張っているらしいのね。ということは、神殿の南の方……かな。どのくらい離れたらいいと思う？」

「五キロも離れれば十分じゃないかしらね」

母のざっくり加減がちょっと怖いと思いつつも玲奈は地図を眺める。グリーランドの神殿から南の位置にあって、できれば人があまり来ないような場所。玲奈の指がある一点を押さえた。

「ここ、公園になっているみたい。ここに開くのがいいんじゃないかな。グリーランドに連絡して、近くに人が寄らないようにしてもらえばいいでしょう？」

「……その方がいいかもね。街中《まちなか》にいきなりあなたたちが出ていったら驚かれるだろうし――じゃノエルさんに頼んで、グリーランドの聖騎士たちに連絡をつけてもらいましょう」

各地域の聖騎士団の間にも、緊急時に応援を呼んだりするための連絡網が敷かれている。だが一度に大量の情報を送ることはできないため、今回のように込み入った話をする時は向いていないのだ。そのためそういった時には、精霊の力を借りられる神殿を経由することになっている。

「じゃあ、わたしは神殿に行って調査手伝ってくるわ。ダイスケ、おいで」

そう言って花江が出て行くのを見送った玲奈は、自分も皆の準備がどうなっているのか確認しようと立ち上がる。

そうして出発の準備のために用意された部屋に入ったとたん、いきなり驚かされることになった。ブラムが抱えているのは、もこもこの毛皮だったからだ。

「……寒いのは嫌ですからね」

ブラムはすました顔でその毛皮のコートを撫《な》でる。彼自身には必要なのかもしれないが、いくらグリーランドが北にあると言っても、やり過ぎなのではないだろうか。

その時隊服に身を包んだアーサーが入ってきて、そんなブラムを見たとたんため息をつく。

「ブラム……、いくらなんでも大げさだろう。それで動けると思うのか」

「いいんですよ、動く気はないんですから」

「お前なぁ！　いい加減にしろ」

「……わたしを寒いところに連れて行こうという方が横暴なんですよ」

「……お前はあいかわらずだな。毎年毎年……」

「あいかわらずって？」

　ということはこれは毎年の恒例行事なのか。玲奈がたずねると、彼は肩をすくめた。

「こいつ、子どもの頃魔術の制御に失敗して、一晩氷の中で過ごすことになった――うわっ」

　何かに気がついたように、アーサーは背中を反らした。一瞬前まで彼の頭があった場所を目がけ、巨大な氷の塊《かたまり》が落ちてきたのだ。

「おいっ、俺を殺す気か！」

「いえ、うっかり魔術の制御に失敗しただけです。相手があなたでなかったら危なかったですね？」

　毛皮を抱えたまま、ブラムがにこりとする。玲奈は背筋がひやりとするのを感じずにはいられなかった。どうやら、アーサーは触れてはならないところに触れてしまったらしい。

「……で、こちらの方のルートはどこに開くんです？」

　ブラムはあっさりと話題を変える。これ以上この問題についてはつつかない方がよさそうだ。

「会議室がいいかなーってお母さんが言ってた。外でもいいんだけど、狭い方が集中しやすいんだって。しっかり集中した方が制御しやすいでしょ」

そんなことを話しながら周りを見渡せば、ケネスとエリオットも同じ部屋の中でそれぞれに荷物の最終チェックをしていた。ケネスはこういった場合置いていかれることが多かったからか、今回玲奈と一緒に行けることに少し興奮しているようだ。

「レナ様、レナ様！　僕、絶対に頑張りますから！」

「……そうね。というか、べたべたくっつくんじゃないの！」

ケネスは大柄だから、こうやってまとわりつかれるとうっとうしいことこの上ない。

玲奈は彼を強引に引きはがした。

「……彼は置いていった方がいいんじゃないですか」

矢筒に入れた矢の数を数え直していたエリオットが、つけつけとした口調で言う。

「えー、エリオットさんひどーい」

「ひどーい、じゃないだろ……まあ、あいつが来るよりましだけど」

『あいつ』とは彼と同じ真っ赤な髪をした従兄《いとこ》のことだろう。以前グリーランドに行った際に少しはわだかまりがとけたかと思ったが、そう簡単なものではないらしい。

「……率直に言わせてもらうとさあ……」

玲奈はアーサーの方を振り返って、ものすごく大きなため息をついてしまう。

「このメンバー、協調性ゼロってやつじゃないの?」

「それは心外ですね! わたしは協調する気満々ですけれども!」

アーサーの横からブラムがそう言ったけれど、その彼が一番疑わしいと思わざるをえなかった。

＊＊＊

ルーカスは見送りに来ると言っていたのだが、それについては全力で遠慮させてもらった。

今までも遠出の時には見送りに来てくれていたけれど——今日は汽車で物々しく旅立つのとは違い、会議室に道を一つ開けるだけのこと。

それに、クリスが絡むとルーカスが非常に面倒な男になるのは否定できないので、来ない方が楽だ。

「玲奈、準備できてる?」

「大丈夫」

両手を軽く広げ、目を閉じた玲奈は、自分の記憶の中を探っていた。

意識が幼い頃へと徐々に遡《さかのぼ》っていく。一番古い記憶は、当時住んでいた家の前にビニールプールを出して遊んでいた夏の日。

そこまで遡ると誰かに手招きされているような――そんな気がした。過去の聖女の記憶と、玲奈の記憶が出会い、記憶の海から何かが引っ張り出されて、玲奈の手元へと届く。意識の中で玲奈はそれをつかみ取った。

玲奈と花江が開こうとしているルートは、異なる世界を渡るためのルートとは違い、聖女の力で同一世界内の空間に強引に穴を二つ開け、その間の空間をねじ曲げて繋ぐものだ。その制御を間違えると間にある地域が大変なことになってしまう。今回はその地域が広大になるため、花江の協力が必要になるわけだ。

「……準備ＯＫ」

玲奈は大きく息を吸い込んだ。身体の中を巡る魔力を慎重に高めていく――ここで暴走なんてさせるわけにはいかないのだ。集中すれば、やや後方に立っている花江の魔力が満ちていくのが、玲奈にも伝わってくる。

今までさほど意識していなかったけれど、聖女の力というのは恐るべきものなのだろう――玲奈の方が魔力を多く持っていると花江は言うが、こうしてみると花江のそれはよりすさまじいということがわかる。

「……今からグリーランドにルートを繋ぐ……これでいい？」

「落ち着いて、魔力をもう少し高めなさい」

玲奈の魔力に、母の魔力が同調していくのがわかる。

「わたしがルートを繋ぐから、玲奈は繋いだルートを安定させて」

「わかった」

今いる空間から、母の魔力が異なる空間へと切り込んでいくのが玲奈にはわかった。今度は玲奈が花江の魔力に自分の魔力を同調させていく。イメージするのは、暗闇の中に一筋の光のトンネルが延びていく光景だ。

「……意外に大変かも……」

玲奈の額に汗が滲《にじ》む。ルートを固定させておくというのは思っていたより負担がかかる。四方八方から身体に圧力がかかっているようで——

「大丈夫、もう少しで繋がるから」

母の言葉と同時に会議室の壁にぽかりと穴が開く。本来ならその向こう側には隣室があるはずだけれど、五、六歩先に見えているのは公園だ。

一見すれば明るく平和な光景が広がっているのだが、そこに一般の人の姿はない。そこにいるのはノエルの連絡を受けて出迎えに来たグリーランドの騎士団員だけのようだ。

「ルートを安定させておくのを手伝うから——その間にさっさと行ってちょうだい」

不意に玲奈の身体にかかっていた圧力が軽くなった——ルートを支えていた力に花江の力が加わったのがわかる。

「ダイスケ、あなたも行きなさい。玲奈の助けになってやって」

「わかりました。任せてください」

ダイスケが真っ先にルートに飛び込む。続いて、アーサー、エリオット、ケネス——足を踏み入れる直前、前にいたブラムが玲奈の方を振り返った。

「レナ様、お早く」

「う、うん……」

ルートから意識を離した玲奈は、ブラムに続いて開かれたルートに足を踏み入れた。

母と作り上げたルートを通り抜けるなんて不思議な気持ちがする。

けれどそのとたん、嫌な予感が重くのしかかってきた。

「何これ……」

違う、全身を包むのは嫌な予感ではなく——圧倒的な威圧感。

どうしよう、どんどん身体が重くなっていく。あと二歩。なのにその二歩が出ない。

両手を膝に置いて上半身を丸め、その場に立ち止まってしまう。頭の周りをけたたましい鳴き声を上げながらバッカスが飛び回っているが、背中を伸ばすことができない。

「レナ様！　ルートが閉じようとしています！」

ブラムの焦った声がする。他の者たちはもう向こう側へと抜け出ていて、中に残っているのは玲奈一人だ。このままルートが閉じ、ここに取り残されてしまったらどうなるのだろう。焦るけれど、身体が動かない。

「どうした？」

いぶかしんでいるアーサーの声がする。

「僕、見てきましょうか」

「こら、勝手に行くな！」

ケネスとエリオットがやり合っている気配もあるが、声を出すことさえできなかった。

「皆はそのまま。わたしが行きます！」

叫んだブラムが杖を放り出して飛び込んでくる。そして無言で玲奈を担《かつ》ぎ上げると、彼はそのままルートから転がり出た。

玲奈はブラムと一緒にぺたんと地面に座り込み、ぜいぜいと息を乱す。

「大丈夫ですか、レナ？」

そんな玲奈の顔をダイスケがのぞき込んだ。

「魔物の干渉……ってことでいいのかな……すごく気持ち悪かった」

玲奈は背後を振り返る。そこに開いていたはずのルートは既に閉じていて、穏やかな公園の風景が広がっているだけだ。

ルートに干渉してきたのは、おそらくクリスが抑えている魔物なのだろう――この近くにそれだけの力を持つ魔物がそうそういるとも思えない。

「……ほら」

アーサーがブラムの放り出した杖を拾って手渡してやっている。まだ息が整わなくて、助けてくれたブラムに礼を言う余裕はなかった。

「お待ちしておりました……ご無事に到着されて何よりです」

現地の聖騎士たちの間からミラーが出てくる。無事、というには少々語弊《ごへい》があるが、そこについては追及すまい。

「クリス殿がいらしていることについて、ご連絡が遅くなり申し訳ありません。わたしも彼から連絡があるまで知らなかった次第でして」

「ミラー殿が気に病む必要はない。あいつが好き勝手にふらふらしているのが悪いんだ。俺たちに何も言わずに出かけていったんだからな」

あら、と玲奈はアーサーの方を振り返る。何だか、アーサーが意外にクリスのことを心配しているように思えたのだ。それを口に出すと嫌そうな顔をするのは目に見えていたから、口を閉じていたが。

ミラーも少し苦笑しながら続ける。

「彼からわたしに『夢見《ゆめみ》』という形でメッセージが届いたのが、つい先日のことでして。本当は、直接聖女様のところへ届けたかったようなのですが……彼も歪《ゆが》みを大きくしようとする魔物を抑えるのに手一杯で、わたしのところに連絡するのがやっとだったようなのですよ」

「なんでこう次から次へと強い魔物が出てくるのかしらね！」

玲奈は思わず嘆息してしまった。聖女を引き受ける前に聞いた話では、こんなに大変な仕事だとは思わなかったのだが。

「こういう時期だから、聖女様が必要なのですよ。我々の手だけでは対応し切れない事態が起こった時――その時が、聖女様がいらっしゃる時なのですから」

「……そうは言ってもねえ」

聖女とは言っても自分はまだ半人前だ。

たぶん、母との力の差を見てしまった後だから、なおさらそう感じるのだろうが。

「……とにかく、クリス君を連れ戻しに行きましょう。詳しいことは、戻ってきてから彼に聞けばいいわけですし。現場は封鎖してあるのですよね？」

毛皮のコートで全身もこもこに着膨《きぶく》れたブラムが皆を促《うなが》す。玲奈は、頷くとダイスケとバッカスを手招きした。

第五章　やりにくいったらありゃしない

問題の場所まで移動するのに、ミラーは馬車を確保してくれていた。かなり大きなそれは、玲奈たち一行に加えて、ミラーも一緒に乗ることができる。次の任務に向かう聖騎士たちと別れて馬車が動き始めるなり、玲奈はたずねた。

「クリスがいるのは、どういった場所なの？」

「聖地、ですね」

ミラーの言葉に、玲奈は首を傾げる。過去に聖女がいたことがあるのだから、確かに聖地があってもおかしくはないが、何故そこに魔物がいるのだろう。

「実は――グリーランドでは過去に魔物を崇《あが》めていた者たちがおりまして」

「嘘でしょう？」

玲奈が毎日戦っている魔物ときたら、見た目はアレだし、主な食料は人肉だしでとてもじゃないけれど崇める対象には思えない。

「いえ、レナ様。ないとは言い切れませんよ？　我々よりはるかに力を持った存在ですからね。そこに知性さえあれば神に見えることもあるかもしれません」

ブラムが横から口を挟む。

「知性って言っても……共存なんてできるの？」

玲奈が問うと、疑わしいというように膝の上でバッカスが鳴いた。そのバッカスに寄りかかるようにして座っていたダイスケも玲奈の服を引っ張る。

「ボク、聞いたことがありますよ？　何でも生け贄《いにえ》を捧げる代わりに魔物と取引をするんだそうです――たぶん、大抵はろくな結果に終わらなかったと思いますけど」

「うーん、悪魔に魂《たましい》を売り渡すみたいな感じなのかなぁ……」

地球ではそんな者の末路は、悲惨なものと相場が決まっている。ましてや相手が魔物だとすれば――

ミラーは話を続ける。

「その者たちはこともあろうに、魔物を呼び出すための場所を作り上げたのですよ。それがこれから行く〝聖地〟です。まあ、魔物の世界に通じる穴――我々の言うルートに近いものですね――それをこちら側から開いたとたん、皆食い殺されたらしいのですが」

彼らが狙っていたような知性のある魔物が現れてくれたならともかく、そうでなかった場合は――考えるのも恐ろしい。玲奈が身を震わせると、合わせたようにバッカスもぶるぶるする。

「魔物を呼び出そうとするなんて、とんでもない話だな。食い殺されても文句は言えないだろう」

アーサーは、食われてしまった人たちに同情することはできないようだった。毎日魔物と戦う彼の立場からすればそれも当然のことなのだろうが。

「それで、どうなったんですか？」

好奇心を隠し切れない様子でケネスが身を乗り出し、エリオットがそんな彼を席に引き戻した。

「まっすぐ座ってろ」

「……はーい」

ケネスが落ち着いたところで、ミラーはまた話し始める。

「呼び出した人間を食らい尽くした後も魔物は暴れ回りましたが、それらは当時の聖女によって全て退治されました。その後、魔物たちが出てくるのに使った穴は聖女の手によって塞がれたのですが、問題が一つ残ったのです。ここまではよろしいですか？」

玲奈の膝の上にいるバッカスとダイスケも含め、皆が頷く。

「一度穴が開かれた場所は、他の場所よりも簡単に穴が開きやすいようなのです。そのため同じような人間に再び悪用される可能性も、魔物の側から穴を開かれる可能性も大いにありました。ですから、その場所に穴を開けられないよう封じる――というか守る必要があったのです」

どうやら玲奈が思っていた以上に、グリーランドは重要な地だったようだ。聖女として完全に覚醒していなかった玲奈が、ミラーの助力により初代の聖女であるカルディナと対面したのもこの地だった。

「そこで聖女様は、初代聖女を祀《まつ》る祭壇を設け、守護精霊の力を借りて、その地を多くの精霊の力で守ることにしたのです――精霊の力というのもその場所では通常よりも強力になるようでして――魔物だけではなく、精霊の力とも相性がいい場所なのかもしれませんね」

それを聞いて玲奈は、魔物と精霊は元をたどれば同じものという説があったという話を思い出す。もし、その説が真実だったとすれば――魔物の力が強くなる場所では、精霊の力もまた強く働くというのもわからなくはない。

「それで今、その場所はどうなっているの？」

「地下に設けられた祭壇のある場所に入ることが許されているのは、ごく限られた者だけです。入り口のところまでは街の者の参拝を許可していて、普段は自由に立ち入れるようにしてあるのですが、今は結界を張って彼らを遠ざけています。それもクリス殿の指示でしたので」

「そう……」

行方不明になって以来ずっと、クリスはそこにいたのだろうか。早く魔物を倒してルーカスのもとに連れ帰らなければ。さもなければ――ルーカスの手紙に使われている『！』の数が永遠に増殖し続けることになる。

「わたしが結界を張り、そこを聖騎士団の方々が護衛してくださっているという感じですね――何らかのきっかけで結界が弱まるようなことがあれば、修復してくださっているはずです。わたしも皆さんを送り込んだ後はそちらに加わって待機します」

ミラーがそう言った時、馬車が静かに停止した。真っ先にミラーが降り、玲奈が続く。

馬車が停められたのは、石造りの建物の前だった。

「ここがさっき言っていた〝聖地〟？」

「ええ。日頃は街の者たちの休憩所のようにも使われているのですが」

「へえ」

前回グリーランドを訪れた時には見なかった建物だ。それほど大きいというわけではなく、玲奈の感覚からすると４ＬＤＫ一戸建てくらいの大きさだろうか。

「うん、確かにある意味結界だわね」

建物の扉には「修理中のため非公開」と書かれた札が下げられている。

「〝聖地〟はこの奥にあります。結界は張りましたが、余計な者たちを近づけたくありませんからね──たまにそういった結界を乗り越えてしまう者もいますし」

ミラーはそう説明してくれる。確かに「修理中」と記されていたらあえて近づこうとはしないだろう。

「建物そのものにも結界が張ってあって、一般の者たちは近づきにくくなる仕掛けを施《ほどこ》しています。もっとも扉に鍵をかけているから、近づいても中に入ることはできないのですがね」

玲奈は、建物の周囲に結界が張られているのを感じ取った。肩に乗っていたバッカスがぶるぶると身を震わせる。どうやら、ただの結界ではないらしい。

「聖騎士以外が近づくと気分が悪くなるような仕掛けになっているようですね。レナ様も問題なしですか。これは面白い──ミラー殿。あとでこの結界について詳しく教えていただけませんか」

ブラムの目が輝くのを玲奈は見た──が、すぐに見なかったことにした。触らぬ神に祟《たた》りなしというやつだ。この「面白い」とかいう仕掛けを、ブラムがどうやって使おうとしているのか考えるだけで背筋が冷たくなる。

「こちらへ、どうぞ」

建物の鍵を開いたミラーが一同を呼びよせる。入った先には一部屋しかなかった。木の床は丁寧に磨き上げられ、休憩所らしくベンチやテーブルが置かれている。

一番奥には、聖女の像が立っている。玲奈は、入り口のところからその像を見つめた。以前出会ったカルディナの特徴をよく捉えていると思う。あちらは玲奈と違って絶世の美女だった。

ふと、その銅像が正面とは少しずれた位置にあることに気づく。

「聖女様」

像の前にいたグリーランドの聖騎士たちが、玲奈の姿を見て恭《うやうや》しく頭を下げてくる。日頃そういった扱いをされていないので、少々くすぐったい。彼らが身につけているのは、玲奈たちのものとは少しデザインの違う隊服だ。

軽く挨拶を返し、改めて銅像を見ると、その足元の床には穴が開いていた。どうやら普段はこの穴を聖女の銅像で隠しているらしい。

「……なるほどね」

ミラーが建物全体に張ったのは、建物に他人を寄せ付けないための結界。そして、ここに入る気を失わせるための札。そして、この穴から魔物を外に出さないための結界だった。

玲奈は穴を見つめた。その向こうには下に続く階段も用意されているようなのだが――嫌な予感がする。

「ダイスケ、ちょっといい？」

玲奈は少し上をただよっていたダイスケを呼んだ。

「ちょっと、この先確認してきてくれる？　バッカスに頼んでもいいんだけど、あの子はこれからわたしと一緒に頑張ってもらわないといけないから力を温存しておきたいのよね。危ないと思ったらダッシュで逃げてきてちょうだい」

「それは、いいですけど？　ボクは役に立ったって、ちゃんとハナエに言ってくださいね？　十分で戻ります」

頷いたダイスケは、背中の翼を羽ばたかせて床に開いた穴へと消えていく。

玲奈が穴を睨みつけていると、隣にやってきたブラムも黙ったままそこを見下ろした。

――二十分経っても、ダイスケが戻ってこない。

嫌な予感が本物になったのではないかと、玲奈は拳《こぶし》を握りしめた。玲奈の肩の上にいるバッカスが、不安そうな声で鳴く。

「わたしが、見て来ましょうか？」

そうブラムが言い出した時には、玲奈の我慢も限界に達していた。ここまで時間が経っても戻ってこないというのなら、危険を承知で進むしかないような気がする。

「……でも一人では、駄目。ダイスケが戻ってこられないというのなら皆で――待って」

穴から恐ろしい勢いで飛び出してきたダイスケが、天井にぶつかりかけて慌てて方向転換した。そして、玲奈の足元に降り立ち、ぺたりと座り込む。

「……死ぬかと思いましたよー！　何の準備もなしに降りるのは危険です！」

「にゅ？」

ダイスケの側へ飛び降りたバッカスが、身体を寄せた。

「中に入ると、元々あった通路がそのまま続いていましたが、ひっきりなしに奥から魔物がやってくるんですよ。ええと、そこの神官さん。下の見取り図とかありませんか」

「これはこれは気がつきませんで。もちろんご用意してあります」

手近なテーブルにミラーが見取り図を広げる。見れば道は一本道で、迷う心配もなさそうだ。

「最初のうちは大丈夫なんですけど、ちょっと行くと、そうこのあたりで魔物がうろうろしてるんですよ。そいつらは、都の方に抜けられなかった魔物ですね。どうやらどこかに分かれ道があって、それぞれ都とこちらに繋がっているらしくて。本当だったら獲物がたくさんいる都に行きたかったんでしょうねぇ」

せわしなく見取り図の上に降り立ったダイスケが示した場所までは、歩いて五分ほどだろうか。

「ごめんなさいね。怖かったでしょう」

「大丈夫ですよ。何も準備しないままレディをあんなところに放り込むわけには行きませんからね！」

ダイスケは胸を張る。すると呼応するようにバッカスが鳴いた。

「……でも、レナ。気をつけてください。一番奥にいる魔物――これはかなり危険です。というより、あれだけの大物はボクもしばらく見ていないかも」

ダイスケの言葉に、玲奈は盛大に顔をしかめた。

「……ですって。覚悟を決めて進むしかないんでしょうね――ケネス」

「はいっ」

大事な局面で名を呼ばれたケネスが、緊張したような声で返事をした。

「ダイスケと一緒にいてくれる？　わたしは一番前に出ちゃうし……相手に魔力で来られたら、エリオットよりあなたの方が頼りになるだろうから」

「任せてください！」

思いきり張り切ったケネスは、飛んでいったダイスケを大事そうに肩の上に乗せる。

「……あなたの気づかい、通じていませんよ」

ぼそりとエリオットがつぶやく。

「それでいいの。通じてたらむしろ困るんだから」

聖騎士団に所属しているとはいえ、ケネスはまだ十五歳だ。一度大怪我させてしまったこともあるし、また何かあったらさすがに悪いような気がする。だから母の精霊に彼を預けた。ケネス本人は逆に、母の精霊を預けられたと思っているようだが。

ダイスケはいざとなれば、どんな手を使ってでもケネスを守ってくれるだろう。今逃げ出してきたのは、本領を発揮できる状態にないからだ。

玲奈はミラーとグリーランドの聖騎士たちに向き直る。

「では、行ってきます。皆さんはここの守りをよろしくお願いします。中で戦闘になった場合、魔物がこちらに出てくる可能性もあります。だから、結界は絶対に破られないようにしてください」

「かしこまりました。お任せください」

玲奈の言葉に、グリーランドの聖騎士たちの中でも、比較的年長の男が応えた。

玲奈は緊張の面持ちで、階段に足をかける。

階段を降り切った先は、奥へと続く通路だった。こんな地下にあるのは、魔物を崇《あが》めるのにはじめじめしたところの方が都合がいいからなのだろうか、などと埒《らち》もないことを考える。

玲奈が魔術で光の玉を浮かせた直後に降りてきたのはアーサーだった。それからエリオット、ケネスと続き、最後にブラムが降りてくる。既にその場の空気が重苦しく感じられて、玲奈の胸が緊張でぎゅっとなる。

「皆、準備はいい？」

大丈夫、声が震えたりしなかった。ちゃんと玲奈自身の耳にも落ち着き払っているように聞こえた。だから、皆が少しでも不安を忘れて敵に立ち向かってくれればいい。

「最後尾は任せていただいてけっこうですよ」

「高みの見物と決め込むわけじゃないだろうな」

アーサーとブラムの軽口は、玲奈の緊張をほぐそうとしてかそれとも無意識か。けれど、いつものやりとりを聞いていたら、少しだけ気が楽になったようだった。

玲奈は緊張しながら歩き始めた。少し行くと魔物がうじゃうじゃいるとダイスケは言っていたけれど、まだその気配は感じられない。

「ダイスケ、魔物はどうなったの？」

「たぶん、都の方に移動したんだと思います——ボクが受けた感じだと一回穴を閉じたみたいなので、次の穴が開く前に片づけた方がいいと思います」

「なら急ぎましょ」

玲奈は皆に合図して足を早めた。

「レナ様、よろしいですか。もうすぐで、ミラー殿が言っていた祭壇のある場所に出ます」

最後尾を歩いていたブラムの言葉に、玲奈は一度足を止める。確かに前方に開《ひら》けた場所があるようだ。

息をついてから玲奈はその場所へとゆっくり足を踏み入れる。

そこはサッカーコートくらいの広い空間だった。中央には白い石で作られた円形の舞台のようなものがあり、そこから五本の柱が高くそびえている。

その上にいる茶色い塊《かたまり》は、玲奈にとっては見慣れたものだった。剣は持っておらず、こちらに背中を向けている。いつも羽織っているはずのケープが存在しないのは、脱ぎ捨てたからだろう。

「クリス！　無事なの？」

玲奈の叫び声が響く。その言葉にクリスは落ちついた様子で右手を上げて見せたものの、こちらを振り返ることはなかった。ケネスの側にいるダイスケが声を張り上げる。

「レナ、穴が開きます。たぶん、開くのは一瞬だと思いますが」

「皆、下がってて！」

魔物の気配がする——その空間の向こう側から出現しようとしているものは、玲奈にも察することができた。

「……レナ様、左前方！」

突然アーサーが鋭い声を上げ、玲奈は反射的にそちらに視線を向けた。手にした剣ではなく、足が出たのは——相手が低い位置にいると本能でそう感じたから。足が嫌な感触をとらえて、魔物が吹き飛ぶ。次の瞬間——

「いやあぁぁぁぁぁっ！」

場違いなまでに高々と悲鳴を上げたのは、玲奈の方だった。

何かの嫌がらせか。きっと嫌がらせに違いない。魔物の八本の足がうねうねしているのは完全に嫌がらせだ。

何が嫌って——魔物のサイズがちょうど『お手頃』なことだ。回転寿司に持って行ったら、大喜びで調理され——いや、今考えるべきはそこではなくて。

「エリオットとケネスは下がれ！　そっちに取りこぼしが行ったら頼む！」

「わかりました……！」

アーサーが陣形を整えようとしている声も、玲奈の耳には入っていなかった。

「レナ様、ここは俺たちに任せ――」

玲奈がアレを苦手なことを知っているアーサーが声をかけてくれるが、やっぱり耳には入らない。

いや待て魔物相手に弱みなんて見せられるか。相手のルックスが若干アレだったとしても、そんなの気合いである程度どうにかなる。

「全員消えろ！　二度と出てくるな！」

喚《わめ》く玲奈の足元へわらわらと魔物が押し寄せる。

「全員、退避！」

落ち着き払ったブラムが、他の三人に指示を出す。

「……吹き飛べっ！」

玲奈は剣を地面に突き立てた。その直後、玲奈を中心に激しい爆発が起こる。

玲奈の周囲を取り囲んでいた魔物は、一瞬にして殲滅《せんめつ》されていた。取りこぼしが発生する余裕さえない。

「火事場のナントカって奴なのかな……」

「考えてはいけません。あと、真似をするのも駄目です。あれは普通の人間にできることではないですからね」

ケネスは目を輝かせて玲奈の後ろ姿を見つめるものの、ブラムがそっとたしなめた。

「はっはっはっ！　人間もなかなかヤルものだな！　ご挨拶が遅れて申し訳なかった！」

不意に響き渡った大音声《だいおんじょう》の方に目をやると、クリスのすぐ目の前――そこに黒い穴が開いていた。そしてその前には、やたらと派手な男。

金と銀の刺繍《ししゅう》が施《ほどこ》された前開きの真っ赤な服は目がちかちかする――が、たぶんその下にもう一枚着た方がいい。いくら見事な腹筋をしていたとしても素肌にあの服はどうだろう。

おまけに髪の色は人間離れした紫色で、何の因果か顔立ちも髪型もルーカスそっくりだった。

「何故ビジュアル系……！」

思わず玲奈は突っ込んだ。ルーカスに対しては王様相手ということでできなかった突っ込みだ。

「レナ様、ビジュアル系って何ですか？」

「帰ったらにしましょ」

玲奈は肩をすくめた。この状況で緊迫感ゼロのケネスは大物としか言いようがない。

「……緊張感を持て、そこの二人！」

アーサーが苛《いら》立《だ》った声を上げた。

一方魔物――ルーカスもどきは、腰に両手を当ててふんぞり返っている。こちらも見た目のせいかやはり緊張感のないことこの上ない。

一つ咳払いをして、玲奈はルーカスもどきに向けて指をぴしりと突きつけた。

「クリスは返してもらいますからね！　ついでにあなたも自分の世界に帰ってちょうだい！」

おとなしく聞いてくれる相手とも思えなかったけれど、相手と意思の疎《そ》通《つう》が図れるのなら――一応言ってみる価値はあると思う。

「クリス？　それはこいつのことか！」

ルーカスもどきは自分と向かい合う位置に立つクリスを指さす。

クリスは一歩も引かない構えで目の前の魔物を睨みつけていた。だからこそルーカスもどきも今まで動けなかったのだろうけれど。

「何故、こいつを取り戻そうとする？　こいつは『魔物』と呼ばれる存在だろうが――

我々と何も変わらない。何故、こいつを助けようとする？」

「それはそれ！　これはこれ！　クリスは返してもらいますからね！」

自分の言っていることがむちゃくちゃだという自覚はあるが、クリスを取り戻したいというのは紛《まぎ》れもない本心だ。たとえ彼の魂《たましい》が、元は魔物であるとしても。

その時クリスが叫んだ。

「――レナ、下がれ！」

あたりの空気が大きく揺らぐ。地面が激しく振動し――圧倒的な力に玲奈はよろめいた。何か来る――玲奈が後方に飛び退《の》くのと同時に、クリスの目前で何かが破裂した。

ぽーんと弾き飛ばされたクリスが、壁に叩きつけられてそのままずるずると地面に落ちる。

「やれやれ、やっとここを越えることができたな！」

おそらく「ここ」というのは、クリスが魔物を抑えつけるのに使っていた結界のようなものだろう。つまり、あの黒い穴が大元の穴で、このあたりに都に通じるルートもあるのだろう――玲奈は素早く視線を左右に走らせる。何にせよ結界が破られた今、魔物の出現を抑えることはできなくなったはず。

結界を破り、こちら側に足を踏み入れた魔物は、満足そうに両手を広げて玲奈たちを

「この姿なら、お前たち人間も油断するだろう――お前たちの長《おさ》そっくりの姿だからな！」

見返してきた。

「……いや、間違えないし……」

そんな自信満々に言われても困ってしまう。髪が紫色ということをのぞいても、目の前の魔物とルーカスを間違えることはなさそうだ。

「方向性としては間違ってないんですけどねぇ、ちょっと惜しいんですよ。陛下のファッションセンスを勉強してから出直した方がよろしいのではないかと」

「ブラム様、僕、いつもの王様の服とどこが違うのかよくわかりません！」

「君ももう少し勉強した方がよさそうですね。派手にしておけばいいってものでもないんですよ？」

全力でルーカスもどきのファッションセンスを否定するブラムと、ひたすら首を傾げるケネスの横で、アーサーだけが敵を睨みつけ、怒りの表情を浮かべている。

「おのれ、陛下の姿をとるとは……不敬にもほどがあるぞ」

「たぶん、言うだけむなしいと思いますよ」

ため息まじりにエリオットは背負った矢筒に手をやった。

不敬かどうかはともかくとして、相手が魔物であることは間違いない。しかもかなりの大物――となれば、玲奈たちがすべきことは一つだけのはずだが。

「つまり、戦うしかないってわけね？　……ちょっとムリかも」

こんなことを言うのは何だが、とにかくやりにくそうな相手だ。少し前に敵のルックスなんて気合いでどうにかなると思ったことは、それはもう都合良く記憶から消去されている。

「ムリってお前っ！」

壁にもたれたままのクリスが突っ込みを入れる。

「だって、人間相手って……ねぇ……」

今まで剣を振るってこられたのは、相手がわかりやすく魔物という形を取っていたからだ。騎士団の面々との訓練ならまだしも、人間相手に剣を振るったことはない。

「どうだ、間違えずともこの姿の相手とはやりにくかろう！」

小馬鹿にした様子で口を開いたルーカスもどきは、両手を腰に当ててまたふんぞり返った。

「そうですね、わたしもやりにくいと思いますよ。相手がクマとかならともかく人と似た姿となるとためらってしまいますよね。わかりますわかります――おまけに陛下に似てなくもないですし。ええ、やりにくいですとも、実に」

杖を手にしたブラムが、クリスへと視線を向ける。

「俺を殺《ヤ》ってどうする！　ちったぁ緊迫感を持て！」

そうクリスが喚《わめ》く。喚きたくなる気持ちもわかる。魔物を倒しに来ておいて、いろんな方向で戦闘意欲が激減している現状は大問題だ。

「……大丈夫！　僕行けますから！」

「ケネス、やる気があるのはいいんだけど——むやみに出て行こうとするのはどうかと思う」

エリオットは全力で前に出ようとしたケネスの襟首《えりくび》を引っつかもうとして届かず、代わりにベルトを掴んで引きずり戻していた。

「レナ様とブラムが駄目だというのなら俺がやる！」

「……誰もやらないとは言ってないでしょ！」

アーサーの声音には相打ち覚悟という色が滲《にじ》んでいたけれど、そんなに悲痛な声を上げられても困る。こっちだってそんな状況に彼を追い込みたくはない。

「この場合どうするんだっけ……」

玲奈は頭をめまぐるしく働かせる。相手は魔物、相手は魔物。どうせなら、下半身が蛇だとか、背中に黒い羽が生えているとか、わかりやすく魔物っぽい外見だったらよかったのに。

「――そうか！」

玲奈は体内に循環している魔力を、目に集めていく。相手がやりにくい外見をしているというなら――こちら側で受け取る視覚情報を制御してやればいい。

魔物の姿がぼやけるように。そして、攻撃する相手の位置は把握できるように。

とっさに玲奈がやったのは、以前にも使った手だった。魔物と玲奈の間に一枚膜を張る。そして相手の姿を覆い隠した――モザイクで。

失敗した――うっかりモザイクが一点に集中してしまう。相手が全裸ならともかく、下半身を露出していない以上、『その場所』を隠す必要はないはずなのに。

「なんか……猥褻《わいせつ》な雰囲気……！」

「レナ様！　危ない」

不意に横から体当たりをくらって、玲奈は地面に突き倒された。一瞬前まで玲奈の頭があった場所を、ルーカスもどきの放った魔力の矢が通り抜けていく。矢はそのまま壁に突き立ったかと思ったら、爆発してその部分を大きくえぐる。

「……ありがとう」

「いえいえ——避けて！」

　玲奈をかばってくれたブラムの言葉に、玲奈は体勢を立て直す間もなく地面を転がる。

　今度はその地面に次々と魔力の矢が突き刺さった。地面がえぐれ、岩の破片が飛び散る。

「ほーらほーら、遊んでいる場合ではあるまい？」

　ルーカスそっくりの顔で魔物があざ笑う。見れば二本の柱の間からは、わらわらと別の魔物が出てきている。地面を這うようにして動く、形をとることさえできない魔物。数え切れないほどの足を蠢《うごめ》かす虫のような魔物。その後ろに続くのは、犬だろうか。玲奈の知るどんな生物にもたとえられない姿の魔物まで。

「皆は、新しく出てきた奴らをお願い！」

　今、目の前にいるルーカスもどきは非常に強力な敵だ。玲奈は自分がそいつの相手をすることに決める。

「こっちには絶対に回さないでちょうだい！　他の魔物の相手までしている余裕はないんだからね！」

　そう言うと、玲奈の左右をアーサーとブラムが固めてくれる。

　横目で確認すれば、ケネスが魔力を集中させているのが見えた。

「レナ様ー、こっちは任せてください！」

その言葉の通りに、彼は魔力を発散させ、勢いよく魔物を蹴散らした。取りこぼした分に、すかさずエリオットが追撃を加える。クリスも頭を振って立ち上がった。

「俺はこっちに来た奴をどうにかする」

剣は折れて失われているが、クリスなら大丈夫なはずだ。

「『聖女』を相手にできるとは、光栄と言うべきなんだろうな！　お前を倒して名を上げてやる」

ルーカスもどきが吼《ほ》えた。玲奈はぐっと唇を噛みしめる。

大丈夫だ——今までだって、何度も危機を乗り越えてきた。今両脇を固めてくれているのは、玲奈がこの世界でもっとも信頼する相手。

ルーカスもどきが玲奈に向けて指を突き出す。玲奈は相手の魔力が自分を捕える前に地面を蹴った。身体を低くしたまま接近し、剣を大きく横に振るう。

「——遅いな、聖女！」

笑い声を上げたルーカスもどきが、玲奈の方へ再び指を向ける。集中した様子も見せていないのに、そこから続けざまに矢が放たれた。玲奈は防護壁を張って、とっさにその矢をはじき返す。魔力で作られた矢は、防護壁にあたるなり跳ね返って消えた。だがその威力の強さに、玲奈はよろめいて後退する。

「……おっと！」

足をついた先に小柄な魔物がいて、うっかり踏んでしまう。足の裏に嫌な感触があったけれど、今はそれに気を取られている場合ではなかった。

攻撃の速さゆえに、目の前の相手から目を離すことができない。ただ周囲にいる魔物が消えていく気配に、味方が援護してくれていることを感じる。

「……お前たち——さっさと続くがいい！　聖女を倒せば、獲物を食べ放題だぞ」

ルーカスもどきが、背後にある穴に向かって叫ぶ。

「冗談でしょ！　これ以上他の人たちの負担を増やさないでちょうだい！」

玲奈は、目の前にいるルーカスもどきに向かって剣を振るう——この魔物、相当強い。

玲奈は視界を変化させている余裕もなくなり、必死に相手の姿を追うだけ。

「……さすがは『聖女』と言うべきか——さて、聖女の肉はうまいというのは本当かな？」

器用に片方の眉だけ上げてルーカスもどきがたずねた。

「知るわけないでしょ、誰か食べた人いるの？」

「さてね！」

ルーカスもどきが大きく右手を振る——とそれは、人の腕から鋭い刃へと姿を変えた。

「……嘘でしょ！」

今までこんな風に途中で姿を変化させる魔物には出会ったことがない――玲奈が振るった一撃を、ルーカスもどきはその右手の刃でやすやすと受け止める。

もう一度切りつける。鈍《にぶ》い音がして、刃物がかち合った瞬間、火花が散った。今度は相手の方が右手を振り、玲奈は後方へと飛び退《すさ》る。

このままでは――きりがない。負けるとは思わないけれど、あまり長引かせるのも得策とは思えない。

玲奈は腰の後ろに何かが飛びつくのを感じた――そうだ。剣では埒《らち》が明かないなら、彼の手を借りればいい。

身体を低くしたまま接近し、相手が後ろに飛び退《の》くタイミングで左手を後ろにやる。そして、腰のあたりに掴まっていた白い毛玉を手に取った。

「バッカス！　ゴー！」

玲奈がためらいなく左手でぶん投げたのは、玲奈を守護してくれている精霊だった。

「にゅー！」

自分の翼で飛ぶよりはるかに速く飛んだバッカスは、正面からルーカスもどきの顔に激突する。そしてよろめいた相手の目にべたりと張りついた。

「うにゅ！　にゅ！」

「こら、何をする！」

視界を奪われ、バッカスを振り払おうとしたルーカスもどきは、右腕の刃で彼に切りつけようとする。それを察知したバッカスは、タイミングを見計らって飛び退いた。

「……くそっ、精霊を投げつける奴があるか！」

「バッカスは気にしないし！　わたしも気にしないし！」

その時には、玲奈は相手の懐《ふところ》に飛び込んでいた。低い位置からルーカスもどきの腹を横に切り裂こうとするが、それは紙一重のところでかわされる。

再び上段から打ちかかった玲奈の剣をルーカスもどきは右手で受けとめ、勢いに押されてか、さらにそれを左手で支えた。一方右手で敵と力比べをしていた玲奈は、ふと左手を横に伸ばす。

そこに、再びバッカスが飛び込んでくる——彼の本当の姿となって。

「わたし、今までの聖女と、ちょっと違うらしいってあなた知ってた？」

その言葉と同時に、玲奈はバッカスを握りしめ、思いきり殴りつけた。一瞬にして玲奈の魔力を注《そそ》いだそれは、ただの打撃よりもはるかに痛烈な一撃となる。

「うおうっ！」

横っ面を殴られた魔物がバランスを崩して転倒する。地面に転がったルーカスもどきは、玲奈の左手に握られているそれを見て目を見開いた。

「……ふ、ふざけるな！」

彼がそう言うのも当然だろう——普通この状況で、酒瓶《さかびん》で殴られるとは思うまい。だが、今ので相当ダメージを受けたようだ。肉体的にも、精神的にも。

「これで終わりにしてやる！」

地を蹴ったルーカスもどきは完全に逆上し、周囲が見えていない様子で玲奈に接近する。玲奈はその勢いを正面から受け止めるようなことはしなかった。咄嗟《とっさ》に目の前に防護壁を張り、それに体当たりしたルーカスもどきが再び地面に転がる。

「——ごめん、消えて！」

防護壁を取り去った玲奈は相手に飛びかかり、その胸に剣を突き立てた——ぐしゃりという感覚が伝わってくる。玲奈の剣を抜こうと、ルーカスもどきが手を伸ばして刀身を握りしめる。そうしてどこへともなく叫んだ。

「助けろ——おいっ、助けろっ！」

誰に助けを求めているのだろう。けれど——その声に応える者はいなかった。

「……くそっ……あいつ……め……。いざという時は……」

剣を握る力すら失い、石造りの舞台の上を彷徨《さまよ》っていた魔物の手が、動きを止める。

「……あいつって誰よ？」

玲奈は問いかけたけれど、彼は口を開くことはなかった。

そのまま霧散《むさん》して消えていく魔物の姿を、玲奈は呆然と眺める。

「嫌な予感がしますね」

玲奈の心情を的確に言い表したブラムが考え込む表情になる。

「助けろ」『あいつ』という言葉が出てきたということは、他にも仲間がいるということか。

玲奈が知っているだけでも、レーンの町に巨大な魔物を出没させるため、さほど力のない——言うなれば下級の魔物が協力していたという事例がある。

それを仲間関係と言っていいのかはわからないが、少なくともまだ安心してはいけないということなのだろう。

「……ダイスケ、今現在強大な魔物が出てきそうな気配はある？」

少なくとも「あいつ」と言うくらいなのだから、今まで相手していた魔物と同等レベルの強さは持っていると思われる。

「任せてください。調べてきます」

ダイスケが玲奈の依頼を受けてふわりと舞い上がる。

「もきゅ」

「こら、あなたは行かなくていいんだってば！」

どうやらダイスケに対抗意識を燃やしたらしいバッカスが、宙に舞い上がろうとする。玲奈が手を伸ばして掴むとしばらく手の中でばたばたとしていたが、叱るとおとなしくなった。

その間にダイスケはひょいと黒い入り口に入り、少しして戻ってくる。

「強い魔物はこのあたりにはいなそうですよ。ただ小物がこっちに出てくる隙をうかがっているので、さっさと塞いだ方がよさそうです」

「ありがとう。じゃあ、さっさとやっちゃいましょうか。バッカス……おいで！」

低い声でバッカスを呼ぶ。何も考えずに差し出した右手に、ずしりとした重みが飛び込んできた。

――それは。

バッカスが姿を変えたハンマーだった。ダイスケは玲奈の目から見ても素直に『カッコイイ』剣に変化するのだが、バッカスは違う。正直なところ、『鈍器《どんき》』というのはどうなのだろう。

玲奈の身長くらいもありそうな長い柄《え》の先には、打撃部分が付属している。そこには一応金の装飾なども施《ほどこ》されているから、一応『カッコイイ』に分類されるような、されないような。とりあえず、今は考えるのをやめておこう。

『――玲奈、集中して』

右手に構えた武器から流れ込んでくる意識はバッカスのもの。玲奈は大きく息を吸い込むと、手の中のバッカスへと意識を集中させた。

「……いっけえっ」

似たようなことは前にもグリーランドでやったことがある。

玲奈が鈍器を穴に叩きつけるのと同時に、激しい風が舞い上がった。玲奈の隊服の裾がばたばたと煽られ、風圧に思わず目を閉じてしまう。

――全てが終わった時には、魔物たちは完全に姿を消していた。

「――この場に開いた穴は塞いだけど」

玲奈は振り向きもせずに次の作業にかかる。この場所に魔物の出る穴が開けやすいのは――ここが魔物の世界との繋がりが強い場所だから。

ならば、その繋がりを断ち切ってやればいい。玲奈の手の中で、バッカスが光り輝いた。

玲奈はハンマーの頭部を地面に当てる。

そうして頭の中にイメージするのは、ぐらぐら揺れながら互いに寄りかかろうとしている二つの世界の壁。その壁に支えをしてやって、一つ一つまっすぐに立つようにしてやる光景だった。接近しすぎて、互いの境界線もわからなくなっていた二つの世界が、ゆっくりと元の場所へと戻っていくイメージが玲奈にも伝わってくる。

「……ふぅ」

ぺたんとその場に座り込んだ時、あたりから魔物の気配は完全に消滅していた。

「レナ様、レナ様。僕やりましたよ！」

「……そうね」

確かに今回、ケネスはよくやってくれたと思う。玲奈が伸び上がって頭をぐしゃぐしゃと掻き回してやると、彼は嬉しそうに口を開けて笑った。

玲奈は、いつの間にか地面に座り込んでいたクリスを拾い上げる。改めて見ると、クリスはひどい有様だった。耳は片方ちぎれかけているし、手も足もぼろぼろだ。ところどころ綿もはみ出している。

「ブラム、クリスをお願い」

「クリス君はずいぶんぼろぼろになりましたねぇ……おや、今ならお腹《なか》の中身を見せてもらっても問題ないんじゃないですか？」

「綿しか入ってねぇよ！　ていうかお前、何毛皮に埋もれてるんだよ！」

玲奈からクリスを受け取ったブラムは、興味深そうな視線でクリスを眺めている。たぶん、解体する気満々だ。クリスは手足をばたばたさせるものの、ブラムに両脇を抱えられてしまっては対抗する手段はない。

「うわー、ぼろぼろ。ねえ、これって病院？　それともおもちゃ屋？　あ、レナ様に繕ってもらうとか？」

ケネスは好奇心も露《あら》わに、クリスをのぞき込んだ。

「……自分で何とかする」

そう言うなり、クリスは面倒になったのか目を閉じてしまった。

バッカスも疲れ切ってしまったらしく、元々のボトル形態に戻ってだらんとしてしまっている。ちなみに玲奈はそのボトルの首のあたりを掴んでいるのだが、その姿はこれから宴会に出かけるように見えなくもない。

「あ、そうだ」

不意にケネスが振り返った。

「レナ様――さっき、魔物を見て『ワイセツ』って言ってましたよね？『ワイセツ』って何ですか？」

「ケネス！」

「レナ様！」

エリオットとアーサーの声が重なり――まさか、あの独り言を聞かれていたと思わなかった玲奈は、全力でごまかそうとしたのだった。

魔物の干渉がなくなったからか、元の場所に戻るのには驚くほど時間がかからなかった。階段を上った先には、グリーランドの聖騎士たちとミラーが待っていた。

グリーランドの聖騎士たちは次々に玲奈に礼を述べ、そして少し離れたところで後始末についての打ち合わせを始める。

ミラーはその輪には加わらず、クリスを抱いたブラムの前で好奇心いっぱいの表情をしながら身を屈《かが》めた。割と穏和な人だと思っていたのだが、いつもと目の色が違う。

「わあクリス君、間近でお会いするのは初めてですねぇ……おや、これはどこから見ても普通のぬいぐるみ……お身体はいかがですか？」

……こんなミラーを見るのは初めてだ。研究熱心な人らしいとは聞いていたが、これほどまでとは思わなかった。

「……いいわけないだろ。レナ、お前の魔力でどうにか直してくれ」

「やってやれないことはないと思うけど、ちょっと待ってよ。わたしだって疲れてるんだし。お茶くらい飲ませ――」

「いえ、わたしにお任せください！」

きらきらと目を輝かせながら、ミラーはクリスをブラムの手から受け取った。

「後学のためにわたしもお供してよろしいですか？　あ、ダイスケ君も一緒に治療いかがです？　君もお疲れでしょうし」

「ボク、ハナエに終わったって伝えてきますね」

ブラムが手招きするも、不穏な気配を察したらしいダイスケはその場から逃走する。

「うわー、放せ！　おい、レナ！　どうにかしろー！」

じたばたと暴れるクリスだったが、やはり調子はよくないようで、ミラーに抱えられたまま逃げ出すこともできない。

「大丈夫ですよ、『治療』するだけですから。さあ、神殿に急ぎましょう、急ぎましょう」

「うわあああああっ」

暴れるクリスをがしっと抱え直したミラーは、玲奈たちには見向きもせずにブラムとさっさと行ってしまう。

「……あいつ、無事に帰ってくるんだろうな……」

アーサーがぼそりとつぶやいたが、玲奈は「さあね」と苦笑いすることしかできないのだった。

「うう、覚えてろよ……！」

しばらくして玲奈たちと合流したクリスは、とても機嫌が悪かった。何があったのか、たずねても答えようとはしない。何か恐ろしいことがあったのだろうと、玲奈も詳しく聞くのは遠慮しておいた。

精霊たちの力を借り、母と同調して作り上げたルートを通り抜けて会議室に戻ると、そこはたくさんの人で溢れかえっていた。玲奈は待っていた花江とハイタッチする。今の心境を表すのに、これ以上ふさわしい行動を思いつかなかった。

玲奈たちがグリーランドに到着したという連絡を受けたとたん、城から押しかけてきたのだろう、ルーカスもそこで玲奈たち――ではなくクリスを待っていた。クリスが姿を現すのと同時に、飛びつかんばかりの勢いで抱き上げる。

「クリス、無事だったか！　さて、帰るぞ。お前がいない間、余がどれほど大変だったかわかっていないのだろう」

「俺もまあ大変だったけどな」

ルーカスはクリスをぎゅうぎゅうと抱きしめ、クリスはルーカスの首に両手を回して甘えている。

――近寄っちゃいけない世界が出来上がっているような気がする……！

そうは思ったけれど、とりあえず玲奈は二人の間に割り込むことにした。

「あのね、帰る前にグリーランドの話を聞かせてほしいんだけど……」

「おう、そうだな。ルーカス、お前は先に戻っていてくれ。俺もレナたちとの話が終わったらすぐに帰るから。長くなりそうだから、お前はあとから報告を聞けばいいだろ」

そう言ってもルーカスはようやく再会できたクリスを離そうとはしなかったが、クリスがばたばたして彼の腕から抜け出すと、諦めた様子で「早く戻ってこい！」と言い残して出て行った。

「ほら、お前たち外に出ろ。この場に残るのはアーサーとブラムと……」

ルーカスの護衛代わりなのか追いかけてきたのか、城からこちらに戻っていたローウェルがひとまず場の整理にかかる。

聖騎士たちの中でその場に残ることを許されたのは、アーサー、ブラムだけだった。

話に入れてもらえず不満顔のケネスが廊下へと出て行く。エリオットはぺこりと頭を下げてそれに続いた。

「バッカスはわたしが部屋まで送ってあげる」

「それなら、お願いしていい？」

ぐてっとしているバッカスを抱えたナイジェルが最後に部屋を出ていくと、会議室がずいぶん広くなったような気がした。

ルートを開いた時から部屋の隅に寄せられていたテーブルが中央に戻される。玲奈の隣には花江、二人と向かい合う位置にローウェル。アーサーとブラムはローウェルの並びに席を占める。一番上座《かみざ》の位置――皆からよく見える位置にはクリスだ。

「悪いがさっさと話をさせてもらうぞ。城に帰らないとルーカスがうるさいからな」

椅子に座るのではなく、テーブルの上に立ち上がったクリスが胸を張る。

「ひとまずグリーランドに開いた穴を塞ぐことには成功した。だが、これで終わったわけじゃないぞ」

「……そうね、わたしもそう思う」

賢明にもクリスはグリーランドで遭遇した魔物の外見については、口を閉じておくことにしたようだ。玲奈も心の中でそれに賛同する。『ルーカスもどき』との対決は、できることなら記憶からも追い払っておきたい。

「レナ様、それは――あの魔物の言葉――でしょうか」

考え込むような表情でブラムが言う。玲奈は頷いた。

「うん、あの時『あいつ』って言ってたでしょ。魔物って仲間意識が強いとは思ってなかったけど、仲間がいないとは言えないなって思って。だとすると、その仲間が次にどこを狙うのかが問題なわけなんだけど」

「それなら、都じゃないかしら」

さりげない口調で、花江が爆弾を投下する。室内にいた全員の視線が花江に集中した。

「よく考えてごらんなさいな。グリーランドに出るはずだった魔物がこっちに出ちゃってるのよ？　偶然空間がよじれたっていうよりも、何かあるって考えた方が自然じゃないかしら——それに」

一つ息をついた花江は、やはりさらりと言ってのける。

「都の方が、魔物の欲しい『獲物』がたくさんいるのでしょう？」

それはグリーランドでダイスケも言ってたことだ。

「でもさ、獲物は多いかもしれないけど、警備だって厳重じゃないの。皆で毎日結界チェックしてるし、聖騎士だって他より強力な人材が揃っているんだし」

「ものすごく強力な魔物だったら、ここの子たちだけじゃ太刀打ちできない可能性もあるわよ」

成人男性たちをあっさり『子』呼ばわりしつつ、花江はクリスに厳しい視線を向ける。

「あなたが言いたいのって、要はそういうことでしょ？」

「ま、まあ……そういうことだ。グリーランドの件が落ち着いた分、魔物の出現頻度は減るはずだが、油断はするな」

半分転がるようにしてテーブルから降り立ったクリスは、ローウェルの手を引っ張る。

「そういうわけで、話は終わりだ。城まで連れて帰ってくれ」

「ねえ、クリス君」

「は、話はまた今度だっ！　俺は疲れてるんだからな！　ローウェル、さっさと帰るぞ。俺を担《かつ》いで行け！」

呼びかける花江に対し関わりたくないという態度を露骨《ろこつ》に示して、クリスはローウェルの腕の中に収まった。似合わないことこの上ないし、ローウェル自身もものすごく複雑な表情をしている。

立ち去る二人を見送った後、アーサーは花江に目を向けた。

「そういえばハナエ様は、そろそろ休暇は終わりでしたか」

「そうね。それもあるけど、魔物の出現頻度が通常程度に戻ったのなら、わたしがいつまでもここにいる必要はないだろうし。明日にでも帰ることにするわ」

いつまでも花江に頼っているわけにはいかないのもわかる。明日からは玲奈がまた頑張るしかないのだ。難しい顔をしたブラムが額を押さえる。

「とにかく、『あいつ』とやらのために備えをしておく必要があるということですね。引き続き街中《まちなか》の結界強化は続けるように通達しましょう」

「ブラム、各地から応援に来ている人員はどうする？」

「魔物の出現頻度が本当に元に戻るかわかりませんし、様子を見ながら少しずつ帰ってもらうことにしましょうか。いつまでもこちらに留《とど》まってもらうわけにもいかないですし、その旨、団長に上げておきますよ」

アーサーとブラムは明日からの街中の警備態勢や、人員の配置について相談を始める。

玲奈は帰り支度をするという花江について会議室を後にした。


帰ると言った花江の行動は素早かった。玲奈と一緒に使っている部屋に戻るなり、転がしてきたスーツケースを引っ張り出す。母が荷物をまとめる様子を眺めながら、玲奈はグリーランドでの出来事を改めて語った。バッカスは疲れきっているようでベッドの中央を占領し、その横ではダイスケも昼寝を決め込んでいる。

「あなたも苦労するわねぇ」

ひと通り話し終えたところで、しみじみと花江は言う。

「そう？　お母さんが聖女やってた時だって似たようなものでしょ」

「わたしの時は、もう少し楽だった——と思うんだけど」

エマとバイオレットがお土産《みやげ》にとたくさんのお菓子を差し入れしてくれたために、花江のスーツケースは来た時よりも中身が詰まっている。苦労しながら蓋を閉めて、花江はぱんと両手を打ち合わせた。作業終了の合図らしい。

「今の話を聞いてると、やっぱりあなたの方が苦労していると思うけどね？　王様そっくりの魔物なんて、わたしの時は出てこなかったし。本当、よくやっつけたと思うわよ。やりにくかったでしょう？」

「……ああ、あれね……うん、やりにくかった……」

——うっかり遠い目をしてしまった。あれはいろんな意味でものすごくやりにくい相手だった。二度と出てこないことを祈りたい。

「それ聞いているとね、本当に頑張ってると思うわよ。娘が頑張っているなら、協力は惜しまないし。何かあったら連絡ちょうだい」

「引退した人をしょっちゅう呼びつけるのもどうかと思うのよね。なるべく自分で頑張ってみる」

今回は、玲奈一人では手が回らなくて母を呼び出してしまったが、本来なら玲奈一人でどうにかすべきところなのではないかと思う。頼れる相手にはつい、頼りたくなってしまうけれど。

「それはそうなんだけど、心配なんだからしかたないでしょ。それに、今――イークリッドと魔物の世界の間で何か起こっているような気がしてならないのよ。だから、あなたの時には、わたしの時よりいろいろ発生してるんじゃないかしら」

「……そうなのかなぁ」

花江の言おうとしていることが、玲奈にはいまいちぴんと来なかった。

確かに、玲奈が来てからはいろいろと想定外のことが起こっているような話は聞かされているけれど、本来物事というのは想定通りにいくことの方が少ないのではないか。

「あと、わたしが言いたいのはね、無茶はやめておきなさいよってことだけ。使えるものは親でも使いなさい――わかった？」

「……考えておく」

できることなら――母の手を借りるような事態が頻発しなければいい、と思う。そのためにも自分がもう少ししっかりしなければ。

花江が帰った後も、ダイスケは今まで同様玲奈に力を貸してくれることになっているし、今後は何とかやっていけるはず――いや、何とかしなければならない。

第六章　魔物を封じる方法

グリーランドのルーカスもどきを倒してからというもの、比較的平和な日が続いている。この二週間の間、夜の出動があったのは三回だけだから、以前より少なくなっていると言えなくもない。もう少し長期的な目で見なければ、正確な判断は下せないのだが。

ダイスケは、昼間は神殿に出かけていることが多い。日本に戻った花江の代わりにノエルの調査に協力しているのだ。

「……お母さんと一緒だと上手くいくのになあ」

自室にいる玲奈は、テーブルに広げた地図を眺めながらため息をついた。

花江に導かれた時のことを思い出し、カルディナから引き継いだ聖女の記憶も引っ張り出して、瞬間的に転移する術を練習しているのだが、どうにも上手くコントロールできない。

馬に乗るよりはるかに速く移動できるし、それに玲奈が先行すれば、他の人たちにかかる負担をだいぶ軽減することができるはずなのだけれど。

赤いペンを取って、玲奈は地図に印をつけていく。魔物が出現するたびに現場に転移するのは難しいが、転移ポイントをあらかじめ決めておき、その時々で一番近いポイントに移動すれば何とかなりそうな気がする。転移時には行き先を正確に設定することが大事らしいし。後で、実際に行ってみて、どんな場所なのかを確認しておかなければ。

「やっぱ、最近よく出る場所が優先よねぇ。よく出る場所って、何となく決まっているような気がするんだけど」

玲奈の左側に積まれているのは、ここ一月《ひとつき》の間に聖騎士団員たちが仕上げた報告書だ。玲奈がグリーランドに行く前のものも含まれている。大半はアーサーかブラムが書いているのだが、ブラムの報告書の半分以上はナイジェルが仕上げていることを玲奈は知っている。ああ見えて、ブラムは書類仕事が苦手なのだ。

「町の東北、蕎麦屋《そばや》のとこっと……あれ、この間もここに出てなかったっけ？　あれはもうちょっと前だっけ？」

独り言を言っているわけではない。目の前でマドレーヌと格闘しているバッカスに聞かせているのだ。が、バッカスの方はまるで耳に入っていないようだ。

「やっぱりそうだ。ねえ、何でこんなに東とか北の方が多いんだろう？　……ねえ、聞いてる？」

食べすぎだと彼の手元からマドレーヌを遠ざけながら、玲奈はもう一度地図を睨みつける。最近魔物が出没していたのは、聖騎士団本部から見て東北に位置する場所が多い。そして、その方向にある重要な建物と言えば——

「まさか、ね」

地図上で見る限り、あのあたりで一番重要そうなのは——城だ。だが城は王の住まいである以上、他の場所より厳重に結界が張ってある。滅多なことでは魔物が出現することはないはずだ——クリスが現れた時をのぞいては。

だけどひょっとして城に出現しようとしている魔物が——城は無理だから、その近辺に出没している、なんてことがあったりしないだろうか。

「レナ、今出かけられますか？」

神殿に出かけていたはずのダイスケが、窓から入ってきて報告書の山の上に着地した。

「出かけるってどこへ？」

「グリーランドからミラーさんが来てくれたんですよ。それでボク、レナを呼びに戻ってきたんです」

「わかった、すぐ行く！」

玲奈は部屋から飛び出して、訓練場へと向かった。

「ブラム！　ちょっと付き合って！　ナイジェルでもいいけど」

先日まではできていた『お一人様外出』は、事態がだいぶ落ち着いてきたために元通り禁止となっていた。それに、ブラムかナイジェルがいれば玲奈の知らない言葉が出てきた時に解説してもらえるだろうから、一緒に連れていくことにする。

「どうしました？」

ケネスの相手をしていたブラムが顔を上げる。今日はそれほど寒くないのに、毛皮に埋もれているのはどうなのだろう。とはいえ本当に寒そうなので、その点は追及しないでおく。

「ミラーさんがグリーランドから来たんですって。何か重要な話になりそうだから、ブラムかナイジェルに一緒に行ってもらうのがいいかなって」

「ナイジェルなら城に行ってますよ。では、わたしがお供させてもらいますね」

僕は？　と問いかけたケネスを、ブラムは剣を打ち合っている騎士団員たちの方へと押しやる。ケネスは不満を呑み込んだような顔で稽古用の剣を取りに行った。

「何があったんだと思う？」

歩きながら玲奈がたずねると、ブラムは神妙な顔で答える。

「あの方がわざわざ出てくるということは、かなりの重大な発見があったか、こちらに送ってきた資料を改めて確認する必要が出てきたか、でしょうね。ミラー殿が、若い頃在籍していたあちこちの神殿からかき集めたものらしいので、おそらく予備は持っていないのでしょう」

玲奈もこの間神殿に見せてもらいに行ったのだけれど、ノエルのもとに届けられた資料は、玲奈には読み解くのが無理そうだった。一応、こちらで使われている言語も読み書きできないわけではないのだが、古い言葉だから読めないのだろう——と解釈することにしている。

しばらくして二人が神殿に着いても、今日は誰も迎えに出てこなかった。声をかけてみるが、しんと静まりかえっている。

「通りますよ？　勝手に入るのは気がひけますが……」

勝手にブラムが中に入って歩いて行ってしまうから、玲奈も慌てて後を追った。気がひけるとか口にしながらも、ブラムはずんずんと奥へと進む。

住居部分に続く扉のところで改めて声をかけると、奥から慌てた様子でノエルが出てきた。

「いやいや、おいでに気付かず申し訳ありません。他の者は今全員出払っておりまして……」

中央神殿と呼ばれていても、ここにはそれほど多くの人間が詰めているわけではないのだから、そういうこともあるのだろう。

「ミラーさんが来てるって聞いたんだけど」

「ええ、先ほど到着したところです。つい夢中になって話し込んでおりまして。こちらへどうぞ」

案内されるままに、玲奈はブラムと共に住居部分へと足を踏み入れる。だが客間に一歩入ったとたん、目を回しそうになってしまった。

「何これ……」

「いや、申し訳ない……ミラーの話があまりにも興味深かったものですから」

本来ここは客をもてなすための部屋なのだが、大きなソファにもテーブルにも、一面紙やら本やらが広げられている。おまけに床の上にはテーブルから落ちたらしき書類が散乱していた。

そしてそのテーブルに大きな紙を広げ、そこに顔をくっつけんばかりにかがみ込んで、がりがりと何か書いているのがミラーだった。

「ミラーさん……？」

「やあ、これはすごいですねぇ」

玲奈に続いて入ってきたブラムも、それ以外の言葉が出ない様子だった。とりあえず座る場所さえないので、なるべく邪魔にならないように壁際に二人並んで立つ。

「申し訳ありません、何しろ主立った文献はこちらに送ってしまっていたので気が急《せ》いておりまして」

立ち上がって玲奈に頭を下げたミラーの顔には、インクが撥《は》ねた跡がある。どうやら、本当に夢中になって調べていたようである。

「……何があったの？　ずいぶん興奮しているように見えるんだけど……」

「そうですね、とても興奮していると思います！　……いや、失礼いたしました」

そう言って一旦息をついてから、ミラーは目を輝かせながら言う。

「魔物を封じることができるかもしれないのですよ！」

「封じる？」

思いがけない言葉にブラムと玲奈の声が綺麗に揃った。それに驚いて一瞬顔を見合わせたが、玲奈は慌ててミラーの方へと身を乗り出す。

「封じるって……」

「以前わたしがお話ししたことを覚えておいでですか？　あのぬいぐるみに入った魔物を調べれば、魔物と精霊の違いがわかるかもしれない、と」

「ええ」

「実は魔物と精霊の差は、体内のある物質――魔物の中心にあることからわたしと神官長は『核』と名付けたのですが、その『核』を持つか否かというところにあることがわかったのです」

どういうことなのだろう。玲奈はミラーの次の言葉を待ち構えた。

「そして、魔物の出現を封じるのにその物質が役立ちそうだということもわかりました。……以前から魔物をこちらの世界に来させないようにするための方法は研究されていたのですが、今までだと『他の世界の存在がこちらへ来ることができないようにする』ことしかできなかったのです」

ミラーの説明に玲奈は考え込む。「他の世界の存在がこちらへ来ることができないようにする」となると――話は魔物だけでは済まないはずだ。

玲奈の推測を裏付けるように、ノエルがミラーの話を引き取る。

「ただ、その方法を取ると精霊を呼び出すこともできなくなってしまうので、今まで実行に移されなかったというわけなのですよ」

「……それは死活問題ですねえ」

ブラムが頷いた。この世界では冷蔵庫や空調など、エネルギーのかなりの割合を精霊に頼っている。精霊を呼び出すことができなくなると、困ったことになってしまうだろう。

「ですが、『核』を使うことができれば、そこに記憶された情報をもとに魔物のみをはじき、精霊はこちらの世界に呼び出せるような——そんな手が取れるようなのです」

「なるほど——では、まずはその『核』とやらを入手すればいいわけですね」

ブラムが顎《あご》に手をやって考え込む。玲奈も横で考え込んだ。

魔物だけを封じることができれば、確かにだいぶ楽にはなるのだろうけれど、本当にそんなことができるのだろうか。

「魔物はどんなものでも核を一つ持っている……はず、です。その核が魔物を封じるために必要なんです。それも、かなり強力な魔物の核が」

「強力な魔物の核……」

ミラーの補足に、真っ先に玲奈が思い浮かべたのはクリスのことだった。クリスが強力な魔物であったことは、実際に手合わせした玲奈もよくわかっている。彼が核を提供してくれればものすごく楽なのだが——それはミラーも考えていたようだ。

「クリス君の核が使えるでしょうか？」

「それって……本人がまだ持っていれば……よね。クリス以外の魔物から核とかいう物質を手に入れる方法はあるの？」

ブラムも玲奈も、真っ先に核の入手先としてクリスを思い浮かべたのだが、魔物ではなくなった彼が今現在持っている可能性は低い。

ノエルは机の上にある紙を引っかき回しながら答える。

「……魔物を倒した時、どうすれば核を残せるのかは……厳密な条件がまだわかっていないのです。時間さえいただければ、見つけ出すことはできると思いますが。ミラーもしばらくこちらに残って調査に加わってくれるということですし、もう少しお待ちいただけるでしょうか」

ミラーもノエルの提案に同意する。

「……じゃ、じゃあとりあえず、クリスに聞いてみましょうか……？」

まだ持っているのかはわからないけれど、一度聞いておいた方がいいだろう。

＊　＊　＊

玲奈がクリスとの会談の場に選んだのは、騎士団本部内の玲奈の部屋だった。テーブルに乗せられたクリスは、その場でふんぞり返っている。

誰もこの部屋には近寄らないよう厳重に人払いをしてから、玲奈は思い切って切り出した。

「ねえ、クリス。精霊と魔物の差って、体内にある物質を持っているか持っていないかなんですって？　ノエル神官長たちは『核』って名づけたって言ってたけど」

「それだけじゃないけど、まあそんな感じだな」

クリスはあっさりと認めた。こんなことなら、もっと早く聞いてみればよかった。

「あのさ、その核なんだけど……」

山盛りのお菓子を目の前に差し出してたずねる。

「それがどうかしたか？」

「ひょっとして持ってたりしない？　貸してもらえると助かるんだけど……」

「持ってりゃ貸してやれるんだけどな、俺持ってないんだよなぁ」

クリスは煎餅《せんべい》を手に取ってぼりぼりと齧《かじ》る。緊張感がないことこの上ない。

「持ってないって？」

「失くしちまったんだよな。ま、なくても死ぬわけじゃないし、そのままにしておいたんだが――」

「失くしたって、それってどこにあるかわからないの？」

玲奈はクリスに詰めよった。

「わかってれば、とっくの昔に取りに行ってるに決まってるだろ！　核がないと落ち着かねーんだから」

テーブルにひっくり返って手足をじたばたとさせるクリスに、思わず冷たい視線を向けてしまう。

「な――なんだよ、その目は！」

「いや、そう簡単に失くすようなものなのかなーって……」

ノエルやミラーの話からすれば、『核』とやらは、魔物の体内にあるはずだ。それを失くすというのはどういう状況なのか、玲奈には見当もつかない。

クリスはじたばたするのをやめ、気まずそうに座り直した。

「俺、お前たちに倒される前にも一度やられてんだよ――お前のかーちゃんに」

「はあ？」

「その時は、何とか逃げたんだけどな――その時、体外に核が転がり出ちまって、戻せなくなったんだよなぁ――いや、お前のかーちゃん、怖かった」

道理で、花江を見るなり怯えるわけだ。

「ん、ごめん。一つ聞いてもいい？　『核』ってなくても生きていけるものなの？」

玲奈が考えるに、『核』は魔物の身体の中でだいぶ重要な部分のような気もするのだが——その疑問に、クリスはあっさり答えた。

「別に生きていくには困らないぜ？　ちょっと落ち着かないだけで。別に魔物としての力を失うわけでもないし。ほれ、いつだったか、城に張られてた結界突破したことがあったじゃねーか」

今のクリスも強いが、魔物だった頃のクリスもものすごく強く、倒すのに苦戦したことを玲奈は思い出した。

「まあ——あそこで倒されなかったら、まだ魔物のままだったんじゃねーの？　核があればそれを使って元の世界に逃げ込めたし、ましてやこの身体」

そこでクリスは自分の胸を叩き、何事もなかったかのように続ける。

「ここに逃げ込んで精霊に変化するなんてことにはならなかっただろうな。どういう理屈で変化したのかは俺にもわからないけど。だから、核とやらがなくてもたいして困らないんだよな——精霊だろうが魔物だろうが俺としてはあまり変わった気はしないし。ああ——あれだ。落ち着かないってのは、パンツを穿《は》き忘れたような感じなんだろうな、きっと。お前らだってパンツ穿かなかったら、落ち着かないだろ？」

「それは……嫌かも」

穿き忘れた経験はないが、たぶん落ち着かないだろう。そういった意味では非常にわかりやすいたとえだった。クリスが精霊ということや、『核』の持つ役割とかいろいろ重要なことはわかったが、やっぱり緊張感は皆無だ。

「だろー？　だから持ち歩いてたんだけどな、どこかに落としちまったんだ。今はそうでもないんだが、最初のうちは尻のあたりがもぞもぞしてたな」

クリスは笑いながら、新しい煎餅《せんべい》に手を伸ばすが、玲奈はそれどころではなかった。

わずかとはいえ、クリスの核が使えるのではないかと期待していたのだけれど。

となると、あとはノエルとミラーが他の魔物から核を取り出す方法を見つけてくれることを期待するしかないのだが、こちらは長期戦になるのは間違いなかった。

クリスの核が使えないとなると、しばらくの間はこちらからは動きようもない。

引き続き、ノエルとミラーは魔物から核を抽出《ちゅうしゅつ》するための手段を探している。この件に関しては、玲奈には何の協力のしようもない。

そのため現在はブラムを連れて、街中《まちなか》の結界を確認する作業にあたっていた。グリーランドとの繋がりを断ち切ったとは言っても、魔物の出現がゼロになったというわけではないのだ。

「……一回張った結界が、弱ることがなければいいのにねぇ」

「世界と世界の間が固定されていれば、それも可能かもしれませんけど。二つの世界が近づき合ったり遠ざかったりするたびに歪《ゆが》みが生じるわけですから、難しいですね。魔物の方も破ろう破ろうとしているわけですし」

「……そうよね。そうそう、結界と言えば、グリーランドでミラーさんが不思議な結界使ってたじゃない？　あれはミラーさんから教えてもらったの？」

「もちろん。本当に便利ですよね、あれ。いろいろ使えそうです」

グリーランドでミラーが張っていた『近づくと気分が悪くなっちゃうぞ結界』を、ブラムはしっかり学んでいたらしい。どう使うつもりなのかは知らないけれど、深く聞かない方がよさそうだ。ちょっぴり背筋が冷えたのを、玲奈は気づかなかったことにした。

「……ブラムは今回ミラーさんたちの研究に加わらなくてよかったの？」

「こちらの結界の方が急務ですからね。あの研究もハナエ様がいらしてくれたら一番早いのでしょうが」

「さすがにそんなにしょっちゅうは休めないわよ。あの人、職場ではけっこう古株だし、いなきゃいないで困る人もいるみたいだから」

彼女はもう自分の生活に戻っている。近いうちにまた来てくれるという話だが、あまりあてにするのもどうかと思う。

一応母にはクリスを倒した時のことについて確認はしてみたのだ。でも、

「どんな魔物を倒したかなんて覚えてないわよ！　強い魔物？　うーん、三十か四十くらいはやっつけた気がするんだけど」

と言っていたので、記憶がよみがえるのは期待できそうもない。

「でも、ハナエ様に当時の研究についてお聞きできたのはよかったと思いますよ。記録は残っていても、それだけではわからないことも多いので、当事者の話が聞けるというのは大きいです。ダイスケ君をもう一度呼び出すことができたのもよかったですね。彼の手を借りられるのですから」

そこまで話したところで、玲奈はふと思いついてたずねる。

「そう言えばブラム、最近ナイジェルと何をしているの？　ナイジェルに聞いても教えてくれなかったから気になってるんだけど」

グリーランドから帰ってきて以来、ブラムはナイジェルとどこかに引きこもっていることが多い。神殿に行かないのは、そちらも理由の一つのようだ。

「ああ、それはですね……まだ、しばらくの間は内緒です」

どうやら彼も教えてくれるつもりはなさそうだ。しばらくの間っていつまでなんだろう。

「うにゅ」

ブラムの肩に乗ったバッカスが合図する。結界が弱っている場所を見つけたようだ。

「大丈夫、気付いてるから。通り過ぎたりしないってば」

その玲奈の言葉に、バッカスは露骨《ろこつ》に疑わしいと言いたげな目を向けた。失礼もいいところだが、それはさておき玲奈はもう一つ、気になる気配を感じていた。

「通りを一本挟んだあたりも危なくない？ わたし、ちょっとそっち見てくる」

「では、こちらを終わらせたら合流します」

バッカスの見つけた結界の緩みを修復するブラムを残し、玲奈は隣の通りへと足を向けた。そこで緩みかけている結界を見つけ、それを張り直してから視線を巡らせる。

すると、向こう側から街中《まちなか》の警戒に当たっていた近衛騎士団《このえきしだん》の面々がやってくるのが見えた。玲奈は手を上げて、彼らに呼びかける。

「……そっちはどう？」

「街中もだいぶ落ち着いてきたようですね。我々もそろそろ通常任務に戻ることができそうです」

「それならよかった」

本来なら、近衛騎士団の任務はルーカスの警護であって、街中の警備は彼らの管轄外だ。

このところ魔物絡みで治安が悪化していたために、彼らも警備に協力していたのである。

もちろんルーカスが脱走しないという大前提が必要だが、そちらは玲奈が手を打っておいた。

「レナ様、あちらは終わりましたよ――おや、こんにちは」

自分の作業を終えたブラムがやってくる。互いに挨拶を交わし、それぞれの仕事へ戻ろうとした時、玲奈は自分が打った手がどうなったのか確認していないことを思い出した。

「ああ、そうだ。王様は今何をしているか知ってる？」

玲奈の言葉に、近衛騎士たちは互いに顔を見合わせた。

「大急ぎで政務を片付けた後は、部屋にこもりきりになっておられるようですね」

その返事に玲奈は苦笑いした。彼が部屋にこもっているのは、きっと玲奈の渡した『例の品』が効果を上げているからだろう。ルーカスの性格を考えたら絶対に夢中になると思ったのだ。

「陛下に何を渡したのですか？」

近衛騎士たちと別れてから、ブラムがたずねた。

「えっと、模型……っていう言い方でわかるかな？　組み立て式のお城の模型を渡したのよね」

「模型、ですか」

「うん。ピンセットとか使わないと組み立てられないようなうーんと細かい部品がついているやつ。出来上がるまでは絶対おとなしくしていると思ったのよね！」

玲奈がルーカスに渡したのは、マニア垂涎《すいぜん》、という触れ込みの巨大なプラモデルだった。一つ一つの部品が精緻《せいち》で小さい上に、日本の住宅事情を考えれば飾る場所を設けるのさえ難しいと思われるサイズなのだ。

日本の城は建築様式が違いすぎてルーカスには理解できないだろうと思ったから、こちらの様式と比較的似てそうな、世界各国のお城シリーズを三点渡してみたのである。なお、その代金は必要経費としてトーマに請求しておいた。

「それはそれは」

わかってらっしゃる、とか何とかブラムは口の中でつぶやいたようだった。玲奈にしてみればルーカスの趣味人っぷりに付き合わされているうちに、彼が好きそうなものがわかってきただけの話なのだが。

ルーカスの問題が解決したとわかったところで、玲奈は話を戻した。

「意外にあちこちで結界を張り直す必要があるわよね、今までグリーランドの件で手が回ってなかったって言えばそうなんだけど」

「グリーランドから来ていた魔物がそれだけ多かったということでしょうね。でも、あと一週間くらいのうちには落ち着くとは思いますよ。そうしたら、わたしたちも通常の任務に戻れますね」

街中《まちなか》の結界を確認して回るというのは、本来聖騎士団の職務ではない。

そういった作業は、聖騎士団に入団できるほどではないけれど、それなりの魔力を持った人々があたることになっている。聖騎士団が動いているのは、あくまで緊急的な処置だ。

「出てきた魔物をやっつけるよりは、結界張り直した方が楽よねえ」

玲奈は破れかけていた結界を、右手を左右に振って消滅させた。それから慎重に新しい結界を張り直す。不意にブラムがたずねた。

「レナ様の契約は、あと半年程度……でしたっけ？」

「うん。こっちに来たばかりの頃は、一年のうちには新しい仕事見つかるかなー、なんて思ってたんだけど……そう都合よくはいかないみたい」

当初の玲奈の目論見《もくろみ》では、夜はこちらで聖女をやり、昼の間は就職活動に勤《いそ》しむつもりだったのだけれど。こっちの世界でいろいろあって、そちらに気を取られているうちに就職活動の方はすっかりおろそかになってしまっていた。母は母で玲奈が聖女をやることを認めているので、今必要以上に焦ることもないかな、という油断が生じているのも否定できない。

「そう、ですか」

「何？　何かあったの？」

「いえ、あなたがいなくなったら、きっと寂しくなるだろうなと、そう思っただけですよ」

ブラムの言葉に、玲奈は目を瞬《しばた》かせる。まさか彼の口からそんな言葉が飛び出してくるとは思っていなかったから。

「そうねぇ……わたしも、寂しいかも」

彼の真意がわからないままにそう返す。それから玲奈は、そろそろ本部に戻ろうかと彼を促《うなが》した。

＊　＊　＊

こうして街中《まちなか》の結界を全て張り直し、聖騎士団も近衛騎士団《このえきしだん》も通常の任務に戻った頃。

玲奈は聖騎士団本部の厨房《ちゅうぼう》の前で、ある人物に行き合って思いきり固まっていた。

——なんでこの人がここにいるんだろう。

いや、彼がビールケースを抱えているところを見れば、配達の途中であるのはわかるのだが——何故、ここにいるんだ、彼が。

「あれ、奇遇だねぇ、こんなところで会うなんて」

「奇遇って、奇遇って——！　何で先輩がこんなところにいるわけー！」

のほほんとした笑顔を玲奈に向けてくるのは、実家のコンビニの制服を着た日野裕太だった。

「うーん、……配達？　ほら、ここも配達区域だし」

日野は首を傾げてみせるけれど、玲奈の顔は引きつってしまった。ここも配達区域って——あり得ないだろう！

「……先輩、ここどこか知ってます？」

「うん。いっつも配達に来てるし」

——ルートを使えるのは限られた人間だけじゃなかったのか！

突っ込みたい。思いきり突っ込みたい。全力で突っ込みたい。

「……今まで顔を合わせていなかったのが、奇跡みたいなものですね……」

基本的に玲奈はこちらで生活しているし、厨房に出入りする回数も多いから、今までにだってこうしてすれ違っていてもおかしくはないのに。

突っ込みたいのは山々なのだが、ここまで来るともう笑うしかないのではないか。

「……そうだねえ。僕もまさかこんなところで会うなんて思ってもみなかったし。玲奈ちゃんの勤めてる会社ってこっちにあるんだっけ？」

「違います！」

玲奈は即答した。そう言えば日野には、トーマの親族が日本で経営している輸出入業の会社で働いていると説明していたのだった。それなのにこの発言はとぼけているのか、何も考えていないのか。

「先輩こそ、なんでこっちにいるんです？　この世界の存在知ってたんですか？」

「まあねぇ。子どもの頃から、何度か親の手伝いで来てたし」

運んできたビールケースを厨房《ちゅうぼう》脇に積み上げながら、日野は笑う。いつもならその微笑みに癒《いや》されているというのに、今日はそんな気にもならなかった。

「何か怪しいとは思わなかったんですか？」

「ずいぶん近い外国だとは思ってたけど？　皆が行きたがると困るからナイショにしておきなさいって親に言われたから、誰にもしゃべったことはなかったけどね」

「……それで納得しないでくださいよ！」

こんな発言をされてしまったら、玲奈としてはもう脱力するしかない。

異世界の存在が秘密でも何でもないような気がしてくる。というか、その説明で納得する日野もどうなんだろう。やっぱりこの人もちょっとずれているんじゃなかろうか。

「ああ、今はもちろんそういうものじゃないって知ってるよ？　どうもうちの店、おじいちゃんの代から東間先生のお家《うち》にはお世話になってたみたいなんだよね。最初のうちはお屋敷までの配達に留《とど》まっていたと思うんだけど、お酒も醤油《しょうゆ》も重いからねぇ。気がついたら、何だっけ、ルート？　あれ通っていいよって許可もらって、こっちまで配達に来るようになっていたんだよね」

「確かに、あの家からここまで運ぶのは重労働だと思いますけどね……」

トーマを筆頭に、イークリッドの人間は地球側に溶け込んでいるような話は聞いたことがあったけれど、その逆のパターンまでは想定していなかった。玲奈は思わず額に手を当てる。

だが、日野はそれを意に介さずたずねてきた。

「この間の話――考えてくれた？」

しまった、蒸し返されてしまった。玲奈の唇が引きつる。頼むから、今は余計なことを考えさせないでほしい。

「――あ、あのお付き合いの話……ですよね？」

「その話以外に何かあったっけ？」

——忘れてくれてればよかったのに。

「あの、それはですね……」

玲奈が答える前に、ばたばたと向こう側から走って来る茶色い物体が目に飛び込んできた。

「そこのお前！　ちょっと待て！」

勢いよく走ってきたクリスは、そのまま大きく飛び上がって日野の首にしがみつく。そしてそのまま日野の髪を引っ張り始めた。どうやら何か探しているようだ。

「んー……クマ、だね！　これ電池で動いているの？」

「違います！」

動いて話してご飯をせびるクマ相手に動じない日野もすごいと思うのだが、そんなこと言ってる場合ではない。

「あのねー、いきなり人に飛びつくとかないでしょう。行儀よくしなさい！」

日野の頭に齧《かじ》りついているクリスを引きはがそうとするが、クリスは日野の髪をしっかり掴んで離そうとしない。髪を引っ張られた日野も痛がっているし、こうなると無理に引きはがすこともできない。

「——おい。配達屋、レナ様に何をしている！　付き合いの話とはどういうことだ？」

「……あっ」

普段の玲奈ならその気配を察しただろうに、すっかり日野とクリスに気を取られていた。気づけば恐ろしい勢いでやってきたアーサーが、日野の襟首《えりくび》を掴んで壁に押しつけている。

「あー、ちょっと待って待って！　何もされてない！　むしろ迷惑かけてるのこっちだし！」

「……アーサーさん、僕、何の話かぜんぜん見えてないんですが」

壁に押しつけられた日野は降参とばかりに手を上げて見せるが、アーサーは日野の首をますます締め上げる。

というか、お互い名前や立場を知っているということは、日野が日本から出入りしてたのを知らなかったのは玲奈だけ——と、今はそれどころではない。

「とにかく！　アーサーは先輩を離しなさい！」

もう一度二人を引きはがそうとした時だった。

「……そう言えば」

背後から新たな低音が響いて玲奈は振り返った。

「配達屋さんは、確か『ヒノ』さんでしたよね……？　ケネスから聞きましたよ？　『ヒノ』という男がろくでもないことを吹き込んだと。困るんですよねえ、うちの聖女様に手を出されると」

――違う違う違う！　手を出すとかそれは断じて違うのだが、今それを言っても聞いてくれそうもない。状況について行けず玲奈が慌てているうちに、ブラムは考えをまとめたようだった。

「ふむ。では、今後レナ様に近寄れないように手を打たせていただきましょうか」

杖を胸の前に持ってきたブラムは、口の中で何事か唱えた。日野の周囲で、魔力が一瞬弾けたような気配がして、玲奈は目を瞬《しばたた》かせる。

「ミラー殿直伝の『気分が悪くなっちゃうぞ結界改良版』です。特定の場所に近寄れないようにするのではなく、特定の人物限定になるように改良してみました。あ、結界の中心点はヒノさんです」

ご機嫌で指を振ったブラムは日野にたずねた。

「いかがですか？　レナ様の側によると気分が悪くなるでしょう……？」

「気持ち悪い……頭痛い……吐きそう……」

気分が悪いのはアーサーにがくがくと揺さぶられているからではないだろうか――と

も思ったが、これも今は関係ない。改良はいいが、こんなろくでもない使い方をするとは思わなかった。玲奈はきつい声でブラムを叱りつける。

「こらー！　ミラーさんの結界をそんなことに使うな！　解除しなさい！」

「嫌ですー」

ブラムは平然として言い放つ。日野は頭痛がひどくなってきたらしく、頭を押さえていた。

「ブラムよくやった！　とりあえず、こいつをルートに放り込むぞ」

「ふむ……レナ。お前はこいつから離れろ」

「その前にあなたたちが先輩から離れなさいよ！」

アーサーは日野を引きずってルートのある部屋に向かおうとしているし、クリスも日野の頭に齧《かじ》りついたまま偉そうに命令してくる。

日野はアーサーに引きずられ、玲奈から五メートルほど離れたところで「あれ、治った？」と言って手を額から離した。その様子を見て、ブラムが顎《あご》に手を当てて考え込む。

「うーん、五メートルが限界ですか。まだ改良の余地ありですね」

「……改良しなくていいから……。とにかくクリス、あなたは先輩から離れなさい。アーサーも……お酒とか配達してもらえなくなるといろいろ困るでしょ！」

玲奈が日野から距離をあけたことで、その場の混乱は一時収まったようだ――何がどうして混乱していたのかすら玲奈にはわからなかったが、日野に齧り付くクリス、その側にアーサーとブラム、そこから五メートル離れたところにいる玲奈、という奇妙な位置関係が出来上がる。

　そこでクリスが思い出したように叫んだ。

「そうだお前、俺の核を持ってるだろっ！　出せっ」

「……核って言われても」

詰め寄るクリスに、日野は困惑した様子だった。

正直玲奈も困惑している。ここ最近『核』と言われて思い出すのは一つだ。

「クリス君、核って――先日神殿から話があったあの物質のことですか？」

ブラムがたずねる。

「おう！　俺が失くしたやつをこいつが持ってるんだ」

クリスがまた日野の髪を引っぱり、日野は痛いと悲鳴を上げる。

「――本当か？　何故わかる？」

「自分のものだからな！　わかるに決まってるだろう」

アーサーに問われ、クリスは頭に齧りついたまま胸を張るという実に器用なことをしてみせた。アーサーが日野に向かって手を差し出す。

「出せ」

「そんなこと言われても、身に覚えがないから困るんだよなあ」

日野は心底困ったような表情になる。

「あなたたち、いい加減にしなさいよね？　先輩が困っているじゃないの」

玲奈としては遠巻きに声をかけることしかできないのが歯がゆいが、近づけない以上しかたない。

「このくらいのサイズの……石に見える物体だ」

クリスがもこもこの腕を振り回して示したのは、親指の爪ぐらいの大きさだった。

「持っていれば渡してあげたいんだけど……あっ」

日野が制服のポケットに手をやった。そこから、車のキーを取り出す。

「ひょっとして……これ？」

日野が皆の方に差し出したキーには、キーホルダーがつけられていた。そしてその銀の台座には、赤っぽい石がはめられたチャームが揺れている。

「この石、ずいぶん昔に拾ったんだよね。どこで拾ったのかは覚えてないけど、こっちに来た時、街中《まちなか》を見物に連れて行ってもらったことがあったから、その時に拾ったのかも？」

日野が揺らしているキーホルダーを、飛び上がったクリスがひったくった。

「とりあえず、これは返してもらうからな！」

ぬいぐるみにキーを奪われてもまったく動じずに、日野はにこにことしている。玲奈は日野を見る目が完全に変わってしまった。以前から頼りになる人だとは思っていたけど、本当に何があっても動じないらしい。昔からイークリッドに出入りしていたのならば、多少不思議なことに対して免疫があってもおかしくはなさそうだが――それにしたって動じないにもほどがある。

「台座から石を外すのはちょっと大変だし、君のものだっていうならキーホルダーごと返すけど、キーはこっちに戻してくれないかな？　それがないと配達できないから困るんだよね」

「貸してください。わたしがやりましょう」

ブラムは手際よくキーホルダーからキーを外すと、それを日野に放り投げる。空中でキャッチした日野は、それをまた制服のポケットに収めた。

「……あの、もらっちゃっていいんですか？」

こんなに簡単に手に入っていいのだろうか。「『もらう』じゃなくて、『返してもらう』

だろう！」と騒ぐクリスの声は、玲奈の耳に入っていない。

「いいよ、もともと拾ったものだしね」

「用が済んだならさっさと帰れ」

そう言ってアーサーはルートのある部屋に日野を追い立てていく。

「……あ」

それを見ながら、玲奈は思わず声を上げた。

付き合いについて返事をするのを忘れていた——まあ、いいか。


神殿に核が手に入ったことを伝えると、核の入手方法についてはいったん棚上げにされることになった。それより先に、これを使う方法を見つけ出す必要がある。

そして、厨房《ちゅうぼう》前での騒ぎから三日後。

玲奈は呼び出しを受けて神殿へと赴《おもむ》いていた。同行しているのはローウェルだ。団長である彼自ら話を聞く必要があると判断したので、城での仕事は他の者に任せてきたらしい。

「……お待ちしておりました」

ノエルは神殿内の一室にこもりきりになっているらしく、出迎えてくれたのはミラーだった。ここ何日間か神殿で過ごすうちにすっかり馴染んでしまったようで、玲奈たちを奥へと案内する足取りにまったく迷いはない。

「……それで、『核』を使うべき場所と方法が見つかったんですって？」

席に着くなり、玲奈は身を乗り出すようにしてノエルにたずねた。

机の上に広げていた資料を片づけ、皆が座る場所を作っていたノエルは重々しく首を振る。

「魔物がこの世界に来るためには、『ルート』に似た通路のようなものを開く必要があるというお話はご存じでしょうか」

「まあね。グリーランドでその通路の出入り口になってる穴を塞いだし」

「……そうです。そして、その穴というか通路の出入り口を開きやすい場所――魔物の世界に繋がりやすい場所と言ってもいいですね――そういった場所には条件があるということが判明したのですよ。ここから先はミラーから説明してもらった方がよさそうですね」

ノエルから説明を引き継いだミラーが、話を続ける。

「その開きやすい場所の条件ってどんなものなの？」

「わかりやすい目印は、神殿――でしょうか」

ミラーの言いたいことが、玲奈にはよくわからない。神殿なんて、この世界では珍しい存在ではないのに。そんな玲奈の疑問はローウェルが引き取ってくれた。

「神殿は、どの都市にも一つは置かれていると思うのだが」

「ええ、その通りです。ただの神殿ではなく――過去、聖女が在籍したことのある都市の神殿――というのが正解ですね」

ローウェルの疑問にも、ミラーは落ち着いた様子で返す。そして玲奈とローウェルの前に、玲奈のいるサンクティア王国全土の大地図を広げて見せた。

「さすがに他の国までは確認が取れなかったのですが。これがサンクティア国内で、過去聖女が在籍したことのある神殿です」

「過去に聖女が在籍したことのある、ね……」

そういえば、グリーランドに赴《おもむ》いた時、代々の聖女はその時一番危険な地域を守っていたという話を聞いたような気がする。玲奈と花江が二代続けて都に来ることになったのは、今も三十年前もここが一番危険だったからだ。

「グリーランド、レーン、そして都……過去数十名の聖女がこの国を守っていたことになりますが、聖女が守った都市に印をつけるとこうなりますね」

ミラーが記した地図には、十ほどの印がつけられていた。その横に書かれている番号は、それが何代目の聖女であるかを表しているのだと言う。中には三つも四つも番号が振られている場所もあった。

「もっとも記録が失われている聖女や、こちらにいらした時、聖女と認められなかった女性もいたそうなので……全て、というわけではないのですが」

「中央神殿が全ての記録を管理することになっているのですが、神官個人の記録までは管理する必要がないわけでして」

ミラーの言葉に、ノエルが弁解するようにつけ足した。

昔の神官たちが記した日記や記録のようなものも、ミラーのような研究者にとっては大変重要な研究材料なのだろうが、中央の管理者側からすればそこまで把握し切れないということだろう。

「……こうして改めて見ると、考えていたよりも偏《かたよ》っているのだな。確かに、騎士団員を多数配属している地域とも重なる……と思う」

地図を睨んでいたローウェルが小声で言った。魔物の出現頻度に合わせて、騎士団員を異動させたりしているため、どこにどれだけの団員が配属されているかが頭の中に入っているのだろう。

魔物は人がいる場所を狙って現れるのだが、それでも過去の記録から比較的出現回数が多い場所と少ない場所があることは知られている。少ない地方にももちろん聖騎士団は配置されているのだが、そういったところでは都とは違って十日以上聖騎士の出動がないということもよくあるらしい。

「しかし、神殿のある都市以外にも魔物が発生している場所はあるのだが、それについてはどう説明する？」

「基本的には、ルートの出入り口はどこにでも開くことができるのですよ。開きやすい場所と開きにくい場所がありますが――皆さんが日頃相手にしているような小物が通れるぐらいの穴ならどこにでも開けるでしょうね」

ローウェルの問いに答えると、ミラーは話を戻した。

「記録を遡《さかのぼ》ったところ、これらの神殿が建てられている場所というのは、過去の聖女たちがもう魔物の出入り口となる穴を開くことができないように封印を施《ほどこ》した場所なのだそうです。今、魔物の出現が増えたり強力になったりしているのは、最近世界間の歪《ゆが》みが激しくなりすぎて、昔の封印が解けかかっているのが原因だということがわかりました」

「解けかかってるってどういうこと？」

「我々の使うルートと、魔物がこちらに現れるのに使う通路はよく似てはいるのですが、決定的な違いが一つあります。我々が『ルート』を開く時には、歪みに干渉しないような措置を事前に施します。一方、魔物の通路は——魔物の世界と我々の世界の間に生じた歪みを利用して作られ、時には歪みを広げてしまうのです」

「……それで？」

「普通、魔物がこちら側に出現した後、穴はすぐ閉じてしまいます。グリーランドで開きっぱなしになってしまったのは、出現した魔物が強力だったか、歪みが激しかったか——そのいずれかでしょう。そして、強力な魔物がこちら側に出現するためには、それだけ巨大な穴を開けなければならないのです——」

「そう言えば、レーンではあの大きな魔物を出現させるのに、都のあたりに出るはずだった魔物が協力してるんじゃないかって話があったわね？」

この世界に来たばかりの頃のことを思い出しながら、玲奈はローウェルを振り返る。

ローウェルは難しい顔をしたまま頷いた。ミラーは話を続ける。

「ですが、ここで『核』を使いさらに強力な封印を施すことにより、魔物の出現を封じ、世界間の歪みが生じないようにすることもできます——少なくとも百年、いや数百年の間は」

ミラーの説明を聞いて、玲奈はグリーランドでの出来事を思い出した。最初に訪れた時は、クマに似た魔物が次から次に現れた穴を塞いだ。その次には、歪《ゆが》みを修正したけれど――

「それじゃ、わたしがこの間グリーランドで歪みを修正したのじゃ不十分ってこと？」

「数十年の間は大丈夫だと思いますが、いずれは同じことが起こるのではないかと――。まずは人口が一番多く、歪みの激しいと思われる都に封印を施《ほどこ》さねばなりません。ここには初代聖女カルディナが初めに封じた場所があります。他の場所もいずれは封じる必要がありますが、とりあえず都さえ封印できれば一安心でしょう」

ミラーの言葉を聞いて、玲奈は隣にいるローウェルにまた視線を向けた。意を決したように、ローウェルは口を開く。

「その場所を封じるためには何が必要なのだ？　必要なものがあれば、こちらで用意する」

「聖騎士団の方で用意していただくものはないと思いますよ。まずは世界間の歪みを修正します。次に『核』を用い、核と同じ性質を持つもの――つまりは魔物がこちら側に現れることができないようにする儀式を行うのです」

ミラーが説明を終える。玲奈は首を傾げた。

「ノエル神官長。それで儀式をやる場所は具体的にどこなの？」

そう問われ、ノエルは困ったような表情になった。

「それも既に選定済みです。ただ、もしその場所で魔物が穴を開けたら、とたんに強力な魔物が出てくることが予想されます――いつ穴が開くかわからない今、大変な危険があると言えるでしょう。街中《まちなか》に張り巡らせている結界の効果は、その場所には及ばないでしょうし」

「……どこ？」

何だか嫌な予感がする。そんな不安を押し殺しながら玲奈はたずねた。すると新たな地図が玲奈とローウェルの前に広げられる。

「都の地下深くには、洞窟が広がっている――のですが」

「レーンの洞窟神殿みたいに？」

そう言えば、レーンの神殿は何故か洞窟の中に作られていた。洞窟内の開《ひら》けた場所には神殿らしき建物があった気もする。さすがにのぞきに行く機会はなかったけれど。

「こちらには神殿はありませんが、過去に聖女が儀式を行ったようです。城から行くのが一番近そうです」

「城って……」

玲奈は首を傾げた。地下の洞窟なんて愉快なものがあったら、絶対にルーカスが遊びに使っていると思うのだが。

そんな玲奈の考えを横から打ち消したのが、ローウェルだった。

「確かに城からは地下に抜ける道がある——いざという時の脱出経路だったと聞いているが……もう何十年も使われていないはずでは？」

「……とりあえず、入り口だけでも確認してみない？　どうせ入るにはいろいろと準備が必要だろうし下見がてらに」

その玲奈の一言で、まずは一同、城へと様子を見に行くことになったのだった。


城に到着し、一階部分にあるその部屋に通されたとたん、玲奈は絶句してしまった。

騎士団本部に使いをやって合流させたアーサーとブラムも、顔を引きつらせている。ローウェルは、現実逃避したそうな表情で腕を組むなりため息をついた。

——床一面に線路が張り巡らされている。

その間に玲奈が持ってきた食玩《しょくがん》やら、お城の模型やらが飾られていた。それ以外にも小さな家やら商店やら……公園らしき場所には植木鉢まで置かれて、ちょっとした街が出来上がっていた。

「はい、質問！」

玲奈は勢いよく右手を挙げた。

「この部屋、地下通路に通じているって聞いたんだけど……その入り口ってどこにあるの？」

「……それはだな！」

ルーカスが玲奈を押しのけるように前に出て、ビシリとある場所を指し示す。

「そこの下だ！」

「あり得ない！」

そう叫んでしまった玲奈を誰も責めることはできないだろう。

ルーカスが指さしたのは、部屋中を縦横に走る線路の中央。

今は床にカーペットが敷かれているが、きっとその下に秘密の入り口があるのだろう。

そこにたどり着くためにどれだけの手間がかかるかを考えると、恐ろしくなってくる。

「緊急事態の時にどうやって逃げ出すつもりだったんだ！」

「そんな事態にはならないから大丈夫だ！」

「そういう問題ではないだろう！」

幼馴染《おさななじみ》の気安さなのか、アーサーは遠慮なくルーカスの襟首《えりくび》を掴んで叫んだ。とはいえ、ルーカスには少しもこたえた様子はない。がくがく揺さぶられても全然平気なようだ。

そう言えば、城に魔物《クリス》が現れた時もルーカスはこの道を使って脱出していなかったな……と、思わず遠い目をしてしまう。

「責任、感じた方がいいのかな……」

たぶん、玲奈がプレゼントしたお城の模型が彼の趣味人魂《だましい》に火をつけてしまったのだろう。

城は三つとも完成している。それが全て一つの町の中にあるのはどうかと思うが、街並みはとてもよくできている——おっと、うっかりルーカスに同調してしまうところだった。

「レナ様のせいではありませんよ。時間もないことですし、運び出すのも面倒ですから……」

ぎゃいぎゃい言い合っているアーサーとルーカスの横で、ブラムはにこりと微笑んだ。

「全部吹き飛ばしちゃいます？　庭に放り出したら、模型はばらばらになってしまうと思いますが、また作る楽しみも生まれるというものですし——部品が行方不明になる可能性も否定できませんがね！」

「ブラム！　余の町になんてことをするつもりだ！」

ルーカスが喚《わめ》いた。

「……ですって。どうする？」

たぶん、玲奈が「やれ」と言うまでもない。だって、今のブラムはとても楽しそうな顔をしている。その気になれば容赦なく模型を全て窓から放り出すだろう。

これだけのものを作り上げる労力を考えれば、最初からやり直しさせるというのはものすごく気の毒な気もするが、玲奈の知ったことではない。

「わたしも協力しようかなー」

「片付ける！　今すぐ片付けさせるから、吹き飛ばすのはやめろ！」

ブラムが杖を掲げたのを見てルーカスが珍しく慌てた声を上げる。そして、すぐに部屋を片付けるようにと使用人たちを呼び集めたのだった。

第七章　それぞれの戦い

全てのものを運び出した模型部屋は、思っていたよりもはるかに広かった。脱出口のあるこの部屋にルーカスがどれだけ物を詰めこんでいたのかを考えると頭が痛くなるが、無事に運び出せただけよしとしよう。

「ここがこんな風になってるとは思わなかったな。探検しておけばよかった」

騒ぎを聞きつけてやってきたクリスが、穴の中をのぞき込んだ。

「……地図はないの？」

「そのようなもの、抜け道にあるはずがないだろう！」

ルーカスが無駄に胸を張る。

「……デスヨネー」

嘆息しながら玲奈は跳ね上げた床板の下にある出入り口を眺めた。ぽかりと開いた口の向こうには、梯子《はしご》が続いている。ここから地下の通路に降りろということだろう。

「……ふむ」

ブラムが穴の縁に膝をついて、中をのぞき込む。

「今のところ、この中に魔物の気配はなさそうですね——おそらく、城周辺に張り巡らせている結界の効果だと思いますが」

玲奈は頭の中に地図を思い描く。このところ、城そのものには近づけなくても、城周辺の魔物の出現率は高くなっている——町の地図を見ていた時にそう考えていたことを思い出した。それはアーサーたちも同様のようだった。

「ということは、城を囲んでいる結界に阻《はば》まれた魔物が、周辺地域の結界が弱っているところに出現している可能性もあるな——ブラム、そうだろう？」

「アーサーの言う通りですね。団長、城の周辺地域で結界の点検を——何人か回してもらえますか」

「わかった。先方に依頼をしておく」

先方とは、本来結界の保守を担当している部署のことだ。ローウェルはそちらへの対応を引き受けてくれた。

「あとは核よねー……クリス、核貸してちょうだい」

「えー……っていうか、『貸して』じゃなくて『ください』が正解だろ？」

「——じゃあ、ください」

「……ヤダ」

日野がキーホルダーにするために嵌《は》め込んだ台座がなかなか具合がよかったようで、クリスが取り戻した『核』は、銀のチェーンに通されて首にかけられている。

あとは核さえあれば魔物の件はどうにかなるというのに、クリスは渡してくれようとしない。確かに『パンツを穿《は》き忘れた』状態というのは落ち着かないと思うけれど、今までそれで過ごしてきたのだから今後も支障はなさそうなのに。

「……えー、王様、何とか言ってやってよー」

「そうは言ってもだな、余はクリスの意思を大切にしたいと――」

「ハナエ様をお呼びするというのはどうですか？　いずれにしてもレナ様が儀式を行っている間はこちらの守りをお願いした方がいいでしょうし？」

ブラムがルーカスの言葉を途中で遮《さえぎ》る。それを聞いたクリスは顔を引きつらせた。

「わ――わかった！　核は渡す！　渡すから!!」

「……よく考えたらさ、わたしもクリスを倒したのにどうしてお母さんのことだけそんなに怖がるの？」

玲奈の言葉に、クリスは首をぶんぶんと激しく振る。

「お前はあいつを知らないから――！」

「いや、よく知ってるって。生まれた時から一緒だし」

花江と過ごした時間なら、玲奈の方がはるかに長い。

だが、クリスが泣きそうな顔をしているので、詳しいことを聞くのはやめておいた。

怒らせると怖い相手であるのは、玲奈もよくわかっている。

＊＊＊

できることなら、すぐにでも行動を開始したかったのだが、玲奈が不在にしている間、何が起こるかわからない以上そうもいかない。ローウェルが結界の保守に手を回してくれている間に、玲奈は神殿で魔物を封じる方法をノエルとミラーから教えてもらっていた。

花江が到着したのは、城の地下通路を見つけ出してから三日後のことだ。

以前と変わりない気楽な恰好でふらりと現れた彼女は、玲奈の話を聞くなりこう言ってのけた。

「とにかくしっかりやってきなさいよ。あなたの仕事を」

一応、危険な場所に赴《おもむ》こうとしているのだが、それを感じさせないこの軽い反応はいかがなものか。

おかげで気が楽になったから、ありがたいと思うべきなのだろう、きっと。

決戦の日は、花江が到着した翌日と決められた。最終的に玲奈が連れていくことに決めたのは、先日グリーランドに同行したのと同じメンバーだった。

ナイジェルを連れていくことも考えたのだが、彼にはこちらに残ってやってもらうことがある、というブラムの一言で、ケネスを連れていくことになったのである。

先日までルーカスの趣味部屋と化していた部屋に集まり、最終的な確認を始める。母とナイジェルはここに残り、城の周辺には万が一の事態に備えて騎士団員が配置される。ローウェルはそちらの指揮をとることになっていた。

「レナ様、これを。使うことにならなければいいと思いますが」

「何これ」

ブラムが玲奈に差し出したのは、赤い石の嵌《は》め込まれたイヤーカフのようなものだった。

「レナ様の言う『ケータイ』みたいなものだと思ってください。こうやって耳につけて使うんです」

ブラムは右耳を玲奈の方に向ける。そこには同じものが着けられていた。

「まだ試作段階ですが、何があるかわかりませんから。洞窟の中で誰か迷子になる可能性もありますしね」

ブラムの説明によれば、話したい者が中継者に向かって思念を送ると、受け手にそのまま転送されるという仕組みだそうだ。最近ナイジェルと引き込もって何やらごそごそしていると思ったら、これを開発していたらしい。ナイジェルをこの場に残すのは、彼が中継者の役目に担《にな》うため——そして万が一の時には応援を率い、玲奈たちの退路を確保するためだった。

「もっとも、まだ実用化には程遠いんですよね。話したくても持ち合わせている魔力が強くなければ、スムーズに会話が成立しなかったりしますし」

アーサーやエリオットあたりは苦労するだろうとブラムは告げる。それでもないよりはましということなのか、アーサーとエリオットの耳にも同じ品が嵌め込まれていた。

そこへぱたぱたと飛んできたダイスケが、玲奈の肩に着地した。

「レナ——気をつけてくださいね。魔物が出てくるまでもう少しという感じに思えるんです」

「にゅ！」

ダイスケの言葉に、任せろと言わんばかりにバッカスが鳴く。そしてバッカスは玲奈の肩ではなく、ブラムの頭の上へと移動した。

「……それじゃ、行ってきます」

玲奈はそう告げて、真っ先に梯子《はしご》を降りていったアーサーに続いた。

一番下まで降りると、その先には石造りの通路が伸びていた。玲奈が目を凝《こ》らして通路の奥を眺めていると、バッカスを頭に乗せたブラムが降りてくる。

王族の脱出用の通路という話だったが、長い間使われた気配はなかった。空気は澱《よど》んでいないから、どこかに空気の通り道はあるのだろう。

ケネスとエリオットが降りてくるのを待って、一行は通路の奥へと歩き始める。

「足元が見えているだけありがたいと言うべきなんでしょうね」

と言ったのは玲奈。通路の壁も床も白い石で作られていて、わずかに発光している。

「でも、この先何が控えているかわかりませんからね。気をつけなければ」

そう返したのは、しんがりを歩いているエリオットだ。石造りの通路では声が反響して聞こえる。

「あいたっ！」

通路の天井はさほど高くはない上に、ところどころ低くなっている箇所もあった。

最後から二番目、エリオットのすぐ前を歩いていたケネスが頭をぶつけた。

「――気をつけろと僕は言わなかったか？」

「聞いてないデス……」

呆れたようなエリオットの声に、長身を屈《かが》めているであろうケネスの声が重なって聞こえる。これから強大な敵を相手にするかもしれないというのに、いつもと調子が変わらないのはいいことなのか悪いことなのか。

「そろそろ、城の敷地を抜けるようだぞ」

先頭を歩いていたアーサーが皆の注意を促《うなが》す。今まではそれなりに整備された道だったのだが、ここから先は洞窟を抜けていくようだ。

「ちょっと待ってください。明かりをつけますね」

ブラムが魔力で光の玉を浮かべる。

「ありがとう。じゃあ、ここからはわたしが先に」

ブラムに礼を述べて、玲奈が足を踏み出した時だった。

後ろにいるブラムの頭に乗ったバッカスが、

「うにゅう！」

と警告するような声を上げる。

「うっそ！　もうちょっと早く言ってよぉぉぉ！」

がくんと足元がいきなり開いたような気がして、玲奈が悲鳴を上げる。

「レナ様！　手を！」

そう叫んだのは、ブラムだったかアーサーだったか。それを確認している余裕などなかった。急に下に引っ張られた玲奈は、そのままどんどん沈み込んでいく。

「――何があったんだ！」

真っ暗闇の中、そう叫んだのはたぶんアーサーだ。

それを認識するかしないかのうちに、玲奈の意識は閉ざされた。

＊　＊　＊

「……様、レナ……様」

自分の名を呼ぶ声に玲奈は目を開く。

「いったぁい……」

開口一番そう言ってしまったのは、自分がごつごつとした場所に寝かされていることに気が付いたからだ。

「ここ、どこ？」

目を開いても、あたりは真っ暗で何も見ることができない。

「……わからない。気がついたら、俺とレナ様だけがここにいた」

「ちょっと待って」

あまり大がかりな明かりをつけるのもよくないだろうと、起き上がった玲奈は指の先にごくごく小さな明かりを生み出した。

「ぎゃあ！」

「……そこで悲鳴を上げるのもどうかと思うんだが」

思っていたよりはるかに至近距離にアーサーの顔があった。どうやら玲奈の頭の下に自分の上着を丸めて入れてくれていたようで、それを取ろうとこちら側に身体を傾けたところだったらしい。

「そ、そうね……それはごめんなさい。というか……ここ、真面目にどこ？」

玲奈はきょろきょろとあたりを見回す。小さな明かりで確認できる範囲では、どこか洞窟っぽいところにいるということしかわからない。

『……魔物の中にも意外に知恵が回るのがいたみたいね』

「何？　何、お母さん、今どこにいるの？」

不意に頭の中に母親の声が響いて、玲奈は飛び上がった。それから、ブラムが渡してくれた通信機の存在を思い出して耳に手を当てる。

『……こっちの動きが、魔物側にばれていたみたいね。封じられたら、あいつらも困るでしょ。だからこちらの戦力を分散したってところかしら。そこからあちこちに罠《わな》が仕掛けてあるみたいだから、注意してちょうだい』

「……って言われても。ここからどっち方向へ行けばいいのかもわからないのに？　っていうか、他の皆は無事なの？」

この場にいるのはアーサーと玲奈だけ。他の人たちはどこに行ってしまったのだろう。

『一応、ブラム君の方は問題ないのよ、バッカスちゃんと一緒だし、彼自身も一流だしね。彼とは連絡が上手に取れるんだけど……』

「どういうこと？」

花江の話によれば、玲奈たちは三つのグループに分かれて飛ばされたらしい。

先頭を歩いていたアーサーと玲奈、次に歩いていたブラムがそれぞれ飛ばされた後、最後尾にいたエリオットとケネスが一緒に飛ばされたのだと言う。

「確かにケネスじゃ、まだ難しいかも」

ケネスは魔術師としては発展途上もいいところだ。以前に比べるとだいぶ上達してきたとは思うけれど、まだ彼だけでは心もとないのも事実だった。唯一よかったと思えるのは――一人で飛ばされたわけではなく、もう一人一緒にいたということだ。

「エリオットと一緒だったらそこまで心配しなくてもいいかもね。それで、ケネスと連絡取れる？」

『取れないわけじゃないんだけど、ナイジェル君が全力で集中してどうにかかってとこかなー』

そこで花江は大きくため息をついた。

「……ナイジェル」

玲奈は、思念を城にいるはずのナイジェルに向けた。

「とりあえず、ケネスに繋ぎたいの。大丈夫？」

『了解！』

「さっき俺が繋ごうとしても駄目だった。魔術師同士でなければ使えないというのなら、まだ改良の余地が残っているな」

アーサーがそう言ったけれど、玲奈は唇に人差し指を当てて、意識を集中させた。

＊＊＊

地面に座りこんでいたケネスは、指先に小さな明かりを灯した。

「バカ、いきなり明るくするな！　魔物がいたらどうするつもりなんだよ！」

「……まだ昼間だから大丈夫だと思ったんですけど……」

「この間のグリーランドも昼間だったろ？　……まあ、いいけど。魔物の気配もなさそうだし──ケネス、お前は何も感じないか？」

こうしてエリオットとケネスが二人きりでいるという状態は非常に珍しい。所属する隊が違うこともあり、任務上の接点すらほとんどないのだ。

「……今のとこ、僕も感じませんけど。あっちに向かって歩いてみます？」

ケネスは明かりを灯した指先を、通路の奥に向かって振る。

「こういう時は勝手に動かない方がいい」

「そうですか」

素直に答えるケネスを見て、エリオットは深々とため息をついた。

何でよりによって、一緒に飛ばされた相手がケネスなんだろう。アーサーと一緒なら間違いなく適切な行動を指示してくれただろうし、それはブラムでも同じだ。

「あの人と一緒なのとどっちがましなんだろうな……」

「何か言いました？」

「……別に」

一緒に飛ばされたのがあの人——聖女だったなら、こういう時どうするのだろう。まず間違いなくぎゃーぎゃー騒ぐに違いない。そう思い、エリオットはしかめっ面になった。続けて、けれど心を落ち着けた後は、と考える。

きっと目の前のことから逃げ出したりしない。時に泣いたり喚《わめ》いたりしながらも、真っ先に敵の中央に飛び込んでいくはずだ——彼女なら。

これ以上考えてもしかたない。エリオットは首を横に振る。彼女のような真似はできなくても、後輩を連れている以上、彼の安全を確保しなくてはならない。ならばどうするか。

「それにしてもこう暗いと嫌になっちゃいますよねー、僕暗いところダメで。エリオットさんは？」

「……別に」

どうしてこうケネスは黙っていられないのだろう。どうすべきか考えようとしているのに、隣でぺらぺらしゃべられたら少しも考えをまとめることができない。

「レナ様を探しに行かなくていいんですか？　あ、レナ様たちがこっちを探していたら困っちゃいますよねー。やっぱり動かない方がいいのかな？」

「……ケネス」

エリオットはケネスに向かって指を突き出した。

「お前はちょっと黙ってろ。これからどうするべきか考えているんだから」

するとケネスがエリオットの方へと身を乗り出した。

「エリオットさん、どうしたらいいのかってわかります？」

「だから！　今、黙ってろって言ったばかりだろ。というか、お前もどうしたらいいのか考えろ」

エリオットの剣幕に困ったような顔をして、ケネスは口を閉じる。エリオットは彼の指先に灯る明かりから目を逸らした。

「あ」

「だから黙って……」

しーっと、今度はケネスが唇に人差し指を当てて、黙るように合図する。エリオットは不満顔をしつつも口を閉じた。彼の視線の先でケネスは空中を見上げ、何かに集中するように視線を動かさないでいる。

「……わかりました！」

「だから大声出すなって」

何がどうなっているんだろうといらいらしながら、エリオットはケネスの方へ一歩踏み出した。勢いよく立ち上がったケネスは、エリオットの腕を引っ張る。

「大丈夫です、行きましょう」

「行きましょうって、どこへ」

「……今、レナ様と話をしたんです。これの存在、忘れてました！」

ケネスはうきうきした様子で、耳に手をやる。そこに赤い石が輝いているのをエリオットは見た。

「……ああ」

同じものがエリオットの耳にも嵌《は》められているが、一度使おうとして駄目だったので諦めたのだ。

「ここでその通信機が使えるとは思ってなかったな。一緒に飛ばされたのが聖女様やブラム様ならともかく」

「レナ様ならともかくって、そういう言い方って、僕どうかと思うんですよー」

ケネスが口を尖らせる。そうすると年相応の顔になるが、エリオットはかまわずに首を振った。

「で、どっちに行けって？」

「……北、だそうです。北ってどっちでしょうね？」

「……ついてくればいい」

エリオットはケネスの光で方位磁石を確認し、先に立って歩き出す。ケネスはその後ろをのそのそとついてきたが、その間も口を閉じようとはしなかった。

「それでですねー！　クリスが僕の相手をしてくれた時の話なんですけどー！」

「……ケネス。僕は、お前に口を閉じろって言わなかったか？」

我慢できなくなったエリオットは、足を止めてくるりと振り返る。

「うーん？　僕、そんなにうるさいですか？」

ケネスは首を傾げた。その首がエリオットのはるか上の方にあるのがさらに苛《いら》つくのだが、今そこを気にしてもしかたがない。進行方向に向き直って足早に歩きながら、エリオットは吐き捨てる。

「自覚ないっていうのは、たちが悪いな！」

「うるさくしているつもりはないんですけど」

「……お前は、足元だけ照らしていればいいんだ。口は閉じてろ。気が散るから！」

「気が散るって……何を考えているんですか？」

「だから！」

イライラが最高潮に達したエリオットが足を止めた時だった。

ぐらり、と足元が揺れたような気がして、思わず洞窟の壁に手をついてしまう。

「エリオットさん！」

ケネスが叫んだ次の瞬間——エリオットは勢いよく自分の身体が弾き飛ばされるのを感じ取っていた。とっさに両腕で頭をかばい、頭部を強打するのだけは避ける。

洞窟の壁に身体を叩きつけられ、息が詰まる。それでも彼は素早く身体を反転させて自分の状態を確認した。したたかに打ちつけた左腕が痺《しび》れていて、しばらくはまともに動かすことができそうもない。骨が折れてないのだけが救いだ。

「このおっ！　こっちに来るなっ！」

ケネスが喚《わめ》くのが聞こえる。間近に迫った敵の気配を感じ、無意識に腰に吊した剣に手を伸ばす。

エリオットの場合、最前に出ることはほとんどないから、他の聖騎士よりも短めで細身の剣を使っている。一番得意とするのは弓だし、接近戦においては不利な体格であるが、剣で打ち合ったとしてもそこそこやれるという自負はあった。

「……ケネスッ！　落ち着け、援護しろ！」

「でもっ！」

ケネスは半ばパニックに陥《おちい》っているようだ。二人きり、暗く狭いところで魔物に遭遇するなど考えてもいなかっただろうから、気持ちはわからなくもないのだが。

だからといって、今ここでむやみやたらに魔術を使われても困る。エリオットが巻き込まれるとか、ケネス自身も巻き込んで暴発するとか、うっかり天井を破壊してしまうとか——嫌な想像だけが次から次へと浮かんでくる。とにかく、ケネスを落ち着かせることが先決だ。

「ごちゃごちゃ言うな！　あんまり喚《わめ》くと頭を蹴り飛ばすぞ！」

「頭蹴り飛ばすってひどい！」

わざとかけた辛辣《しんらつ》な言葉に、ケネスは想定通り落ち着きを取り戻したようだった。それでいい、とエリオットは思う。戦闘中に落ち着きを失うのは大問題だ。

「そっちに行く！　隙を作れ！」

「はいっ！」

大丈夫だ。左腕ももうしばらくすれば動かせるはず。右手一本で剣を構えながらエリオットはじりじりと前進する。

やがてケネスの明かりに照らされて魔物の姿が明らかになる。

二人の前に現れたのは、レーンの洞窟神殿で見たような魔物だった。手足のない蛇のような体型なのだが、胴体の中央部分が異様に膨らんでいる。伝説の『ツチノコ』なるものに似ていると玲奈は言っていたが、そんな生物はこちらには存在していない。

「エリオットさん、行きますよっ！」

ケネスが生み出したのは、大きな炎の玉だった。それを魔物目がけ力いっぱい投げつける。

魔物が頭をぶんっと振ると、その勢いで炎の玉は今度はエリオット目がけて宙を走ってきた。

「何やってるんだよっ！」

ケネスには悪いけれど、よけられることはエリオットの中では想定済みだった。炎が自分のところに来るのは少々想定外だったが。

ケネスを怒鳴りつけつつ飛び込むようにして魔物の側をくぐり抜け、ケネスの近くの地面で一回転して跳ね起きる。

「……もう一度！」

エリオットの声にかぶせるように、魔物の喉から恐ろしげな唸《うな》り声が上がる。それにもかまわず剣を構えたケネスが大きく息を吸い込むのがわかった。

魔物が大きく頭をのけぞらせる。

「駄目だ、散れ！」

頭を使って二人を払うつもりなのだと察知して、エリオットは叫んだ。二人が左右に別れた次の瞬間、魔物が上から地面目がけて突っ込んできた。

「エリオットさんっ！」

ケネスの緊迫した声が響く。エリオットは嫌な汗をかいている左手を隊服にこすりつけた。

二人きりというものが、こんなにも緊張を強いられるとは予想していなかった。

いつもなら——周囲に頼れる人たちがいるのに。

「無理するな、僕がとどめを刺すから、ケネスは動きを止める方に専念しろ！」

「はいっ！」

逃げる、という選択肢はなかった。一撃で決めなければ——やられてしまう。

ケネスが意識を集中している気配がエリオットの方まで伝わってくる。

魔物がもう一度二人目がけて飛びかかろうとした瞬間——再び地響きが起きたような

気がして、エリオットは身を固くする。けれど、魔物はエリオットを潰したりなどしていなかった。

「止めました！」

そう叫ぶケネスの声に得意げな色が混ざっているのはしかたのないところだろう。

魔物が地面の上でじたばたと暴れている。それは、太くなっている胴体の中央を床から生えた岩の刃《やいば》が貫いているからだった。

貫かれた魔物が暴れるたびに、頭やしっぽが激しく洞窟の壁を叩く。

「気を抜くな！　僕が息の根を止めるまで逃げられないようにしておけ！」

こちらに向かって前進してこないだけ、相手の動きは読みやすいはず――エリオットは一気に魔物に接近すると、頭が持ち上がった瞬間にその下へと潜り込んだ。そして下から剣を突き上げ、魔物の喉を一気に切り裂く。

そのまま魔物の後方へと逃げ込めば、太い尾がエリオットを狙ってきたが、魔物の背中に上ることで上手くかわした。

「――ダメです！　これ以上は――！」

焦ったケネスの声がする。喉を裂いても死なないということは、傷が浅かったということか。軽さを優先して、短い細身の剣を使っていることを初めて悔やむ。けれど、ここで悔やんでいる時間なんてない。エリオットの視線の先で、ケネスが手を上げるのが見えた。

「――エリオットさん、伏せて！」

「無茶言うな！」

魔物の身体の上にいるのに伏せろとはまた難しい注文をつけてくる。けれど、ケネスが氷の刃《やいば》を生み出そうとしているのに気がついて、エリオットは魔物の身体にしがみついた。

ケネスの指先から放たれた氷の刃が、魔物の頭を左右から切りつける。魔物が一段と大きくのけぞったその瞬間、エリオットが動いた。

魔物の長い胴体を駆け上り、首の上から思いきり剣を突き立てる。そのまま横に切り裂こうとしたところで、倒れ込んだ魔物の頭が地面に着いた。

そのままエリオットも放り出されるようにして、床に転がり落ちる。だが立ち上がろうとしたところで、ケネスにもう一度突き倒された。

何をしているんだと舌打ちをしながら顔を上げたその時、重いものが叩きつけられる音がした。

見れば魔物の頭の向こう側では、壁に激突したらしいケネスがずるずると床の上に落ちてくるところだった。最後の力を振り絞った魔物が、頭で一撃喰らわせていたらしい。

「――こいつ!」

剣は取り落としてしまっている――素早く視線を走らせ、飛びつくようにして近くに落ちていた剣を拾い上げると、エリオットはそれを魔物の目に突き立てた。

じたばたと暴れる魔物が動きを止め――そのまま霧散《むさん》して消えていく。

完全に姿が消えたのを確認してから、エリオットは振り返った。

「ケネス、大丈夫か?」

「痛い……です」

捻《ひね》った右手を顔の前でぶらぶらさせながら歩いてきたケネスがため息をついた。ここに聖女がいたならすぐに治してもらえるのだろうが、あいにくと彼女はいない。

「手、出してみろ。折れてはない、な」

「たぶん、ひどく捻っただけで」

「右手っていうのが痛いよな。いざとなったらお前を盾にしようと思っていたのに」

「……え」

さすがのケネスも顔をひきつらせた。

それにもかまわずエリオットは、隊服のポケットからハンカチを取り出した。それから、矢筒の底から小さな板を引っ張り出す。それを添え木代わりにして、ケネスの手を固定した。

「この板、本当は何のために使うものなんですか？」

「ん？　ああ……なんか、ハナエ様の精霊が持っていけって言うから」

ハンカチの結び目がきちんと結べているかを確認したエリオットは、首を横に振りながら言う。

「『絶対に必要になりますからね、持って行かないと後悔しますよ』とか何とか言って矢筒に突っ込んで、こっちが出そうとするとものすごく怒るんだぞ。持ってくる以外にどうしろと？」

「このために持たせてくれたんでしょうか……」

「どうなんだろうな。たいして邪魔にもならないから入れておいたけど、いつもこうだと思ってもらっちゃ困る」

応急手当はあっという間に終わった。ケネスはエリオットに向かってぶん、と手を振って見せる。

「いい感じです。ありがとうございます！」

「……僕のせいでもあるわけだから」

エリオットはぷいと顔を背けた。

エリオットからすれば、ケネスは後輩だ。役割分担があるとはいえ、後輩に怪我をさせてしまったとなると、少々、いやかなり気が咎《とが》めるのだ。むろん聖騎士団に所属している以上、このくらいの怪我は日常茶飯事ではあるけれど——後輩と二人きりで放り出されるという経験は、それまでのエリオットにはなかった。

「それで？　皆と合流できる場所まで、あとどのくらいなんだ？」

ケネスが耳に手を当てて、眉間に皺《しわ》を寄せる。どうやら、意識を集中するとそういう表情になってしまうらしい。やがて、彼はエリオットの方へと意識を戻した。

「あともう少し、だそうです。十分かからないんじゃないかな」

「……そうか。それじゃ、行こうか」

エリオットが先に立って前へと進んでいく。

あと十分——本当にそこで、魔物を封じることができるのだろうか。

その疑問をケネスに投げかけようかとも思ったけれど、やめておいた。

＊　＊　＊

玲奈が、ナイジェルを通じて聖騎士たちと連絡を取ろうとしていたまさにその頃。

「困りましたねえ、そうは思いませんか？」

頭上に光の玉を浮かべたブラムは、身体の前に杖を突き立て、ちょうど椅子と同じくらいの高さの岩に腰かけていた。その言葉とは裏腹に、彼の表情にはさほど困っている様子はない。ブラムの頭に乗っていたバッカスは、うにゅうにゅとつぶやいて不安げに彼の膝の上へと移動してくる。

「他の皆を探しに行った方がいいと思います？」

「うにゅ！」

「はぐれているのがわたしだけだったら、見つけてもらうのを待っていた方がいいんですよね、きっと」

「みゅう」

ブラムは周囲の様子をうかがう。どうやら地下迷宮のどこかに飛ばされたということまではわかったが、付近に魔物の気配は感じられない。

もし、彼一人しかいないところに魔物が出没したなら——逃げるのが一番早そうだ。

『ナイジェル——聞こえますか——？』

左の耳につけた通信機に手を当てて呼びかけてみるけれど、どうやらナイジェルの耳には届いていないようだ。いや、それはブラムの間違いだった。

『今、玲奈ちゃんと話しているからちょっと待って！』

いかにもうるさいと言った口調でナイジェルの思念が頭の中に響く。

「……待ってろ、だそうですよ。ではおとなしく待つとしましょうか」

他の連中のことが気にならないと言えば嘘になるが、ナイジェルと玲奈が連絡を取ることに成功したというのなら、さほど心配する必要もないのだろう。

「レナ様は、頼りになりますからね」

「うにゅう？」

それは本当かと言いたそうに、バッカスが鳴き声を上げた。

「おやおや、レナ様は君のご主人でしょうに」

「にゅ！」

「違う、とでも？」

ブラムの解釈では、精霊は聖女に仕えるために呼び出された存在であるはずなのだが。

けれど彼の膝の上にいるバッカスは、つい今しがたの不安な様子はどこに行ったものか、胸を張るようにして立ち上がる。

「……対等、ですか」

バッカスがそう言ったようにブラムには感じられた。聖女と精霊は対等なのだと。どちらが欠けても成立しないのだと言われれば、ブラムにはそれ以上のことは言えない。

「……不公平、ですよねぇ」

不意に彼の口から出てきた言葉に、意外だというようにバッカスが首を傾げる。ブラムは彼に言い聞かせるように指を振って続けた。

「いいですか？　我々が必死に努力して得た力を、あの方はたやすく超えて行ってしまうんですよ。努力しても追いつくことができない。あの方に頼りきりになってしまっている――というのは申し訳ないですよね」

ブラムの顔に浮かぶのは彼女の才能への純粋な憧憬《どうけい》か、どうあがいても追いつけない相手への嫉妬か――それはブラム本人にもわかっていないようだった。

「みゅう」

バッカスがまた首を傾げる。

「君には難しいですか？」

「にゅう」

「レナ様がいなくなったら、とても寂しくなると思うんですけれどもね」

内緒ですよ、とブラムが付け足すと、バッカスは心得顔《こころえがお》で頷いた。

しばらく待っていると、花江の声が頭の中に響いてくる。

『お待たせー。そこから西に進んでちょうだい。玲奈とアーサー君もそっち向かってるし、お子様たちも移動を始めたから』

「わかりました。ところで、ケネスと連絡が取れないのですが」

『大丈夫。ケネス君とエリオット君は無事に正しい方向に進んでいるから安心して』

そう言いながらも花江は苦笑いしたようだった。

『あの子はちょっと集中力が足りないのかしら。こっちまでは何とか声を届けられるのだけれど、ナイジェル君に中継してもらおうとすると、どうも力が足りないみたいで。あなたや玲奈のところまで行かないのよ。あなたと玲奈となら直接話せると思うんだけど』

「ケネスには帰ったら、もっと修業に励むようによーく言い聞かせておきますよ」

頭の中に花江が笑っているような気配が伝わってきた。無事に帰ることができたら、という不吉な前提は頭から追い払っておくことにする。

「では、西に向かいますね」

ブラムは魔術で方角を確認し、花江との会話を終えて歩き始めた。

頭上には引き続きふわふわと白い光の玉を浮かべる。そのおかげで、あたりは真昼同然とは言わないものの、それなりに明るく照らし出されていた。

とはいえ、まっすぐに指定された場所に向かうのは難しいことだった。何しろ自然に作られた洞窟だ。西に行けと言われても一本道なはずもなく、ところどころで左右に分かれたり、大きく迂回《うかい》したりしている。

しばらくしてふと玲奈の現状が気になり、思念を向けてみる。が、なんだかざわざわとしていて要領を得ない。そこでまた花江にたずねる。

「アーサーと……その、レナ様は？」

『さっきから一箇所で止まったまま、連絡が取れないのよー。もしかしたら魔物との戦闘に入ったんじゃないかしらね』

最初は通信機能だけのつもりだったのだが、通信時に中継者が相手の位置を正確に把握する必要があるため、位置測定機能もつけたのだ。

「……そう、ですか。どこかでケネスとエリオットに合流できればいいのですが」

恐らく、玲奈とアーサーの二人なら心配する必要はない。ならば、経験の足りない二人の援護に回った方がいいだろう。

「みゅう」

頭の上にいるバッカスが、早くしろと言いたげな声を上げた。

「……そうですね。ここでぐずぐずしていてもしかたないですし、急ぐとしましょう」

同意を返したブラムは前方の闇を見据える。

何か、嫌な気配がする――

それは、彼が聖騎士団に入って積んできた経験が本能的に告げてきたものだった。

「バッカス君。君は隠れるなり逃げるなりしておいた方がよさそうです。君に何かあったらレナ様は魔物を封じることができないでしょう？」

「うみゅう」

「大丈夫ですよ。これでも、聖騎士団一の魔術の腕の持ち主だと言われているんですから」

頭から下ろされたバッカスが不安そうな顔をすると、ブラムはぽんと自分の腕を叩いてみせる。そんなことで、バッカスの不安が解消するかどうかはよくわからないが。

「――君は行きなさい！」

バッカスに言い放つのと同時に、ブラムの周囲を激しい風が吹き抜けていく。

と同時に、ぐるる！　という何とも可愛げのない声が響いてくる。

「ここで足止めされているわけにもいかないんです、どいてください！」

杖を身体の前に掲げたブラムの視線の先にいるのは、真っ黒な魔物だった。後ろ足で立ち上がれば、ブラムと同じくらいの背丈になるだろうか。

犬か狼といった容貌で、口からは鋭い牙が突き出ている。後頭部から背中にかけての毛がやたらに長いのが特徴的といえば特徴的だ。

「――おっと！」

いきなり飛びかかってきた魔物を、ブラムは手にした杖で打ち払うことで避けた。そしてそのまま大きく後方へ飛び、魔物との距離を開ける。

「逃げて済む相手ならそうするのですがねぇ」

そう口にしたのは――驚くべき勢いで再び魔物が接近してきたから。ぎゅっと唇を引き結んで、ブラムは再び杖を横に払う。杖の先端から生み出された突風が、魔物の顔目がけて襲いかかった。

ぎゃー！　っと痛みを感じたような声を発したものの、魔物は戦意を失ったりはしなかった。背中を丸めて、毛を逆立てている。

一瞬、静寂が二者の間に満ちた――それを先に破ったのは魔物の方だった。

背中の毛を逆立てたまま、ブラム目がけて突っ込んでくる。ブラムが横に飛んで避けようとした瞬間、彼の足に何かが突き刺さった。足を傷つけられ、その場にブラムは横転する。そこに素早く魔物がのしかかってきた。

「――なるほど、ね。これは不意打ちでした」

転んでも手放さなかった杖を両手で握り、魔物の牙が自分の首に食らいつこうとするのをギリギリと防ぎながら、ブラムは苦笑いする。

「では、あなたの方から逝《い》ってもらいましょうか！」

全身の力を込めて上にいる魔物を蹴り上げ、素早く跳ね起きる。そして自分の足を傷つけた『何か』があったところ目がけ、思いきり魔力で作り出した炎の玉を叩きつけてやった。

地面が抉《えぐ》れ、岩が飛び散った――と思いきや、そうはならなかった。呻《うめ》き声と共に、そこからゆらりと立ち上がったのは――もう一体の魔物だった。

「地面に偽装するとは、なかなかやりますね――と、でも言えばいいんですか？」

軽い口調で言ってみるが、この状況が非常にまずいことは十分に承知していた。魔術師といえど、肉体的な訓練も十分に積んでいる――が、足を傷つけられたのはまずかった。いつもと同じように動くことができない。

「こんな時……あの方なら、どうするのでしょうね？」

そうつぶやくことで、思考を整理しようとする。聞けば『聖女』は、戦いとは縁のない場所から来たのだと言う。最初のうちこそ魔物の外見がアレだと泣いたりしていたものの――いつの間にか、真っ先に戦いの場に飛び込むようになっていた。

「ここで負けては、あの方に合わせる顔がありませんからね――!」

わずかに左に寄り、魔物と対峙する位置を変える。

二体の魔物がタイミングを合わせて飛びかかってきた。片方は即座に生み出した氷の壁で排除してやる。が、もう片方の魔物には魔術攻撃を加えている余裕はなかった。

「……意外にやるんですよ、わたしも。驚きましたか?」

数秒前に左手でとっさに掴んだのは、ブーツの中に仕込んでいるナイフ。それを胸に受けた魔物は、地面に倒れて手足をばたばたとさせている。背後からは、もう一体の魔物が氷の壁に体当たりする音が響いてくる――長くは保《も》たない。

「……消えてください!」

ナイフを胸に突き立てたままの魔物を焼き払ってとどめを刺す。振り返るのと、氷の壁が破壊されるのは同時で――飛びかかってきた魔物を、杖を払ってなぎ倒す。傷ついた方の足に負担がかかって、思わず顔をしかめた。

そのまま、杖を前に掲げる。途端にブラムの方に向き直ろうとしていた魔物は、下から生じた岩の刃《やいば》に刺し貫かれて悶絶《もんぜつ》した。

やがて魔物を貫いていた刃が砕けて散らばる。手足を硬直させた魔物はゆっくりと地面に崩れ落ち――そのまま消滅した。

「……ふぅ。このままでレナ様の前に行くわけにもいかないでしょうねえ」

頬のあたりがじりじりするのは、床に叩きつけられた時に擦りむいたからだろうか。あちこち身体を動かしてみるが、幸いなことに大きな怪我はしていないようだ――顔についた傷と先ほど絡め取られた足をのぞけば。特に足は、膝の下あたりを噛まれていて、歩くのにしばらく難儀しそうだ。

「何でよりによって一番目立つ場所なんでしょうねえ。これじゃ見た目が悪くてしかたないじゃないですか」

ぶつぶつ言いながら、ブラムが歩き始めた時だった。とんとんと肩を叩かれる。

「おや、バッカス君。君は先に行かなかったんですか？」

「うにゅう」

弱々しい声で鳴いたバッカスに、ブラムは思わず噴き出した。

「迷子になってしまったんですか。それではしかたありませんね。ナイジェルとハナエ様には聞かなかったんですか？」

「にゅうー」

「君なら聞かなくても、レナ様のいる場所くらいわかるでしょうに」

重ねてそう言ったけれど、バッカスはそれ以上反論してこなかった。他の人には、迷子になったというのを知られたくなかったのかもしれない。

「もしかして、わたしを心配してくれたんですか？　君は優しいですねぇ」

ブラムのその言葉にもまた、返事はなかった。

その代わり肩に移動したバッカスは、傷ついた頬に手を伸ばしてきた。やがて、にゅ！と鳴いたかと思うと、じりじりとした嫌な痛みが引いていく。触れてみても怪我をしたような感触はない。

「驚きました。さすが聖女の精霊、というべきでしょうか。君にこんな力があるとは思いませんでしたよ」

「みゅ！」

「おや、足の方もばれていましたか。君は鋭いですねぇ」

ちょろちょろとブラムの身体を下へと伝っていったバッカスは、魔物との戦いで傷ついたブラムの足に前足で触れる。すると、そちらの痛みも引いていった。

「……さて、他の人と合流しましょうか。この分だと――後にはもっと強力な魔物が控えていそうな気がしますね。ケネスが足を引っ張っていなければいいのですが」

足の痛みが完全に消えたところで、ブラムはバッカスを頭の上に乗せる。

歩き出した彼の顔からは、珍しく笑みが消えていた。

＊　＊　＊

洞窟はどこまでも続いているように玲奈の目には映っていた。

東へ行け、と母から指令が下ったのはいいのだが、どのくらい歩けばいい、というのは教えてもらえなかった。

「ねえ、アーサー」

一応剣を腰に吊ってはいるのだけれど、バッカスがいないと何だか不安になってしまう。それを悟られるわけにもいかず、玲奈は先を歩くアーサーに何事もなかったかのように話しかけてみた。

「……何だ？」

「えっと……」

困った。話しかけたはいいものの、何を話せばいいのかわからない。場を持たせるためには天気の話というが、今ここで「いい天気ですね」とか言うのはものすごく違う気がするし。

「アーサーってさ……その、ええとそうだ、家族とかどうしてるの？」

「父と母と弟が二人。都にいるぞ」

「……あ、そうなんだ。意外ー」

そう言えば、聖騎士団の皆とはそれなりに付き合いはあるが、家族構成とかは全然話題に出したことがなかったような気がする。

エリオットとナイジェルが従兄弟《いとこ》だというのは知っているが、それだけだ。エリオットとナイジェルの場合、身長と化粧をのぞけば割と似ているので、血縁関係にあることはすぐにわかるのだが。

「何が意外なんだ?」

「いや、何ていうか……都にいるって言っても、非番の日に家族のとこに行ってきたなんて話聞いたことがなかったからさー。てっきり遠くに住んでいるものだとばかり。というか、アーサーが休んでいるところ自体、見たことがないような気もするんだけど」

「まったく会ってないわけじゃないぞ。街中《まちなか》で顔を合わせることもあるからな。それに、あまり戻らないようにと父親に言われている」

「……何で?」

アーサーの言葉に、玲奈はそれしか言うことができなかった。つい先日まで、母親と割と疎遠になっていた玲奈が口にするのもおかしな話だが。

先を行くアーサーはこちらを振り返りもせず、何でもないことのように続ける。

「家族より皆を守ることを考えろと、聖騎士団への異動が決まった時に言われた。だから、家には年に一度しか戻らない」

「……それって」

玲奈にはわからない。側にいるのだから、遠慮しないで会いに行けばいいのに。

「魔物にやられて前線に立てなくなるまでは、父親も聖騎士だった。兄弟三人の中で、素質を受け継いだのは俺だけだったが――だからこそ、魔物を退治する方に力を注《そそ》いでほしいんだろう」

自分が果たせなかった使命を息子に託《たく》したということだろうか。そして、それを彼も真剣に受け止めている――だからこそ、自分にも他人にも厳しいのだろう。そんな風に玲奈は素直に受け止めた。

もともと真面目な質《たち》ということもあるのだろうけれど、父親にそう言われていたのだとすれば、聖女としての玲奈に、とてもとても、ものすごくとても不満があったのも頷ける。今はちょっとは認めてくれているようではあるけれど。

「そっか……でもさ」

何と言えばいいのか、言葉を見つけるのは難しかった。

「今回の作戦が上手くいったら、少し時間できるよねー？　そうしたら、会いに行ってくれれば？」

　明るく勧めてみたものの、アーサーが何も言わなかったから、いつものノリで余計なことを口走ってしまったかと玲奈は焦った。続けて何か言った方がいいのか、黙っていた方がいいのか見当もつかない。うかつなことを口走ってアーサーを刺激するのは、今のこの状況では得策ではないし。これ以上眉間に皺《しわ》が寄った顔を見たいとは思わない。

「えっと……」

「レナ様も」

　玲奈が口を開くのと、アーサーが口を開くのは同時だった。立ち止まった彼がこちらを振り返る。

「何か？」

「ううん、何でもない。それより、今アーサーは何て言おうとしたの？」

「……レナ様も来るか、と聞きかけたんだ」

　何でもないことのように、さらりとアーサーは言ってのけた。その場で玲奈が硬直してしまうのもかまわずに。

「当代の聖女をお招きしたとなれば、父が喜ぶ。母も光栄だと思うだろうし、弟二人も自慢するのは間違いない」

「ああ、そうね、そういうことね……」

最近、花江が誰か捕まえろとうるさいから、一足飛《いっそくと》びに親に紹介されるのかと一瞬勘違いしてしまった。もうちょっと落ち着くべきだと自分でも思う。

「お父さん、喜んでくれるかしらね？　こんなのが聖女だなんて聞いてないって言われるんじゃないの？」

「……そんなことはない」

ふたたび歩き始めたアーサーは、玲奈の方は見ずに言った。

「確かに、こちらに来たばかりの頃は俺たちもレナ様もとまどうことが多かったと思う。とてもじゃないがあなたは聖女には見えなかったし」

「……う、ん。そうね……」

今、立派にその役を務めているかと問われても自信は持てないが、確かにこちら側に来たばかりの頃のことを思い出すと顔から火が出そうになる。

「だが、あなたは少しずつ変わっていったし――俺たちはあなたに何度も助けられた。少なくとも俺は、レナ様は聖女としての役目を立派に果たしていると思う。あなたにならば背中を預けられる」

アーサーが玲奈を認めているような発言をするなんて。今までも玲奈が落ち込んでいる時に、優しい言葉をかけてくれることはあったけれど、それだって慰《なぐさ》め以上のものではなかった気がする。

「……あの、ありがと……？」

何だか調子が狂ってしまって、玲奈は首を振った。誉められ慣れていないので、どうしたらいいのかわからなくなる。

「礼には及ばない。俺は本当のことしか言うつもりはない」

「うん、でも……ありがとう」

迷惑しかかけていないと思っていたのに。そういう風に言ってもらえると単純なもので、何だか嬉しくなってくる。一方言った方は、何だか落ち着かない様子でずんずんと先に行ってしまった。

「……待って！」

不意に嫌な予感を覚えた玲奈は、アーサーを引き止めようとする。

けれど、さすがというべきだろうか。玲奈が声を張り上げた時には、アーサーは玲奈と同じところまで飛び退《すさ》っていた。

「――魔物か！」

「……これを越えないと、皆とは合流できないってことなんでしょうね……」

玲奈はしかめっ面になった。魔物の数は——三。二足歩行しているが、長く太い尾を持ち、鱗《うろこ》を持っているためか爬虫類《はちゅうるい》を思わせる。何より怖いのは、尾の先端が刃のように見えることだ。

「レナ様、明かりはどのくらいの間保持できる？」

「補充しないで保《も》たせられるのは、多分十分くらいじゃないかな」

玲奈が生み出した光の玉は、魔力を集中させて打ち上げたものだ。時々、魔力を補充してやらないと消滅してしまう。

「でも……五分もしたら相当暗くなると思う」

「問題ない！　レナ様は援護を頼む！」

「ちょっと！」

「あなたが強いのは知っている。ただ、今はあなたに怪我一つさせるわけにはいかないんだ——いざという時に、全力で集中してもらわなければ困る！」

引き止めようとした玲奈の言葉は、アーサーの耳には届いていないようだった。剣を抜いた彼は、玲奈に後方に下がるように合図して、自分は敵へと向き直る。

「でも！」

「自分の役目を忘れるな！」

彼の鋭い声に、玲奈はやらなければならないことを思い出す――そう、自分は儀式の場に行き、魔物を封じなければならないのだ。

怪我一つさせたくないと彼が言うのは――その時、玲奈を全力で動かすため。

「了解――なら、全力で援護させてもらう！」

今、ここにバッカスがいてくれればよかった。そんなことを言ってもしかたないのはわかっているけれど――玲奈は右手を高く掲げた。

「まずはこっちから行かせてもらう！」

玲奈の生み出した風が、魔物の身体を切り裂く。烈風は、容赦なく魔物の身体をばらばらにした。呻《うめ》き声を上げる間もなく、先頭にいた魔物は崩れ落ちる。その様子を見た残り二体は一瞬動きを止めた。そしてまるで意志の疎通をはかろうとしているかのように、顔を見合わせる。

「――ガァッ！」

突然吠《ほ》えた魔物たちがアーサーに飛びかかろうとするのを、玲奈は魔力の防護壁で弾き飛ばす。

「まずは、右から行く！」

「わかった！」

右の魔物が起き上がり、切りかかろうとするアーサーの方へ前足を突き出した。鈍い音がして、剣が弾かれる。

魔物の前足は、剣と同じくらい硬いようだった。二度、三度と打ち込むアーサーの剣を魔物が払いのける。舌打ちしたアーサーが後ろへと飛び退《の》く。一瞬前まで彼がいた場所を、魔物の尾がなぎ払っていた。

魔物が体勢を立て直す間に、アーサーは大きく踏み込み、魔物の腹に剣を突き立てた。右足を上げて魔物の腹を蹴り飛ばし、その勢いで剣を引き抜く。再度切り裂かれ、魔物は地面に倒れ込んだ。

左の魔物は玲奈が抑えていた。最初の一体は遠慮なく攻撃できたのだが、今風など生み出してはアーサーを巻き込みかねない。

氷の柱を生み出して、その中に魔物を閉じ込める——だが、不定形の魔物ならともかく、これだけしっかりとした形を取れる強力な魔物なら長いことは保たないだろう。

——玲奈の予想通り、魔物は氷の柱を砕いて飛び出してくる。その魔物の目の前に、玲奈は火の玉を打ち込んだ。一瞬、魔物がひるむ——その隙にアーサーが飛び込んだ。

魔物の前足をかわし、鋭い尾を避け、一気に魔物のいるところまで接近する。

剣が真横に払われ、魔物の首が刎《は》ね飛ばされる――だが、彼が魔物の首を落とすのと同時に尾がアーサーの腕を切り裂いた。

戦いを終え、息をついたアーサーが近づいてくる。

「手、出して」

アーサーが後ろに隠そうとした手を、玲奈は強引に掴んだ。防御機能を備えているはずの隊服の袖が裂け、そこから血が滴《したた》り落ちている。

「掠《かす》り傷だ。たいしたことはない」

「たいしたことないのは知ってる。でもこれから先、万全の体制を整えておくのはアーサーにも必要なことなんじゃないの？　言っておくけど、このくらいの傷を治すのはそんなに難しいことじゃないんだからね？」

先ほどの彼の主張を真似て言い返すと、玲奈は片目を閉じて見せた。

「ほら、一応わたしも聖女だし」

その言葉に観念したのか、アーサーが左腕を差し出す。

――何が掠り傷だ、だ。

玲奈は舌打ちしそうになるのをこらえ、そのまま黙って傷を癒《いや》す作業に集中し始めたのだった。

第八章　最後の戦い

戦いを終えて、玲奈とアーサーが指示された場所に到着したのは、他の面々と引き離されてから二時間ほどが経過した後だった。

その場所は、レーンの洞窟神殿があった場所のように、地下とは思えないほど広い空間だった。高い天井の何箇所かには採光のための穴が空いていて、そこから日の光が入ってくる。その光を反射して、長い年月の間に洞窟内部に形成された水晶がきらきらと輝き、幻想的な光景を作り出していた。聖なる場所と呼ばれるのに相応《ふさわ》しい——そう素直に感じることができる場だった。

ふと、過去の聖女もそんな風に感じたのだろうか、と玲奈は思う。

「意外に時間がかかったんですね」

物思いにふけっていた玲奈がその声に振り返れば、バッカスを肩に乗せたブラムがいた。低い石の上に座っていた彼の隊服は、あちこち汚れている。

「途中で魔物と出会っちゃってね。そっちは？」

「似たようなものです。苦戦してしまいましたよ、こちらは一人でしたからねえ」

「うにゅう！」

ブラムの言葉に抗議するように頭の上でバッカスが鳴いた。

「ああ、失礼。そうでしたね。バッカス君も一緒でしたね」

完全にブラムに懐《なつ》いている様子で、バッカスはブラムの肩の上で丸くなる。玲奈は手を伸ばして、彼の肩からバッカスを取り上げた。

「ブラムと一緒ならバッカスも安心だとは思っていたけど。となると、あとはケネスとエリオット……あの二人はどうなったのかわかる？」

「――残念ながら」

そう言ったブラムは、重々しく頭を左右に振って見せた。その仕草に玲奈の背筋が冷たくなる。

「……まさか。ねえ、何があったの？」

地上にいる花江に聞く前に、玲奈は目の前のブラムにぐいぐいと詰め寄っていく。深刻な表情でブラムは言った。

「……ケネスが腕を怪我したそうで。たいした怪我ではないのですが、応急処置をしているので少し遅れるそうですよ」

「……なんだあ」

完全に気が抜けて思わず腰を落としてしまった。残念ながら、なんてもったいぶって言うものだから、もっと大変なことがあったのかと不安になったではないか。

「お前な、その言い方じゃ、レナ様が最悪の事態を想像するだろうが」

玲奈が立ち上がるのに手を貸したアーサーが、ブラムをたしなめる。

「おや、そうですか？　そんなつもりはなかったのですが」

にっこりとブラムは微笑むが、その顔は絶対にそんなつもりだったと思う。たまにこういう突拍子もないことをやってのけるから、玲奈もお腹《なか》真っ黒という評価をしてしまうのだ。

「……まあ、いいけど。それじゃ先にやれることだけやっておきましょうか」

二人が無事にここまでやってきてくれるのなら、言うことはないのだ。それより——

玲奈は大切に隊服の胸元に収めてきたクリスの核に手をやる。クリスが預けてくれたこれを、何としても役立てなくては。

「……それにしても、ここがこんな風になっているとは思ってなかった。何もないじゃない」

その場所は、レーンの洞窟神殿ともグリーランドの祭壇とも様子が異なっていた。レーンでは開《ひら》けた場所の中央に神殿があったし、グリーランドでは祭壇というか、石の舞台のようなものがあった。ところが、ここには何もない――見上げれば、水晶の柱が洞窟の天井を支えているだけだ。

「このあたりのどこかに、昔儀式をした時の聖女の印があるはずなんだけど……バッカス、おいで。探すのを手伝って」

魔物が出現しやすい場所を、聖女の力によって封じ、出現を抑える――レーンの洞窟神殿も、グリーランドの祭壇跡も、形こそ違えど目的とするところは同じだった。

そして、ここ。城から続く洞窟の中に開けた広場。玲奈は水晶の柱の間を歩き回って、以前の聖女の痕跡を探し出そうとする。

バッカスを肩の上に乗せて歩き回っていた玲奈がふと振り返ると、ブラムもついてきていた。

「アーサーは？」

「あちらで残り二人が来るのを待っているそうです。わたしにはレナ様の警護をしろ、と――」

「そっか……気をつけろってダイスケも言ってたもんね」

結局、グリーランドに出現した魔物が口にしていた『あいつ』の正体は未だにわかってはいない。あれからずいぶん調査したけれど、結局正体不明のままだった。

「とにかく、『あいつ』とやらが出てくる前にこの儀式片付けたいわよね。そうすれば強い魔物は出てこられないんでしょう？」

確信しているわけではないけれど、一番危険と言われるこの場所さえ封じてしまえば『あいつ』の出現も回避できる可能性がある。

周囲を見回した玲奈が、聖女の封印を求めて再び足を踏み出した時——

「レナ様ー！　よかった！　もう会えないかと思いましたよー！」

「ぎゃあ！」

背後からやってきた巨大な物体が、玲奈に勢いよくタックルをしかけてくる。おまけに抱きつかれて首を絞められたものだから、玲奈は何とも色気のない声を上げた。

このままでは殺されると本気で危機感を覚えた時、

「……ケネス、レナ様を殺す気ですか。まずはその手を離しなさい」

とブラムがケネスを玲奈から引きはがしてくれた。再会を感激されるのはありがたいが、首を絞められるのは困る。

「……魔物を封じる前に殺されるところだった」

「えー、僕、そんなつもりないのにー」

ケネスが口を尖らせる。そんなケネスに呆れながら、玲奈はぴりぴりする首筋に手をやった。そんなつもりがなくてこれなら、そんなつもりがあったらどうなるのか——いや、考えるのはやめておこう。

「怪我してるんでしょ。手を見せて」

「……レナ様と合流するまで、こうしとけってエリオットさんが」

玲奈は怪我をしているらしきケネスの手を取り上げた。几帳面《きちょうめん》に巻かれたハンカチは、エリオットの性格をよく表している。

なるべく傷に響かないようにそっとハンカチを取り、添え木を外す。ハンカチの下は、玲奈の目からしたらとんでもない重傷だった。右手首は完全に腫《は》れ上がっていて、これでは動かすこともできないだろう。

その傷をじっと見つめ、玲奈は手をかざす。きっと以前なら目を逸らしていただろうけれど、場数を踏んでずいぶん慣れてきたようだ。玲奈が意識を集中するまでもなく、軽く魔力を流し込むだけでみるみるケネスの手から腫れが引き、やがて問題なく動かせるようになる。

「ありがとうございます！」

「……エリオット、ハンカチ」

玲奈の手からハンカチと添え木を受け取ったエリオットは、無言のままそれをしまい込んだ。

玲奈は再び歩き始める。広場の中を縦横に歩き回って、最終的に玲奈が立ったのは中央だった。この場所に、聖女の痕跡を一番強く感じる。ここで儀式を行うのがよさそうだ。

「――ここで」

厳しい表情になった玲奈はその場に膝をつく。アーサーが皆に合図した。

「打ち合わせ通りの配置に。ブラム、周囲の警戒は任せた」

「……わかりました。ケネス、君はあちらに――わたしの動きに注意して」

さすがのブラムも、幾分表情を強張らせているのは気のせいだろうか。それ以外にも、魔物に備え四方に散った聖騎士たちの緊張の視線を痛いほどに感じる。

「バッカス、おいで」

玲奈が右手を差し出すと、バッカスはちょこんとそこに飛び乗った。

「お願いね。儀式の成功は、あなたにかかっているんでしょ」

「みゅ！」

玲奈の手のひらで胸を反らしたバッカスは、そのまま勢いよく空中に飛び出した。

そしてぽん、と一回転すると、巨大なハンマーへと姿を変える。

ハンマーを手に取り肩に担《かつ》いだ玲奈は、体内を巡っている魔力を感じ取ろうとした。

――大丈夫、ちゃんと感じることができる。

それから、左手を胸元へとやり、クリスから預かってきた『核』を取り出した。

人に力を貸し、人と共存する精霊。人を餌《えさ》とし、対立する魔物。在り方はまるで違うのに元は同じだ。その両者を分けるのは、この核を持つか持たないか――こんな小さな石みたいなものの存在一つで変わるなんて、正直に言えば今でも信じられないけれど、これで魔物が封じられると言うのなら、これを使う以外にない。玲奈は大きく息をついて、魔物たちが穴を開こうとしているであろう場所を探る。

「……カルディナ、力を貸して」

玲奈の口からこぼれたのは、グリーランドで会った最初の聖女の名。

『……そこでお母さんを呼ばないのは、どういうことかしらね？』

「シリアスな状況で割り込むなっ！　今から呼ぼうとしてたんだから」

地上にいる母に文句をつけて玲奈は再び集中する。

玲奈がここに立っているのは、今までにこの世界の平和に力を貸してきた、全ての聖女たちの願いを受けてのことでもある。皆、この世界で魔物に立ち向かい――そして、役目を終えて去っていった。

玲奈が魔物を封じることができたなら、それは『魔物がいなくなるように』という全ての聖女の願いを叶えることになる。

（――一歩前に）

そう言ってくれたのは、カルディナだろうか。この場に立ってどうすればいいか迷っている玲奈を導いてくれるのは、玲奈の前にこの世界を救ってきた聖女たち。

（魔物の世界に通じる道はここ）

別の聖女の声が、玲奈を目的の場所へと導いてくれる。脳裏に浮かんだのは、どことも知れない真っ暗な場所に口を開けている穴の存在だった。

そこを塞ぐべく、バッカスが姿を変えたハンマーを握りしめ、玲奈が魔力を集中させようとしたその時。

「――レナ様、危ない！」

声をかけてくれたのは誰だったのだろう。それを確認する間もなく玲奈はその場から飛び退《の》く。

「――信じられない！」

まさか、この場所にこんな魔物が姿を現すなんて――これは、まるで――そう、レーンで玲奈が倒した魔物のような。

太い胴体に長い首。十メートル、いや十五メートルあるだろうか。地の底からいきなり湧いて出たとでもいうように、その魔物はほんの一瞬前まで玲奈が立っていた場所にいた。

玲奈は呆然として、魔物を見つめる。これは――この魔物は、そう、西洋のドラゴンだ。ゲームの世界でもボスとしてしばしば登場するこのドラゴンは、東洋で神聖なる生き物と崇《あが》められる竜とは違い、悪の象徴だったりするらしい。それがこの場に出現するなんて、思ってもみなかった。

「……避けて！」

玲奈が声を発するまでもなかった。ドラゴンの口から吐き出される巨大な炎を、ケネスが間一髪のところで避ける。

今まで相手してきた魔物たちだって、決して弱くはなかった。けれど、この魔物は桁《けた》が違う。

「――あっつい！」

とっさに防護壁を張ったようだが、それでも熱を防ぎ切れなかったらしいケネスが悲鳴を上げる。隊服を着て、ケネスとは少し離れた場所にいる玲奈まで熱気で身体が焼かれるような気がした。

ケネスが倒れなかったと見て取ると、魔物は素早く攻撃の矛先《ほこさき》をエリオットに変更する。矢を放とうとしていたエリオットに炎が襲いかかり――それを避けようとした彼の動きが一瞬遅れた。

「お願い、間に合って！」

エリオットを死なせるわけにはいかない。

何も考えないうちに、勝手に身体が動いていた。玲奈は、瞬時にエリオットと魔物との間に割り込んでいた。そして、体内の魔力を一度に放出する。

「きゃあっ！」

魔物の力は圧倒的だった。玲奈は、とっさに防御壁を張って炎を防ごうとしたのだけれど、炎の勢いに押されて地面に転がってしまう。

焼かれる――思わず目をつぶったけれど、それを防いでくれたのはケネスだった。

「……間に合いました！」

「……ありがと！」

玲奈が飛び込んでくるのを見たケネスが、即座に防護壁をもう一枚張ってくれたらしい。おかげで、玲奈は転倒しただけで済んだ。

「油断しました、すみません……！」

玲奈に詫《わ》びを入れたエリオットが、再び矢をつがえて引き絞る。厳しい表情をした彼は、狙いを定めて慎重に矢を放つ。

その矢は魔物の額に突き刺さり、魔物は怒ったような声を上げる。そのままこちらに向かってくるのかと思っていたら、魔物は何かを察したように身体を反転させようとした。

その先にいるのはアーサーだった。魔物が完全に彼の方へ向きを変える前に、アーサーが素早く攻撃をしかける。蹴り飛ばそうとする魔物の足を身軽な動作でかわし、その脇腹に剣を突き立てる。

魔物が身体を大きく震わせる。そのとたん、アーサーは一息に剣を引き抜いて後退した。

（……この場所を封じさせはしない）

玲奈の心の中に直接流れ込んでくるのは、魔物の思念。

（豊かな狩場を求めて、何が悪い）

「狩られる側にとっちゃ、困るのよ！」

叫んだ玲奈は、バッカスが姿を変えたハンマーを構え直した。

（聖女か。ふむ、下手にグリーランドに介入しなくて正解だったな）

魔物はバッカスを構える玲奈を見て、一目で玲奈の能力を見破ったようだった。

「あなた、グリーランドのことを知っているの？」

（時には我々も、協力することだってあるさ。『あれ』は役に立たなかったが）

「——なるほど、あなたが『あいつ』ってことね！」

これだけ巨大な魔物ならさぞや強いのだろう。玲奈は唇を噛んだ。

「レナ様！　先にこいつを倒さないと、作戦が継続できない！」

アーサーの声が焦っているのがよくわかった。いや、焦っているのは玲奈も同じだ。何しろ魔物が今立っているのは、玲奈が儀式を行おうとしていたまさにその場所なのだから。

「わかってる！　アーサー、そっち、気をつけて！」

アーサーと、ブラムと、エリオットと、ケネス。

玲奈が完全に覚醒した今、この四人がいれば、大抵の魔物には対応できるはずだった。かつてレーンで戦った巨大な魔物や、グリーランドで戦った強力な魔物であったとしても。

『落ち着きなさい、あなたが落ち着きをなくしてどうするの！』

頭に響くのは、玲奈を叱咤《しった》する母の声。

『いい？　バッカスちゃんは、まだ本当の力を出していない。それは……』

(──邪魔は、させぬ!)

魔物が咆哮《ほうこう》を上げた。そのとたん、玲奈と繋がっていた花江の思念がぷちりと断ち切られてしまう。

「……やってくれるじゃない」

苦々しげに叫んだのは、思念を断ち切ったのが魔物だと悟ったからだった。玲奈は、ハンマーをぐっと握りしめる。

「バッカス、あなたも聖女の精霊だって言うなら、少しはそれらしいところを見せなさいよ!」

バッカスからしてみればあんまりな言い分かもしれないけれど、今は気にしてやる余裕はない。続けざまに玲奈は指示を出した。

「エリオット、ブラムの側に下がって! ブラム! ケネス、援護!」

「……はい!」

玲奈に指名されたケネスが頬を紅潮させる。

「アーサー、ケネスが前に出すぎないように見てて。やれるところまでやってみるから!」

「わかった!」

玲奈の叫ぶ声に、アーサーは落ち着いて返してくれる。

大丈夫だ。落ち着きを取り戻さなくては。

玲奈は、魔物を睨みつける。

――いくらドラゴンだって、どこかに一箇所ぐらい弱いところがあるはずだ。

まずは、どうにかして魔物の身体に近づかなければ。

「……行きますよ！」

ブラムが、魔物の足目がけて氷の矢を打ち込んだ。今日は、それほど多くの人員がいるわけではないから、魔力のロープをかけて魔物の動きを封じるという作戦は使えない。

「……いっけえっ！」

ケネスの口から上がった叫びに、魔物の視線がそちらに集中する。魔物がケネスの方へと一歩踏み出したその時、ケネスの構えた剣の先から、烈風が吹き荒れた。風は魔物目がけて吹きつけ、その顔を幾度も切り裂いた。苛立《いらだ》ったように魔物が足を踏み鳴らす。

「お前は出すぎるなど言っただろう！」

アーサーがケネスの襟首《えりくび》をつかんで引きずり戻す。その間、ブラムの側へと寄ったエリオットが矢を放った。けれど、その矢は身体を覆う鱗《うろこ》によって阻《はば》まれる。

「聖女様、頭ならいけるかもしれない！」

エリオットが声を上げた。

そういえば先ほど彼が放った矢は、まだ魔物の額に刺さったままだ。身体より頭――いや、頭頂部は鱗に覆われているから、額に絞った方がいいのかもしれない。

「わかった！　とりあえず、頭下げてもらわないと話にならないわよね！」

エリオットが次の矢を取り出そうとした時、玲奈は魔物の背中に飛び乗っていた。魔物は玲奈を払い落とそうとする。

「――うりゃあ！」

渾身《こんしん》の力を込め、全ての魔力を乗せて玲奈はハンマーを振り下ろす。

ずしんと音をたて、ハンマーの打撃部分が魔物の後頭部にめり込む。魔物の頭を覆う鱗が飛び散り、魔物が膝を折った。まだ、駄目だ――魔物の額には届かない。できればここで額に一撃食らわせたかったのに。もう少し頭を下げれば――正面からいけるかもしれない。

「ケネス、足元を狙いなさい！」

その指示を聞いてブラムとケネスが魔物の足を凍りつかせようと、同時に魔術を放つ。

玲奈と同じように、魔物の背中に飛び乗ったアーサーが、その場所に剣を突き立てた。

咆哮《ほうこう》を上げ、魔物が身を捩《よじ》る。バランスを失った玲奈は、魔物の背中から転がり落ちた。

危うく地面に激突しそうになるのを、とっさにブラムが受け止めてくれる。

「ありがと！」

「どういたしまして！」

体勢を立て直した玲奈は、目でアーサーを探す。

「アーサー！」

「問題ない！」

アーサーの方はと言えば、玲奈とは違って無事に地面に降り立っていた。

それを横目で眺めて安堵する反面、焦りが玲奈の心を蝕《むしば》む。

レーンの時も、グリーランドの時も、不利な状況だとは思ったけれど、ここまで絶望的な気分にはならなかった。――今までなら、ここまですれば倒すことができていただろうに。

「……どうすれば」

考えている場合じゃない。魔物が口から吐き出した炎を、横に飛びながら防護壁を展開することで避け、地面に足がつくなり強く蹴って一息に魔物に接近する。

少しでもダメージを与えられればいい。頭部を狙ってハンマーを大きく振りかぶるけれど、相手も同じ手は食わないとばかりにあっという間に弾き飛ばしてくる。玲奈は受け身を取ることもできずに、地面に叩きつけられた。がんがんとする頭を抱えて、それでもよろよろと立ち上がる。

――ここで負けるわけにはいかない。

その思いだけが玲奈を支えている。どちらの方向に敵がいるのかもわからないまま、玲奈はハンマーを構える。

その時、誰かが玲奈の名を呼ぶのが聞こえた。その声に一瞬気を取られて敵の攻撃を避けようとした瞬間、激しい衝撃が玲奈を襲う。気がついた時には、再び地面に倒され、身体の上には魔物の足が乗っていた。

「ブラム、レナ様がつぶされる！」

「援護しますから、あなたがレナ様を後退させてください！」

「わかった！」

アーサーとブラムが素早く作戦をまとめ、玲奈を助けようと仲間たちが攻撃を加えるが、魔物は気にした様子もない。

じりじりと体重をかけられて、息をすることができない。息を詰めたまま、玲奈は左手を突き上げた。下から魔物の腹部目がけて魔力を放出する。

魔物はわずかによろめいたが、玲奈が体勢を立て直す前に再び足を乗せてきた。悲鳴を上げることもできずに、玲奈は目を閉じる。

――けれど、予期していたような衝撃が襲ってくることはなかった。

それどころか不意に身体にかけられていた魔物の重みが消え失せる。

続いて聞こえた魔物の叫び声におそるおそる目を開くが、見上げた先にあるのは天井だけ。

そろそろと視線を移動させていけば、剣を片手に肩越しにこちらを振り返っているクマと目が合う。その向こう側には、大きく胸元を切られて傷を負った魔物の姿。

「よお」

――かつて、これほどこのぬいぐるみが頼もしく見えたことがあっただろうか。いや、ない！

新しくあつらえてもらったらしい真っ赤なケープをなびかせたクリスは、いかにも自信満々だ。が、何故彼がここにいるのだろうか。

「ハナエがルートを開いて、俺を送り込んできたんだ。あっちも今大変でな、ハナエとナイジェルはそっちにかかりきりになってる」

「大変って？」

「昼間なのに、魔物が出てきた」

「魔物って……何で？」

「たぶん、こいつの力を借りてるんだろ。こいつを倒せばあっちも落ち着くはずだ。手を貸すから、さっさと片づけろ」

クリスが力を貸してくれるなら、大丈夫だ。同時に「敵に弱みは見せるな。殺《ヤ》られる前に殺れ」という花江の気迫が思い出される。

考えてみれば、イークリッドに来てから実戦経験だってそれなりに重ねてきたはずなのに、相手が大きくて強そうだったからと、どこかで萎縮《いしゅく》してしまっていたように感じられる。

「――絶対に、負けるわけにはいかないんだから！」

玲奈は叫んだ。

――ここで負けるなんてあり得ない。

「バッカス、あなたもそう思うでしょ？」

手の中にいる精霊に玲奈は語りかける。握りしめたハンマーがわずかに振動し、いつになくバッカスと一つになったように感じられた。

すると、玲奈の手の中で突然ハンマーが目もくらむような強烈な光と共に姿を変える。

――玲奈の身長ほどもありそうな巨大な剣へと。

先ほど母が言いたかったのはきっとこのことだ。気づけば全身に力が満ちあふれている。

ようやく、全ての力を解放することができた。何故かわからないけれど、そう感じられた。

――大丈夫だ。いける。

玲奈の中に確信に満ちたものが生まれた。

（……人間に味方するか）

魔物がクリスに問いかけた。

「味方するってほどでもないんだけどな。一宿一飯の恩義ってやつがあるだろ？　美味いもの、たくさん食わせてもらったからな」

そう言ってのけるクリスがたくましく感じられる。

「クリス」

「ん？」

「来てくれてありがとう」

「気にするな」

クリスが笑った。こんな状況でも、笑えるならまだ大丈夫だ。

玲奈は剣となったバッカスを構え、皆に指示を出す。

「わたしが――とどめを刺す。どうにかして、隙を作ってちょうだい」

「目を潰すくらいなら、何とかなるでしょうか」

エリオットが、残り少なくなった矢を矢筒から抜いた。

「でも、いーい？　危ないことはしちゃ駄目よ。わたしが、魔物に近づけばどうにかなる――はず、なんだから」

しまった、自信満々の口調にはならなかった。

けれどそんな玲奈の様子も、他の皆の緊張をほぐす役には立ったらしい。

「ケネス、わたしたちは足止めを」

ブラムの言葉に、気合いを入れ直したケネスが返すのが背後から聞こえる。

「……はいっ」

「ここまで来たからには、全力を尽くすだけですよね」

「――だな」

エリオットとアーサーも落ち着きを取り戻したようだった。

直後、魔物の足元に、氷の矢が突き立つ。その矢と共にエリオットの放った矢が宙を飛んだ。魔物の左目が潰される。

それを目にして飛び込んだアーサーとクリスが魔物の足元に転がり込み――玲奈はエ

リオットが潰してくれた左目側へと回り込んだ。

(聖女は——どこだ!)

魔物の死角に入り込んで、玲奈は一息に左手から魔力を放出する。魔物の側の地面が盛り上がった。そこを足場にして跳躍《ちょうやく》し、魔物の頭——頭頂部より額寄り——へと剣を突き立てる。

(このっ——!)

失態を悟ったらしい魔物が、怒りの声とともに身体を捩《よじ》る。激しく頭を打ち振るが、玲奈を払い落とすことはできなかった。

玲奈は魔物の額に突き刺さった刃を導線がわりに、魔物の体内に直接大量の魔力を注《そそ》ぎ込む。

そして刃の先で、注いだ魔力を一気に爆発させる。

あたりを揺るがすような音とともに、魔物の頭がばらばらになった。

それを見届け、魔物の首から背へと滑り降りた玲奈は、そこから地面に飛び降りる。

「やった!」

思わず玲奈は安堵の声を上げた。

——が、それで終わりではなかった。頭を失ってもなお、魔物は暴れ続ける。

とはいえ玲奈たちがどこにいるのかはわからないらしく、残った首や足を振り回しているが、その攻撃はむなしく空を切るだけだ。

だが、魔物の爪が地面を抉《えぐ》り、岩の欠片《かけら》があちこちに飛び散る。水晶の柱に体当たりすると、天井がぐらぐらと揺れた。

「――まずい、このままじゃ天井が崩れるぞ！」

アーサーが叫ぶ。

天井を支えている水晶の柱が折れたなら――この地が岩の下に埋もれることになってしまう。どうにかして動きを止めなければ。

「お前ら気をつけろ！」

不意にクリスが叫んだ。

次の瞬間、魔物の背中に飛び乗ったクリスが、そこに剣を突き立てる――魔物が大きく身体を捩り、どこからともなく呻《うめ》き声を上げた。めちゃくちゃに暴れ回る魔物の手足から逃れるのに精一杯だった玲奈は、クリスにまで気を配る余裕を失っていた。

「レナ！　後は任せたからな！」

背中に剣を突き立てたまま、クリスが叫ぶ。

「任せるって――」

「伏せろ！」

アーサーが玲奈を突き飛ばす。玲奈は地面に倒され――直後、まばゆいばかりの閃光が洞窟内を照らし出した。

ばらばらと落ちてくる砕けた天井や壁の欠片《かけら》から頭をかばう。

やがてそれが落ち着いたところで、ようやく周囲を見回す余裕ができた。

「……嘘っ……」

それきり、玲奈は黙り込んでしまった。

洞窟の中は静まりかえっていた。そこには魔物の姿はない――クリスの姿も。

元は魔物だったクリス。愛らしい外見とは裏腹に口が悪くて、肉しか食べなくて――

「クリス……クリス！」

玲奈の声だけがむなしく洞窟内に響き渡る。だが返事をする者はいなかった。

「レナ様……」

短く玲奈の名を呼んだアーサーが背中を押してきた。

「気持ちはわかるが、あいつが作ってくれた時間だ。下手をすると新しい魔物が送り込まれるかもしれない――だから、そうなる前に……」

――何が聖女、だ。

何が完全に力を解放した、だ。

クリス一人に犠牲を強いることになって——

玲奈は首を振る。自分が今、やらなければいけないことはわかっている。

「……ブラム」

「はい」

玲奈の決意を感じ取ったかのように、ブラムの声も硬かった。沈痛な面持ちでケネスは剣を収め、エリオットは無言で彼の肩に手を置く。

「今から、この場所を封じるから——終わったら、お城で待っている人たちに連絡してくれる？　全部、無事に終わりましたって」

「……わかりました」

それきり、玲奈は皆の方を見なかった。

魔物にやられた身体が痛い。その痛みが、もうクリスはいないのだという現実を突きつけてくるようだった。

「今から——この場所を、封じるわ——魔物がもうこの地に出現できないように」

玲奈は静かな声で宣言し、地面に剣を突き立てた。

剣となったバッカスの身体を通して、玲奈の魔力が、全ての聖女たちの想いが地面に流れ込んでいくのを感じた。

やがて地面が振動し、地下からゆっくりと水晶の台座がせり上がってくる。

口の中で玲奈がつぶやくのは、この時のために自分の一部を提供してくれたぬいぐるみの名前。全ての想いを込め、玲奈は彼が残してくれた核をその台座の中央に嵌《は》め込んだ。

「……クリス」

「この物質は、この世界にはあってはならないもの――」

そう言いながら、玲奈は台座に両手を押し当てた――水晶の台座が現れた時のように玲奈の身体から流れた魔力が、静かに水晶の台座へと流れ込んでいく。

玲奈の意識は、どこまでもどこまでも広がっていった。

魔物の世界へと続く道が開いているのが見える――この感覚を他の人にどう伝えればいいのか。

歴代の聖女たちの意識が、玲奈と共にあるのがわかる。魔物の干渉がなくなった今、花江の意識もはっきり感じ取ることができた。

――この物質を体内に持つものは、この世界に入ることができないように。

世界と世界の間に明確な掟《おきて》を作り上げる。

「……もう少し」

玲奈はつぶやいた。あともう少しで、魔物を封じることができる。

十分と感じられるまで魔力を注《そそ》ぎ込むと、水晶の台座がまぶしく光り輝いた。玲奈は思わず目を閉じる。

どれほど経ったものか——輝くのをやめた台座は、気づけば静かにその場にたたずんでいた。

全ての力を放出し、どっと疲れた玲奈はそのまま座り込んでしまう。手から転がり落ちた剣が、地面に落ちて乾いた音を立てた。

確かに、魔物を封じることはできた。これで、都にいる聖騎士たちがよその地域の応援に行けるようになったら、魔物の被害はもっともっと減っていくだろう。そして、いずれレーンやグリーランドやその他の地域も封じることができたなら——そこまで考えて、玲奈は首を横に振った。

それ自体は素晴らしいことだが、払った犠牲はあまりにも大きすぎた。

「レナ様、城と連絡が取れました。なるべく早く戻ってくるように、とのことです」

「早くと言っても、限界があるわよ」

「その前に、傷の手当てが必要ですね。バッカス君の力を借りますか？」

心配そうな顔をして、ブラムが手を差し出してくる。いつの間にか地面に転がり落ちた剣は、緑色のワインボトルに姿を変えていた。

「……帰るけど……その前に」

このことを、ルーカスにどう伝えればいいのだろう。

玲奈は自分の作り上げた台座の前に頭を垂れた。

残る四人も、玲奈にならって黙祷《もくとう》を捧げる。誰も口を開こうとはしなかった――

＊　＊　＊

沈み込んだ玲奈たちが長い長い洞窟の中を歩いて、ルーカスの趣味部屋へと帰り着いたのは、そろそろ深夜に差しかかろうかという時間帯だった。

「お疲れ様、玲奈」

ダイスケを肩に乗せた花江が、真っ先に玲奈をねぎらってくれる。

「うん……ただいま」

「こっちも大変だったわよ。昼間なのにわらわら魔物が出てくるしね。それより、クリス君はどうしたの？　そっちの手伝いに行ったのに、何で一緒に戻ってこなかったの？」

花江に問われ、玲奈は重い口を開く。

彼に助けられたのだ——そして、永遠に失ってしまったのだ、などと言えるはずもない。

「……無事に終わったようだな！　大儀であった」

部屋の扉が開き、ルーカスが入ってくるのがわかったけれど、そちらに顔を向ける勇気はなかった。

「……あのっ……」

ルーカスが玲奈の前に立つ。言葉が見つからない、とはこういうことを言うのだろう。なかなか顔を上げることができない。その時——

「……よう」

「……へ？」

何だか耳に馴染んだ声を聞いたような気がする。玲奈はゆるゆると顔を上げた。

ルーカスの長い足——その上には茶色のもこもこした毛皮——ぽってりしたお腹《なか》——赤いケープ。

「えええええええっ！　何で、あなたがここにいるわけ？」

玲奈は絶叫した。あの時、「後は任せた」と言ったクリスはてっきり——その、玉砕したものだと思い込んでいたのに。

「何でって、『後は任せた』って言っただろ？　いやー、最後の最後であいつの身体が自爆するとは思わなかったよなー」

ルーカスの腕の中で、まったく悪びれた様子もなくクリスは言い放った。

玲奈はただ口を開けたり、閉じたり。何を言えばいいのかわからない。

「お前な！　先に戻るなら戻ると言え！」

アーサーが眉を吊り上げる。

「……どうせこんなことだろうと思ってたけどね、僕は」

ルーカスに抱えられたクリスに詰め寄るアーサーの後ろで、エリオットは首を左右に振る。エリオットだって、あの場ではショックを受けていたくせに。

「――こういう演出だったんですねぇ……」

ぼそりとブラムがつぶやくのを、玲奈は聞き逃さなかった。毛玉になってブラムの頭の上に乗ったバッカスも、うんうんと頷いている。本来の力に目覚めた彼は、あまり疲れてないらしい。

「あのねえ、ブラム。演出って何の演出よ？　いくら何でも悪趣味だと思うのよ！」

「無事なら、よかったですよね、ね、ね、レナ様？」

ケネスの邪気のない発言が、なんというか、今は唯一の癒《いや》しのような気がしてならない。

アーサーが胸元でぐっと右手を握りしめた。それを見たルーカスが一歩、後退する。

「こら、余のクリスに何をする！」

「一度でいいんです、陛下。一発殴らせてください、こいつを！」

「わたしもー！」

玲奈はルーカスの側に行くと、その腕からクリスを引き抜いた。

「うあああ、いてええええええっ！」

腹立ち紛《まぎ》れに、玲奈はクリスの両耳を思いきり引っ張った。

「心配したんだから、このくらいいいでしょう！」

「耳がちぎれる！」

玲奈はばたばた暴れるクリスの耳を思う存分引っ張ってから、ルーカスの方に放り投げる。

「乱暴だな、聖女殿は！」

「……このくらいいいでしょう！　とりあえず、わたしは帰る！　一応儀式は成功したし、当分このあたりに魔物が現れることはないと思うし！」

抗議するルーカスの腕の中でぶらーんとしているクリスを見ていたら、演出だろうと何だろうとどうでもよくなってしまった。

今は、一仕事終えた安堵感の方がはるかに大きいような気がしている。

「……というかさ」

部屋の中にわいわいと集まってきた他の聖騎士たちをかき分けて部屋の外に出た玲奈は、ふと首を傾げた。

「魔物が出なくなるってことは……今のお仕事終了ってことよね？」

「……そういうことになるわね。じゃー、わたしは帰ろうかな。最近、休みすぎて仕事に穴が空いてるのよね」

一緒に部屋を出てきた花江も、そう言ってダイスケを玲奈の肩に乗せた。

「ハナエ、また会いましょうね。近いうちにまた来てください」

ダイスケは玲奈の肩でぶんぶんと手を振る。

とりあえず、母親を駅まで送ったら戻ってきてビールにしよう。

一仕事終えた後のビールは最高に違いない。

エピローグ

魔物を封じてから数日が過ぎた。玲奈の日常が何か変わったかと言えば——今のところ、出動回数が減った以外は、たいした変化はない。

予想通り都周辺の魔物の出現は抑えられるようになったが、国内全てにそれが及んでいるというわけでもない。そんなわけで、聖騎士団本部からは何人かが他の地域へと出向していた。

「玲奈ちゃん、しばらく留守にするから挨拶に来たわ」

「あれ、出かけるの？」

暇を持てあましていた玲奈が部屋でごろごろしていると、入ってきたのはナイジェルだった。あいかわらずレースとフリル……と思っていたら、飾り気のないシャツにズボンで、何だかずいぶん地味な格好になっている。髪の長さを除けば、他の騎士団員と何ら変わりがないように見えた。

ナイジェルは肩をすくめた。

「レーンまで、ちょっとね」

「ということは、儀式の場所を探すの？」

「そんなところね。グリーランドの方はミラーさんがいるでしょ。調査だけなら聖女じゃなくてもいいだろうし、こっちからも誰か送ってレーンの調査を行おうってことになったみたい」

「……そっかあ。ナイジェルがいなくなるとちょっとつまらなくなるわね。バイオレットが何か相談したいって言ってたけど」

そこで玲奈は首を傾げた。

「どうして、わたしじゃなくてナイジェルに相談持ちかけるのかしらね――まあ、女同士とたいして変わりないのかもしれないけどさ」

それを聞いたナイジェルは面白そうに大口を開けて笑った。

それから玲奈の頭にぽんと手を置く。

「まあ、そういうわけだから留守にするわ……一つ、お願いしてもいい？」

「……できることなら」

「エリオットを……」

「……ナイジェル」

玲奈は首を横に振った。

「あなたは心配しすぎ。エリオットだって、ちゃんとした大人なんだから大丈夫だって。まー……ほら、ナイジェルから見ればいつまでもちっちゃい子なのかもしれないけどさー」

ナイジェルは玲奈の言葉を聞いて、驚いたように目を見開いた。それから、その表情がゆっくりと苦笑に変化する。

「そうね、心配しすぎたかも。それでも、まあお願いね」

「気が向いたらね。いつ出発するの？」

必要以上に首は突っ込まない方がいいのだろうが、頼まれなくても、エリオットとケネスのことは気にかけてしまうような気がする。

二人とも弟みたいなものだと言えば、説明がつけやすいだろう。一人はずいぶん可愛げがなかったりもするけれど。

やがてナイジェルが出て行ってしまうと、広い部屋に玲奈一人が取り残される。バッカスはダイスケと遊びに行っていて、しばらく戻ってきそうもない。

「神殿の方の手伝いにでも行ってこようかな」

神殿ではあいかわらず、魔物についての調査が進められている。古文書は無理でも新しい資料なら自分にも読めるかもしれない。そう思った玲奈が、靴に足を突っ込んだ時だった。

何やらどたばたと騒ぎ回っているような音がしたかと思うと、玲奈の部屋の扉がばんと音を立てて開かれる。

「レナ殿！」

「……今日はお忍び？　堂々と？」

たぶん、忍ぶ気はゼロなんだろうなーと思いながら、玲奈は入ってきたルーカスを正面から見る。さっきのナイジェルは他の町に行くのでいつものセンスを抑えたのだろうが、ルーカスにはその気はないようだ。毛皮のついた大仰な緑色のマントを羽織って忍べると思っているのなら、もう突っ込む気にもなれない。

「今日は堂々と出てきたぞ！　ニホンに行くと聞いていたのだが、間に合ってよかった！」

ルーカスは大げさな身ぶりで両腕を広げた。いやーな予感に玲奈は口元を引きつらせる。これは絶対、何か面倒ごとを持ち込んできたのに違いない。

「……わたしに何をやらせようと？」

玲奈がそう問いかけた時、これまたばたばたとアーサーとブラムが飛び込んでくる。

三人とも、ここが一応女性の部屋で、男子禁制（ナイジェル除く）であることを忘れているんじゃなかろうか。

「……ちょっと！　ここ、男性立ち入り禁止でしょうが！　とりあえず、出て行ってちょうだい」

玲奈は喚《わめ》く。だがそんな玲奈にはかまわず、ルーカスは話を続ける。

「それでだな、今日は話があって――」

「ちょっと待って！　……えっと、今何をしようとしてたんだっけ？」

ルーカスが何をさせようとしているのかはわからないが、靴に足を突っ込もうとしたままという玲奈の格好もずいぶんと間が抜けたものだ。

「あれ、クリスは？」

気がつけばクリスがいない。

「クリスなら今神殿の方に行っているぞ。次はレーンを封じるとか言ってな。こっちからもナイジェルが行っているだろう？」

「明日出かけるって言ってた――三人とも、ちょっとそこどいてくれる？」

ようやくスニーカーに足を突っ込んで、玲奈は立ち上がった。そのまま入り口のところに立っていた三人をかき分け、すたすたと歩いて行く。

「レナ殿、どこに行くのだ？」

「神殿にー。途中でバッカスとダイスケを拾って、ノエル神官長の手伝いしようかなって」

「待て、まだ余の話が終わってない！」

「やーよ、また何かくだらない話でしょ？　食玩《しょくがん》はしばらく買いませんからね！」

　実を言うと、先日箱買いさせられたチョコレートはまだ食べ終わっていないのだ。エマとバイオレットもせっせと手伝ってくれているのだけれど、当分終わりそうもない。これ以上お菓子を増やすなんてもったいない。

「……そうではない！　余は大切な話があってここに来たのだ！」

　ルーカスはいきなり玲奈の両手を掴んで言った。

「結婚しよう！」

「……へ？」

　何やらとんでもないことを言い出したルーカスに、玲奈は気の抜けたような声しか返せなかった。

「実は、最近また見合いの話が増えてだな！　もう面倒なので、聖女殿でいいと言ったのだ。相手が聖女殿なら、貴族たちもいやとは言えぬからな」

「……おいっ！」

ルーカスは自信満々に胸を張るが、思わず全力で突っ込んでしまう。

面倒なのでってどういう理屈だ、どういう。せっかく美形に両手を握られているというのに、少しもときめかない。というか、残念な気にしかならないというのはどうなのだろう。まあ確かに聖女と言えば、この国ではそんじょそこらの貴族の娘より尊ばれる存在なのかもしれないが。

しかし、その後に続く言葉はもっとひどかった。

「――それに、レナ殿が側にいれば、いつでも『もくもく機関車君』を買ってきてもらえるしな！」

「それが理由かっ！」

さすがに玲奈も顔を引きつらせてしまう。

聖女云々《うんぬん》ならまだしも、食玩《しょくがん》が欲しいから嫁に来てくれというのは、ものすごく間違っているような気がしてならない。

だがルーカスは不思議そうに聞いてくる。

「ハナエ殿はかまわないと言っていたが？」

「ちょっと！　何いつの間にうちの母親と連絡取り合う仲になってるのよ……」

「ハナエ殿とは手紙をやりとりしているぞ。『メル友』と言うそうだな！」

ちょっと待て母！　何故ルーカスと『メル友』になっているんだ。いや、この場合『文通相手』の方が正しいんじゃないだろうか。まさかルーカスに玲奈を売りつけるつもりなのか。今知った衝撃の事実に、玲奈は激しく混乱する。

「そんなふざけた理由を持ち出す相手にレナ様を渡せるはずがないだろう」

「……嘘」

気が付けば、アーサーがしっかりと玲奈の片腕を掴んでいる。

「そうですねえ、レナ様がいないとこちらとしてもまだ困ってしまいますし……この方《かた》がいらっしゃると何かと退屈しないので助かります」

反対側からもブラムが玲奈の腕を掴んでいて――

この状況は、もしや、まさか。

「捕獲された宇宙人……！」

思わず掴まれるままに上げかけてしまった手を、玲奈は全力で下へと押し戻した。両手を頭上に上げ、左右から腕を掴まれている灰色の宇宙人の姿なんて、たぶんこっちの人にはわからない。

――それに。

美形三人に取り合われているという状況はちょっと素敵だと思うけれど、素直に喜べないのは何でだろう。確かに彼らに友情や信頼以上の感情を持っているかと問われたら違うと答えるだろうが――ちょっぴり複雑な心境だ。

「あー、もう！」

玲奈は男たちの手を力任せに振り払うと、勢いよく歩き出した。

「王様、そこどいて！」

廊下を塞いでいるルーカスを突き飛ばしかねない勢いで押しのけて、そのまま騎士団本部の出口を目指す。

「護衛もなしに外に出るなといつも言っているだろう！」

「知らない！」

「わたしがお供しますよ！　アーサー、あなたは他にやることがあるでしょう」

「そっちはエリオットに任せた！」

ばたばたと玲奈の後を追いかけていたアーサーが一瞬立ち止まり、くるりとルーカスの方を振り返る。

「近衛騎士《このえきし》が迎えに来るまで、あなたはそこを動くんじゃない！」

「そうは言われても、だな」

ルーカスはむうっと首を傾げた。

「迎えが来るまでおとなしく待っているほど、余も暇なわけではないのだが」

その声は、アーサーにはもちろんのこと玲奈にも届いていない。

そして、ルーカスはその言葉通りすたすたと歩いて行ったかと思うと、扉を開いて一人で本部の外へと出て行ってしまう。

引き止めようとした聖騎士は、必殺『余の命令に逆らうのか？』で切り抜けた。この手はアーサーやブラムには使えないから、彼らがいなくて逆によかったのかもしれない。

「よい考えだと思ったのだが……何がいけなかったのだろうか。帰ったらクリスにたずねることにしよう」

そのクリスがどういう反応を示すのかは、まったく考えていないルーカスなのであった。

＊　＊　＊

玲奈は、大きく息を吸い込むと、通い慣れたコンビニエンスストアの店内に足を踏み入れた。

「やあ、玲奈ちゃん。久しぶり。あのクマ元気にしてる？」

わざわざカウンターから出てきて、いつもと変わらない調子で日野が言葉をかけてくれる。それに安堵した玲奈は彼の方へと一歩踏み出した。

「元気ですよー。それで……」

今日はいつぞやの返事を伝えに来たつもり——とはいえ、「もうちょっと時間が欲しいデス」という、遠まわしにお断りしつつ相手に期待を残すという、ある意味非常に失礼な返事しか思いつかなかったのだが。

とにかく、今は余裕がない。考えなければならないことがあまりにも多すぎる。

「レナ様、そろそろ時間が」

「だから、こっちでその呼び方はやめなさいって言ってるでしょ。だいたい、外で待ってろと言ったじゃないの」

振り向きもせずに、玲奈はぴしゃりと言う。

やれやれ——日野と直接顔を合わせて話をしようかと思っていたのに、邪魔が入ってしまった。

「今日は、隣町への遠征だって忘れていませんか」

玲奈を探して店内に入ってきた二人の顔を見て、日野の目が丸くなる。こちら側の衣服に身を包み、『日本にやってきたばかりの外国人観光客』を演出しているのは、シャツとジーンズを着込んだアーサーとブラムだった。

しかたなく玲奈は話題を変えた。

「えっとね、醤油《しょうゆ》の消費がいつもより激しいんですって。だから、今週末あたりに配達に来てくれたら嬉しいなーって、言ってました……教授が。あとビールはいつもの倍にしてほしいって」

何故玲奈がアーサーとブラムを連れて歩いているのかと言えば、彼らが「日本が見たい」とか訳のわからないことを言い出したからである。

面白半分でルーカスが許可を出したのは、いつか彼自身も日本見学を試みるつもりだからだと玲奈は推測している、というより確信している。あのルーカスがこんなに面白いことを見逃すはずがない。いつか食玩《しょくがん》を買い漁る旅に出るつもりに違いない。

「どうしたの？　あっちの人が来るなんて滅多にないんじゃない？　ああ、東間教授は別としてね」

「社会勉強だって……これから先、王様がこっちとの行き来をどうするつもりなのかは全然聞いてないんだけど」

日野の問いに、玲奈は首を横に振る。

ちなみに、ルーカスのプロポーズは丁重にお断りした。聖女という玲奈の立場が惜しいという彼の思惑もわからなくはないのだけれど、本命がどうも食玩やらプラモデルやら——玲奈が買い与えていた玩具《おもちゃ》のようなので、それはちょっと違うんじゃないかなと思ったのである。

「えっとそれから……お菓子買おうかな」

そう言って新発売の製品が並んでいる棚へ向かう。そこに並んでいる商品には、いずれも見覚えがなかった。しばらくの間、この店から足が遠のいていたから当然だ。

「これ、おまけね」

いくつかお菓子を選び、会計を終えた玲奈の袋に、日野はチョコレートを放り込んだ。

「レナ様、早く」

待ちきれない様子で、先に自動ドアの方へと歩いていたアーサーが振り返る。だから、こっちでその呼び方はやめろと舌打ちしたいのを我慢して、玲奈もまた出口に足を向けた。

「ああ、そうだ。玲奈ちゃん」

店を出ようとした玲奈を日野が引き止めた。

「奢《おご》ってあげるよって約束はまだ有効？」

「飲みに行くよって話ですよねー、どうかなー……ああ、今はもう大丈夫なのか」

玲奈が魔物の世界に通じる穴を封じて以来、都における魔物の出現頻度はめっきり減っている。契約期間が終わってもいないのに、そうそう緊急事態にはならないだろうと夜間日本に留《とど》まることが認められるようになったのは、最近のことだ。

返事を迷う玲奈の後ろからまた邪魔が入った。

「——駄目だ」

「おや、そう言えば——君、レナ様にずいぶん近寄って——ああそうか、こちらでは結界の効果が出ないんでしたね。教授に言って『仕掛け』をしてもらわないと……」

アーサーとブラムに両腕を掴まれて、玲奈はそのまま店から引きずり出されてしまった。

玲奈は思わず嘆息する。

「あのねえ？　当面聖女は続けるって言ったでしょうが。たまには遊びに行かせてくれないと——」

玲奈の頭上でアーサーとブラムが顔を見合わせる。

「遊びに行くと？」

「それは困った話ですねぇ。聖女に休暇なんてあると思っているんですか」

アーサーは不愉快そうに眉を寄せ、ブラムは一見人がよさそうに見える笑みを浮かべた。

「え、ちょ、それは聞いてない――!」

また封印を施《ほどこ》しに行くことになったら、そんなことも言っていられないのだろうが、まだしばらくの間は余裕があるはずだ。しばらくの間、は。

「あー、もう信じられないっ」

再び両方の腕を取られたら抵抗なんてできるはずもなかった。

これがイークリッドにいるならともかく、日本にいる間の玲奈は、平均的な女性の体力しか持ち合わせていないわけで。

「あっちに帰ったら覚えてなさいよう! 二人とも、ずたずたにしてやるんだから! それにー! 絶対に! 転職してやるんだからー!」

悔し紛《まぎ》れの玲奈の言葉に、頭上で二人がまた顔を見合わせる。そうして『絶対に逃さない』とばかりに頷き合ったのに、玲奈は気づかなかった。

しばらくの間は、まだ雇われ聖女としての日々が続くのだろう。

悪い気はしないけれど、それは絶対に絶対に絶対に! 言うものか、と玲奈は固く決めた。

書き下ろし番外編

初代聖女の宝物

玲奈は、キーボードをぺちぺちと叩きながら、大あくびをした。

当面聖女としての仕事を続けることにはなったのだが、以前より出動回数が減っているので、その仕事は少なくなっている。働かざる者、食うべからずというわけで、今は東間の仕事の手伝いをしているのであった。

「これ終わったら、教授の秘書として働いてましたって履歴書に書けるかなぁ」

「どうでしょうね？　お手伝いいただいているのは、入力だけですし、秘書とはちょっと言いきれないかもしれないですね。うちの会社にいた記録はありますから、そちらを書いておけばいいのではないでしょうかね」

玲奈が今いるのは、日本側にあるトーマの屋敷だった。イークリッド側では『電気』が存在しないので、パソコン含む電化製品はこちらで使うしかないのである。

「……それってどこまで通用するのかな」

「僕もよくわかりません。だって、幽霊企業みたいなものですからね」

あはは、とトーマは笑うが、玲奈としては笑いごとではない。自分の食い扶持《ぶち》くらい自分で稼がねばならないのだ。

「と言うか、永久就職しちゃえばいいじゃないですか」

「……どこに？　誰が？」

キーボードを打っていた玲奈の手が止まる。できることなら、永久就職の話はやめてほしい。残りの作業量は少しだし、さっさと終わらせて退散することにしよう。

「……このまま永久就職していただけると、僕が楽なんですけどねぇ」

――あんたがかいっ、と突っ込もうとした言葉を玲奈は呑み込んだ。

トーマに何を言っても無駄だ。なにしろ、彼一族の仕事というのは聖女を探すことであり、玲奈がその役を引き受けている限りは、新しい聖女を探す必要はないのだから。

「聖女やってるのが、嫌ってわけじゃないんだから、そこに永久就職絡めるのはやめてくれない？」

「まあ、いいじゃないですか。ああ……そう言えば、今日、お母様がいらっしゃるそうですよ」

「え？」

永久就職という言葉で、どうやら娘を絶賛売り出し中である母のことを思い出したらしい。げんなりした玲奈だったが、目の前の男はへらへらと笑っているだけだった。

玲奈はため息をつくと、再びキーボードを叩き始めた。


玲奈が頼まれた仕事を終えるのとほぼ時を同じくして、東間家のチャイムが鳴った。さっそうと入ってきた母の花江は、玲奈の顔を見て笑った。

「あら、辛気くさい顔をしてるじゃないの」

「お母さんが、教授に変なことを吹き込むからでしょ」

「あなたがさっさと結婚しないのが悪いんでしょ。あんなにたくさんの男前たちに囲まれてるのに」

玲奈のついたため息は、母には通じていないようだった。もう一つため息をつこうとしたところで、玲奈は気づく。

「お母さん、何しに来たの？」

「わたしが帰った時にもらった財宝の中に、妙なものがあったのよね。だから、王様に見てもらおうと思って」

玲奈は「給料よこせ」という前代未聞の交渉をした結果、毎月聖女としての給料をもらっている。だが、花江の場合は違う。今までの聖女同様、財宝を持ち帰っていたのだが、つい先日まで奥に突っ込んで忘れていたというのだから、大ざっぱにもほどがある。

母が差し出した『妙なもの』に目をやり、玲奈は目を瞬《しばたた》かせた。そこにあったのは、短剣だった。柄《つか》の部分は金でできていて、立派な宝石が嵌《は》め込まれている。

「別に普通の短剣じゃない？」

「だって、これ抜けないのよ？」

「……本当だ。これって、何か意味があるのかな」

見た目は立派な短剣なのだが、どうやら鍔《つば》のところがしっかりと溶接されているようで、抜くことができない。

「あの時、お城の宝物庫から適当に持ち出したのよね。だから、大切なものかもしれないと思って」

「大ざっぱ！」

玲奈は心から突っ込んだ。万が一、これが持ち出してはならないものだったら、どうするつもりだったのだろう。母の時代はルーカスではなく先代の国王だったはずだから、今となっては聞くことなどできないが、大ざっぱにもほどがある。

「とりあえず、お城に行きましょ。謁見《えっけん》できるよう教授に手配してもらったから」

しばしばふらふらと出歩いているが、ルーカスは一応国王である。そのため、こちらから会いに行く時には、事前に約束を取りつける必要があるのだ。

そんなわけで、トーマにルーカスと面会の約束をとりつけてもらい、『ルート』を通って聖騎士団本部の一室へと出る。その部屋の扉を開けたところで、ダイスケを連れたアーサーとブラムが待っていた。

「ハナエ様、お久しぶりです」

「あら、あいかわらず素敵。家《うち》の娘とかどう?」

「ハナエ様もお変わりないようで」

「もきゅ」

花江の玲奈売り込みを、ブラムはいい笑顔で流してみせた。彼の頭の上で、同調するようにバッカスが鳴く。花江の精霊であるダイスケは、にこにことしながら花江の肩の上に着地した。

「ハナエ様、行きましょう。時間がなくなってしまう」

アーサーが促《うなが》し、一行はルートを通り城へと向かった。トーマが手配しておいてくれたおかげで、ルーカスにはすぐに会うことができたのだが、花江が差し出した短剣を見るなり、ルーカスは顔色を変えた。

「……これは。なぜ、これが聖女殿のところに！」

「もらっていいって言われたんだもの」

「これは、本来外に出るべきものではないのだぞ。まったく、父上も何をお考えだったのだろう」

花江は悪びれていなかったが、ルーカスは眉間に皺《しわ》を寄せた。ルーカスの首にぶら下がったクリスが、興味深そうな視線を送る。

「これって、あれだろ、代々の聖女が持ってたやつだろ？　聖女の匂いがするもん」

「そうですか？　代々かどうかはわかりませんが、たしかに聖女の持ち物である気配はしますよね」

花江の精霊であるダイスケもまた、好奇心を隠せない様子で短剣をのぞき込んでいた。

玲奈の肩に乗ったバッカスは、興味なさそうにあくびをする。

「おお、これは――初代聖女、カルディナ様の持ち物ですな」

挨拶もそこそこに短剣を受け取ったノエルは、一目で短剣が何であるのかを見抜いた。

いわく、花江の持ち込んできた短剣は初代聖女のもので、その後何人かの聖女が使った後、儀式用として城で保管されていたらしい。抜けないように溶接されたのは、儀式用となった時のことだそうだ。

「宝物を渡すとは、父上は、よほどハナエ殿が気に入っていたのだな!」

「ちょっと王様、それですませちゃだめでしょう!」

玲奈は声を上げたが、それに言葉を返す者はいなかった。


花江が持ち込んできた短剣の素性が明らかになったところで、今度はそれをどうすべきかというところに議論が移った。初代聖女の遺物が見つかったとなると、丁寧に扱わなければならないからである。

「グリーランドに持って行くというのはどうだろうな。初代聖女が眠るのは、あの場所であろう?」

偉そうに椅子にふんぞりかえったルーカスが言う。

「それはいいかもしれないけど……誰が持って行くの?」

「聖女に敬意を表し、本来は余が持って行くべきなのだろうが——今は、そこまでの余裕はない。レナ殿にお願いできないだろうか」

「……遠いから、ヤダ」

グリーランドまでは、汽車で一週間ほどかかる。都における魔物の出現頻度が以前より少なくなった今、出かけても問題はないのだが、一週間も移動に使うのは面倒だ。

「あら、持って行ってあげればいいじゃない。わたしがいるんだから、ルートを開けばいいでしょう？」

「あ、そうか」

玲奈一人でグリーランドまでのルートを開くのは難しいが、母と一緒に開くのは以前やったことがある。それなら移動の問題は解決できるわけだ。ブラムが手を上げる。

「そういうことでしたら、わたしもご一緒してかまいませんか？　ちょうどいい機会ですから、あちらの結界を確認しておきたいですし」

「では、俺も同行しよう」

「わたしだけで、足りますけどね」

「お前とレナ様二人だなんて、あぶなっかしくてしかたないだろうが」

「それはどういう意味でしょうね？」

ブラムの言葉にアーサーは肩をすくめただけだった。やれやれ、と玲奈はつぶやいたのだが、それは二人の耳には届いていないようだった。

以前にもやったことだから、グリーランドへのルートを開く作業には、それほど時間はかからなかった。

「じゃあ、行ってらっしゃい」

花江に手伝ってもらい、聖騎士団本部の会議室に開けたルートに、玲奈は足を踏み入れる。ごく短い通路を通り抜けた後、グリーランドへと到着した。

「お久しぶりです、ミラーさん」

この地でミラーと顔を合わせるのは二度目だ。先にルートを抜けていたアーサーがこちらを振り返る。

グリーランドの神殿に行き、短剣を安置してくれるように頼む。

「これは……調べがいがありそうですね」

ミラーの目の色が変わった。

「壊さなければ、何をしてもいいんじゃないかな」

玲奈は苦笑いをする。調べ物となると、ミラーの性格が変わるのを玲奈は知っていた。

「そういえば、前来た時も、グリーランドの観光なんてしなかったなー。どうせ、今回もそんな時間はないし」

玲奈がぼやく。ここは初代聖女が守った地で、観光名所でもあるのだが、前回も今回もそんな余裕なんてないのである。

「明日、お帰りになる前にお時間が取れると思いますよ」

短剣を懐《ふところ》にしまったミラーは微笑んだ。

それからミラーの協力のもと、街中《まちなか》の結界を調べて回った。異常がないかを調べ、弱くなっているところを張り直す。町の半分ほどの確認を終えて戻ってきた時には、完全に日も暮れて、魔物の出現が起こっても不思議ではない時間にさしかかっていた。

「魔物が出ました！」

魔物の出現の報告を受け、グリーランドの聖騎士たちが慌てて走っていく。玲奈は、アーサーとブラムの方を振り返った。

「手伝わなきゃ！」

「わ、わたしも行きます！　怪我人が出たなら、手当てしなければ――！」

「ちょ、ミラーさんまで！　来てもいいけど、あまり近寄らないで！」

玲奈が身を翻《ひるがえ》して走り出すと、なぜかミラーまでついてくる。離れた場所にいるようにという玲奈の指示に、ミラーは頷いた。

玲奈たちが魔物の出現場所に到着した時には、そこはグリーランドの聖騎士たちによって封鎖されていた。巻き込まれた一般人はいないらしい。

そこでうねうねとうごめいているのは、きちんとした形を取ることができない低級な魔物のようだった。

「このくらいならわたし一人でいける！　ブラム、ミラーさんをお願い！」

「わかりました！」

「アーサー、援護して！」

「まかせろ！」

玲奈は、全力で魔物を威圧した。気迫に押され、魔物がじりじりと後退する。聖女として玲奈が完全に目覚めた今、低級な魔物なら威圧感だけで退散させることができるはず。

「帰れ！　そうじゃないなら――」

玲奈は体内で魔力を循環させながら、魔物に脅しをかけた。

玲奈の持つ魔力の大きさが、魔物にも伝わったらしい。身体をぶるぶると震わせて――どこからどこまでが一体なのかよくわからないが――魔物はさらに後退し、そのまま退散の姿勢に入った。

玲奈は右手を前に突き出す。

「行けぇっ！」

手のひらから、勢いよく魔力を放出すると、一番手前にいた魔物が消滅した。そして、その魔物がさらに身体を震わせ、慌てふためいたように玲奈から離れていく。残りのまま地面に吸い込まれるようにして、消滅していった。

「――さすがレナ様だな」

アーサーが感心したように言うのには、素直に礼を返しておいた。

「ありがとう！」

「明日は、町のこちら側の結界も見直さないといけませんね」

ブラムが顎《あご》に手をあてて、考え込む表情になる。今日は町の半分しかできなかったから明日残りをやるつもりだったのだが、その残りの方に魔物が出現するとは、何ともついてない。

いったん矛先《ほこさき》をおさめかけた玲奈だったが、不穏な気配に緊張感を取り戻した。

「――ミラーさん！」

再びの魔物の出現に、玲奈は声を上げた。周辺の確認を終え、撤退しようとしていたグリーランドの聖騎士たちの周囲に魔物が姿を現している。

今、玲奈が追い払った魔物とはレベルが違う。

身体が固い殻《から》に覆われていて、蟹《かに》のような巨大な鋏《はさみ》を持っている。がちがちと鋏を鳴らす音が、玲奈のところまで響いてきた。一、二、三――数えると、三体いるようだ。

「ブラム！　手を貸して！」

ここからでは、剣での攻撃は間に合わない。とっさに魔物に向けて右手を突き出すと、玲奈は指先から勢いよく魔力を放出した。玲奈の魔力に、ブラムの魔力が同調する――炎が渦を巻いて、魔物に突き刺さった。一瞬にして黒こげになった魔物の姿が、霧散《むさん》して消える。残るは二体。だが、これ以上うかつに魔力を放てば、周囲にいる人たちを巻き込んでしまいそうだ。

「まず一匹！　グリーランドの騎士たちは、ミラーさんをお願い！」

ミラーに跳びかかろうとした魔物の目の前に、ブラムが壁を作り上げる。見えない壁に頭から激突した魔物が悔しそうに唸《うな》った。

「さっさと引け！　レナ様の邪魔になる！」

ミラーをかばうように、アーサーが魔物とミラーの間に立ち塞がった。行くようにと目で合図するが、ミラーは動こうとはしなかった。早く、と言いかけた玲奈の前でミラーは服の内側に手を入れる。

そうしている間にも、玲奈は魔物のすぐ側まで接近していた。ここまで来れば、周囲を巻き込む心配なく、魔物を倒すことができる。

「か――帰りなさい！　ここは、あなたたちの世界ではありません！」

玲奈とブラムが目を合わせ、さらに魔力を放とうとした時だった。懐《ふところ》に忍ばせていた初代聖女の短剣を、ミラーが掲げる。

「ミラーさん……ちょっと……って――それ便利かも」

玲奈の口から、半分は感嘆の、もう半分は呆れたつぶやきが漏れた。残りの魔物の動きが鈍くなったのだ。どうやら、初代聖女の短剣は、低級な魔物くらいなら追い払うことのできる力を持っていたらしい。

「――おいっ！」

勢いをそがれたアーサーが、困惑したような声を上げる。玲奈たちの目の前で身を寄せ合った魔物は、未練たらしく鋏《はさみ》を鳴らしたが、そのまま地面に溶けるようにして消えていく。

「――便利ですねぇ。まさか、初代聖女の短剣がこんな力を秘めているとは思いませんでした。アーサーは振り上げた剣をどうしたらよいのかわからないみたいですが」

いつの間にか玲奈の隣に移動していたブラムの視線の先では、小さく舌打ちしたアーサーが剣をおさめるところだった。

「便利よね。グリーランドで使ってもらえるなら、それはそれでいいんじゃない？」

儀礼用として城で保管されるならば、魔物を牽制《けんせい》する役には立たないだろうが、グリーランドならば有効活用できそうだ。玲奈の顔を見ていたブラムは、にやりとした。

「レナ様の魔力を込めたら、他の剣も同じような効果を発したりしないでしょうか。もしかしたら、失われた技術なのかもしれませんね」

「……へ？」

とんでもない言葉に、玲奈は戸惑った。

「初代聖女にできたことがレナ様にできないはずはないな」

その無条件の信頼が怖い！　だが、二人ともいたって真面目な顔をしている。このままここにいたら、無茶を言われるんじゃないだろうか。

「さ、さーて。用事も終わったことだし、帰ろうかな。教授の手伝いをしないとね！」

だが、その前に両脇から腕を掴まれた。

「逃がしませんよ。レナ様には、まだまだ頑張ってもらわないといけませんからね」

「――そうだな」

左右からがっしりと腕を掴まれる。

「いやいやいや、ちょっと待って！」

「うまくいく可能性はありますね。ここは初代聖女がいらした場所ですし――調べてみてはいかがでしょうか」

「無理だって！　ちょっとバッカス、なんとか言いなさいよ！」

左右から腕を掴まれた上に、正面からミラーまで迫ってきて、怖い。というより、ミラーの目の色が変わっているのが怖い。

「もきゅー」

玲奈は助けを求めたのだが、バッカスは気のない返事をして玲奈の頭上に着地しただけだった。

Regina COMICS
レジーナCOMICS創刊!!
大好評発売中!!
えっ？平凡ですよ？？
1
アルファポリスWebサイトにて
好評連載中！
待望のコミカライズ！
交通事故で命を落とした、女子高生のゆかり。目を覚ますと、異世界に伯爵令嬢として転生していた！　なのに、待っていたのはまさかの貧乏生活……。第二の人生を豊かにすべく、元女子高生は前世の知識をフル活用する!!
転生少女！
前世の知識で異世界改革！
レジーナCOMICS創刊!!!!
アルファポリス 漫画
検索
＊B6判 ＊定価：本体680円＋税
＊ISBN978-4-434-20717-4
シリーズ累計
8万部突破！

新感覚ファンタジー
RB レジーナ文庫

引っ込み思案の王女が愛を掴む。

レジーナブックス Regina

太陽王と灰色の王妃

雨宮れん　イラスト：笠井あゆみ

価格：本体 640 円＋税

華やかな姉の陰で引き立て役のリティシア。だが隣国の輝ける王が花嫁として選んだのは、自分の方だった。政略結婚とは知りながら、彼の優しさに酔いしれ、彼にふさわしくあろうと努力するが——？　灰色の世界しか持たなかった王女と、光輝く「太陽王」との真実の愛を描いたファンタジーロマンス！

詳しくは公式サイトにてご確認ください

http://www.regina-books.com/

携帯サイトはこちらから！

新＊感＊覚ファンタジー！

レジーナ文庫

イラスト：笠井あゆみ

レディ・ウォーカーと海竜の島　雨宮れん

価格：本体 640 円＋税

遺跡探索人として強く生きてきたセラ。そんな彼女のもとに遊び人と噂のエレミオが訪ねてくる。「海竜の島に一緒に行ってほしい」。彼は夢で誰かに“海竜の島に来い”と呼ばれ、その島に詳しいセラのもとへやって来たのだ。彼と旅をともにするうちに、なぜか国家間の戦争に巻き込まれていって——!?

イラスト：笠井あゆみ

銀の娘は海竜に抱かれて　雨宮れん

価格：本体 640 円＋税

不思議な力を持つ島の娘イサラは、ある事件をきっかけに心を閉ざして生きていた。そんな彼女が、突然悪人たちの手で島から連れ出されてしまう。何とか逃げ出した彼女は島に帰るべく、ぶっきらぼうな傭兵とともに旅することに……。輝く海と鮮やかな空のもとで紡がれるファンタジーロマンス！

詳しくは公式サイトにてご確認ください

http://www.regina-books.com/

携帯サイトはこちらから！

新＊感＊覚 ファンタジー！

RB レジーナ文庫

今度こそ幸せになります！ 1
斎木リコ

価格：本体 640 円＋税

「待っていてくれ、ルイザ」。そう言って魔王討伐に旅立ったのは、恋人の勇者。でも、待つつもりはないんです。私、実は前世が三回あり、三回とも勇者が恋人でした。しかし彼らは討伐の旅に出た後、みんな他の女とくっついて、帰ってこなかったんです！　だからもう、彼を待たずに自分一人で幸せになります！

イラスト：りす

女神なのに命取られそうです。
羽鳥紘

価格：本体 640 円＋税

突然女神として異世界に召喚された夏月。美形国王に歓迎され、イケメン騎士と魔術師に守られて、逆ハーレム状態に!?　だけどそんな中、ただ一人不穏さを醸し出す最高位術師シエン。そして他にも夏月を狙う者が……。一見平和なこの世界でいったい何が――って、えっ！　私がイケニエって、どういうこと!?

イラスト：みくに紘真

詳しくは公式サイトにてご確認ください

http://www.regina-books.com/

携帯サイトはこちらから！

本書は、2014年11月当社より単行本として刊行されたものに書き下ろしを加えて文庫化したものです。

レジーナ文庫

雇《やと》われ聖女《せいじょ》の転職事情《てんしょくじじょう》3

雨宮《あまみや》れん

2015年8月20日初版発行

文庫編集－橋本奈美子・羽藤瞳
編集長－塙綾子
発行者－梶本雄介
発行所－株式会社アルファポリス
〒150-6005 東京都渋谷区恵比寿4-20-3 恵比寿ｶﾞｰﾃﾞﾝﾌﾟﾚｲｽﾀﾜｰ5階
TEL 03-6277-1601（営業） 03-6277-1602（編集）
URL http://www.alphapolis.co.jp/
発売元－株式会社星雲社
〒112-0012東京都文京区大塚3-21-10
TEL 03-3947-1021
装丁・本文イラスト－アズ
装丁デザイン－ansyyqdesign
印刷－株式会社暁印刷

価格はカバーに表示されてあります。
落丁乱丁の場合はアルファポリスまでご連絡ください。
送料は小社負担でお取り替えします。
©Ren Amamiya 2015.Printed in Japan
ISBN978-4-434-20853-9 C0193